태 할배와 궁장

태 할배와 궁장

발행일	2021년 2월 25일		
지은이	박재형		
펴낸이	손형국		
펴낸곳	(주)북랩		
편집인	선일영	편집	정두철, 윤성아, 배진용, 이예지
디자인	이현수, 한수희, 김민하, 김윤주, 허지혜	제작	박기성, 황동현, 구성우, 권태련
마케팅	김회란, 박진관		
출판등록	2004. 12. 1(제2012-000051호)		
주소	서울특별시 금천구 가산디지털 1로 168, 우림라이온스밸리 B동 B113~114호, C동 B101호		
홈페이지	www.book.co.kr		
전화번호	(02)2026-5777	팩스	(02)2026-5747
ISBN	979-11-6539-623-7 03810 (종이책)		979-11-6539-624-4 05810 (전자책)

(주)북랩 성공출판의 파트너

북랩 홈페이지와 패밀리 사이트에서 다양한 출판 솔루션을 만나 보세요!

홈페이지 book.co.kr • **블로그** blog.naver.com/essaybook • **출판문의** book@book.co.kr

박재형 장편소설

태 할배와 궁장

북랩 book Lab

님이시여!

우주의 근본은 사랑과 생명과 혈통이다.

우주의 제일 근본은 사람이고

사람은 남자와 여자이며

남자와 여자가 하나 되는 곳은 생식기이며

생식기가 하나 되는 곳은 참사랑이며

참사랑은 몸마음 통일이며

몸마음이 통일된 곳은 참된 자녀이며

참자녀는 참가정을 완성하며

참가정은 부모, 부부, 자녀, 형제가 있는 곳이며

사대심정권이 있는 곳은 참된 사람들만 사는 곳이며

참된 사람은 우주의 아름다운 꽃이다.

인간은 말 한마디에

지옥도 갔다가 천당도 갔다가 오락가락한다.

태 할배와 궁장은

인생 문제인 인문학의 종결판.

읽으면서 알게 되는 진리.

차례

태 할배

컹 컹 컹. 멍 멍 멍. 왈 왈 왈.

게: 저 녀석은 맨날 아무에게나 또 짖고 난리야. 시끄러워.

개: 똑바로 걸어. 옆으로 걷는 녀석이 남 탓이야.

게: 옆으로 걸을지라도 너처럼 남에게 피해는 안 주잖아.

개: 바로 걸어야지. 옆으로 가면 부딪혀. 충돌 사고 난다고.

야옹: 그만들 하게. 도긴개긴인 것들이 싸우기는 왜 싸워.

사육: 야옹아. 너 또 생선 훔쳐 먹었구나. 믿고 맡겼는데….

야옹: 먹으면 안 된다는 것을 알면서도 사육사께서 훔쳐 온 생선이라서 먹어도

되는 줄 알고….

진사: 만들어진 존재물 중에 최고는 참된 인간이었어.

모사: 왜 인간이야. 만물이 최고이지.

진사: 참사랑의 비중이 제일 크니까 참된 인간이라네.

모사: 자유로운 프리섹스를 즐기는 것이 최고 사랑이야.

진사: 참된 사랑은 해바라기처럼 오직 일편단심이라네.

모사: 좋은 걸 먹고 최대한 즐겨야지. 언제 죽을지 모르니.

진사: 인생은 마음대로 되는 것이 아니니 죽음을 이긴 자만 살아 있다네. 살고자
　　　발악을 해도 때가 되면 죽는 것이 법이라네.

모사: 죽으면 그뿐이지. 그게 자연이치 아니겠나.

진사: 인간이 3생애를 사는 것이 천주의 법이라네.

모사: 죽었다는 사람이 살아난 적이 없으니 인생은 끝이지.

진사: 착한 사람이 인격자며 만물의 영장인 참된 인간이지.

모사: 고등 동물이니 수단과 방법으로 사는 자가 장땡이야.

영사: 그러니 짧은 육신 생활에서 인격적인 사람이 되어야 만물의 영장이 될 수
　　　있다네. 한데 인격자도 못 되고 영원한 애천성에 들어갈 자격도 못 갖추니
　　　땅을치고 통곡을 할 때가 올지도 모른다네. 육신의 목숨이 다하기 전에 명
　　　심하라네. 금쪽같은 시간을 허비하고 살아가는 쓸모없는 인간이 되지 말
　　　기를 간곡히 바란다네. 모사가 진사를 이기는 것처럼 보이지만 결코 오래
　　　가지는 않는다네.

　　　사이비를 진실같이 속임수로 포장하는 것은 손바닥으로 해를 가려도 가려
　　　지지 않으니 진실해지기를 진심으로 바라신데. 이제는 만든 주인에게 감
　　　사해야 할 때이며 더 이상 이 태 할배를 기만하는 것은 오만이니 끝을 낼
　　　때가 되었으니 명심하라네. 가사모들의 주의와 사상은 갈 때까지 갔으므
　　　로 그 한계점의 끝에 다다랐으니 이제는 유통 기한이 다 되었으니 내려놓
　　　을 때가 되었다네.

　　　언제까지 그럴 거야. 그만들 하라니까.

때는 공심, 공생, 공영, 공의로 살아야 할 것인데 아직….

"죽었다고? 누가. 죽긴 왜 죽어."

"난들 알아. 아까운 나이야. 아직 더 살아야 할 사십 대인데 그렇게 빨리 세상을 떠나느냐. 인생무상이라더니."

"어린 자식들은 어떡해. 무엇이 바빠서 빨리 간단 말인가. 하늘도 무심하지. 왜 이런 시련이 우리들에게…."

"그만. 운다고 죽은 자가 다시 살아나는 것도 아닌데…."

"아쉽고 한스러워서 울지 않고는 속 터져서 죽겠어."

장례식장은 유족들의 통곡 소리로 슬픔이 극에 달했다. 한 서린 유족들의 안타까운 탄식과 몸부림에 슬픔의 인생 무게가 감당키 어렵게 유족들을 짓누르고 있었다.

"하이고. 아이고. 하늘도 무심하지. 우리들을 버렸나."

또 한 생명은 숨쉬기가 힘들었나. 항상 숨은 그냥 쉬어지는 줄 알았는데, 숨길이 끊어지니 나무토막같이 아무런 움직임도 감각도 없는 시체로 변하였다. 산다는 것은 숨 쉰다는 것이고 죽는다는 것은 숨길이 끊어지는 것이다.

인생무상이라더니. 덧없는 인생은 그렇게 말없이 육신을 가진 한 생명은 이 땅에서 또 사그라져 갔다.

산소의 묘지에 흙이 마르기도 전에….

얼마나 많은 사람들이 태어나고 또 죽는지. 생사(生死).

"하나님, 부처님, 천지신명님, 조물주님, 능력 가지신 신님이시여, 살려 주세요. 제발 살려 주시옵소서."

태 할배

또 살려 달라는구먼. 겉은 화려하나 속은 기생충으로 가득하여 썩어서 구린내가 풀풀 나는 중생들. 타락하여 무지에 빠진 인간들의 절규 소리와 통곡 소리도 지겹구나. 다 쓸어 버릴 수도 없고…. 세근머리는 언제 들어서 천신님의 심정을 알까. 선과 악의 싸움인데 인간들끼리 적이 되어 난리야. 그만 울부짖어. 땅을 치고 통곡을 하고 절규를 한들 죽음이 해결되겠어. 불쌍한 존재는 인간인 너희들이야.

"하늘이시여. 하늘이시여. 살려 주세요."

라디오의 주파수가 맞지 않으면 잡음만….

"죽어 가는 불쌍한 중생은 오직 천지신명님만 살릴 수 있습니다. 은혜를 베풀어 주시옵소서."

…웽-뎅-카카차차타타하하…

"태 할아버님이시여! 불쌍하고 가련한 인간들의 목숨은 살려 주시옵소서. 이렇게 애원하며 빌고 비옵나이다."

내가 할 수 있는 것은 진심으로 바라는 마음의 기도뿐이었다. 살지도 못 살지도 모르면서…. 왠지 나도 모르게 슬픔의 알갱이들이 수없이 떨어진다. ㅊㅊㅊㅊㅊㅊ….

"누가 신님을 애타게 찾는 거요?"

어휴, 깜짝이야. 벼락같은 소리에 놀랐다.

"천지신명님, 아님, 하나님이십니까? 태 할아버님이라고 불렀는데…요."

"나는 가가가보고 심꾼대장이라오. 뭔 소원이 많아서 그렇게 애타게 부르짖는 것이요?"

"태 할아버님이라고 불렀는데 가가가보고 심꾼대장은 뭘 하는 분이십니까?"

"천지신명인 하나님께 기쁨을 드리는 심부름꾼이라오."

"천지신명님이 최고의 신 아닌가요?"

"맞아요. 그런데 소원은 무엇인지요."

"태 할배께 전해 주시오. 직접 말씀드리겠다고…"

"그건 안 될 텐데… 나에게 말하면 전달해 드리오리다."

'저 인간이 천문이라고?', '참으로 진짜 인간이 나타났네', '어디 보자, 나도 좀 보자고.' 보고 심꾼들끼리 난리다.

"송영탈이라는 사십 대가 죽어서 유가족들이 울분을 토하며 하늘도 무심하다는데 못 들으셨냐고 묻고 싶소."

"아, 제멋대로 살다가 사고로 죽은 송영탈."

"그래요. 무슨 이유로 빨리 데려갔는지 궁금하다오."

"하늘에 천법이 있어. 이해가 안 되도 하소연할 수 있는 것도 아니므로 죽음은 순번이 없어요."

"숨넘어가는 사람이 있으니 살려 줄지 여쭈어봐요."

"세 치 혀를 가지고 잘못된 생각과 거짓 논리로 읊어 대며 시도 때도 없이 말 바꾸는 선악도 구분 못 하고 순결하지도 않고 불륜을 제일 재미로 일삼는 무지하고 경우 없고 오줄없는 가짜 인간들이 죽거나 살거나 뭔 관심거리요."

"그래도 죽어 나가는 사람을 보면 불쌍하지 않소."

"불쌍하고 측은한 것은 사실이나 자업자득이니 어쩌겠어요. 그리고 천신님의 구원의 허락이 있어야 알려 줄 수 있으니 기다려 보

태 할배

시오. 여쭤보고 답을 드리리다."

웽타차카파오…

"들리나요? 이 절규의 소리. 통곡의 소리. 보이나요? 그러시면 나타나서 알려 주시옵소서. 태 할아버님."

아무리 외쳐도….

"인류 역사에 질병사로, 전사로, 사고사로, 자연사로 아까운 목숨이 낙엽처럼 사그라진 사람들이 헤아리기 어렵사옵나이다. 숨진 시신을 보는 것이 고역이옵나이다. 어찌하여 인간에게 고통이 첩첩이옵나이까."

끼릭끼리 처처처. 을씨년스러운 찬바람이 휙 불더니…

"으하하하. 죽는 것을 보면 즐겁지 아니한가. 산 자와 죽는 자. 끝없는 투쟁이 삶과 죽음이야. 오히려 죽는 것을 보면 더 쫄깃하게 느껴져. 난 그런 것을 제일 즐겨하지."

"아니, 천신님은 아닌 것 같고 가가가보고 심꾼대장도 아닌 것 같고 뉘시오? 혹시 인간을 괴롭히는 악마왕초?"

"아니야. 내가 너희들의 신이니라. 부탁을 말해 보거라."

"거짓을 말하는군요. 빠알간 점이 보이는데 그래도 아니라고 발뺌하지 말고 이실직고하시오."

"흐음, 안 속네. 역시 넌 보통이 아니구먼. 카카카하. 이번 인간은 진짜인가 봐. 속지를 않아."

다시 마음을 가다듬고 진심으로 간구했다.

"악마의 유혹이 혼란스러우니 태 할아버님을 뵙기를 앙망하니 부디 제청을 들어 주시옵소서. 인간도 참된 사람보다는 가짜가 많은데 신들도 가짜가 있는 것 같사온데 진짜 신은 뉘시옵니까. 제 마음에는 우리 조상을 쭉 거슬러 올라가면… 암튼 할아버님이라고 부르겠습니다. 할아버님. 살려 주이소. 진짜 태 할아버님이면 답을 주세요."

간절히 소망했다. 온 마음을 다한 진심으로…. 그때, 하늘이 환하게 밝아지면서 상큼하고 신선한 바람을 타고 천둥 같은 큰 소리가 나의 귓전을 강하게 때렸다.

"누가 이 신님을 애타게 찾는가. 신님을 부를 자격이 있느냐. 태 할아버님이라고 부르는 자가 누구더냐."

"박천문이라고 하옵나이다. 천신님의 몇 대 후손인지는 잘 모르겠지만…. 암튼 친할아버지같이 느껴집니다."

"당돌한 녀석. 그래, 이 신님을 태 할아버지라고 불러라. 하하하. 너야말로 진실한 인간 같아서 기분이 아주 좋구나. 좋아, 배포가 하늘을 찌르는구나. 몸은 아직 풋내기 꼬마인데 대인답군그려."

"감사하옵니다. 실망하지는 않을 것입니다."

"네 나이가 몇 살인고."

"이제 겨우 열 돌을 살아온 햇병아리이옵나이다."

"새롭게 시작할 출발수이니 네게 기대를 걸어 볼까."

"네에? 제게요? 무슨 출발을 하신다고요."

"차츰 알게 될 것이고. 죽을 인간은 죽어야지. 인생은 어차피 때가 되면 죽는 거야. 그런데 무엇 때문에 살려 달라며 애걸복걸하며 누굴 살려 달라는 것이냐."

"세상은 역병, 코로나, 질병, 사고사, 자연사 등 매일 죽는 자가 속출하옵고 여기 병원 응급실에서 거품을 물고 죽어 가는 하나님 성씨를 가진 하우식 아저씨를 불쌍히 보시옵소서. 목숨은 태 할아버지께서 좌지우지하잖아요. 생각보다 심각합니다. 죽을 것 같습니다. 할배."

"뭣이, 할배라고? 이런 웃기는 녀석. 이 신님의 성씨를 하 씨라고…. 모든 사람들을 내 자식같이 생각하고 있는데, 인간은 타락하여 마귀 자식이 되어 모순된 존재로 전락하여 진리에 관심도 없고 착하게 살지 않으니 어쩐담…."

"제가 진실하게 살겠으니 살려 주시면 안 되겠습니까?"

"너희들의 세상인 양 천방지축으로 까불고 갑질들이니 이제 가사모들의 세상은 끝내려고 하는데 왜 타모인들을 살려 달라고 애원을 하느냐. 심란하게…."

"죽는 모습을 보니 측은하고 불쌍하기 짝이 없습니다."

"작은 일에도 감동하여 눈물 흘리고 슬퍼하고, 가족이 숨 떨어진다고 안타까워 통곡하는 자들이 이 신님이신 태 할아버님이 보고 싶고 그리워서 그렇게 감동하며 눈물 흘려 봤어? 그네들의 눈물은 진심이 없어. 그러니 태 할배의 심정을 알기나 하겠느냐. 어차피 모를 테니 죽어도 싸지."

"그러니 부족하고 무지한 인간 아니겠습니까."

"숨은 몇 분 안 쉬면 죽어."

"3분 정도 숨을 안 쉬면 죽습니다. 아, 죽을 줄을 알면서도 죽을 짓을 한다는 말씀이옵나이까."

"3분짜리 인생들아. 진리는 신님의 창조물이며 신님의 뜻이야.

신의 말만 하면 불키는 모자라는 중생들아. 무형실체는 공기와 같은 필수니라. 선택이 아니야. 알아들었느냐. 이 신님이신 태 할배를 섬기고 경외하라. 그게 인간들이 해야 할 제일 첫째 덕목이며 인간으로서의 도리이다. 기본이 되어야 만물의 영장이 되지 않겠느냐. 알겠느뇨."

"죽을 줄 알면서도 죽을 짓을 하면서 살며 태 할아버님을 찾지 않는 무지한 인간이니 통촉하여 주시옵소서."

"민주다수결주의 정치도 이제는 내려놓아야 해."

"네, 그러면 공산독재주의를 한다는 말씀이십니까?"

"너도 파리 잡아 봤지. 우주를 주고도 바꿀 수 없는 귀한 인간의 목숨을 그렇게 값없이 취급하는 주의와 사상을 신님이신 이 태 할배가 좋아하겠니. 경멸하지."

"인간의 공산독재주의는 필요 없는 것이 존재하고 있다는 뜻 같으신데 민주다수결주의가 대안이라고 생각하는데 국민들이 뽑는 다수주의를 내려놓으라는 것입니까."

"비난하고 편 가르기 하는 민주다수결주의가 왜 필요하지? 통상 절반이 안 찍어 준다는 것은 반대한다는 것이지. 선거로 자식이 부모를 선택하는 꼴이야. 사명 기간인 유통 기한이 지난 것은 버려야지. 이제는 태 할배가 바라는 신통을 할 때가 되었다는 말이니라."

"다수주의가 문제는 있어 보이기는 합니다."

"국민의 한 표로 선출된 그들이 뽑아 준 국민에게 갑이냐, 을이냐. 국민에게 명령하고 말은 국민을 위한다지만 국민보다 월급을 많이 받고 갑질을 하는 게 사실 아니더냐. 국민이 명령하면 그들이

들어주더냐. 시정 권고 협조를 부탁해도 잘 안 되지. 그리고 공무원은 정치에 중립을 지켜야 한다는 그 말은 정치가 근본적으로 문제가 있다는 것이지. 공무원이 편들면 문제 소지가 있다는 것은 정치 자체가 문제가 있다는 것이야."

"태 할배도 절대 권력자, 독재자라고 하지 않았습니까."

"태 할배의 독재라는 말은 나 홀로 모든 것을 소유하기 때문에 너희 인간들에게 무료로 사랑 하나만을 위해서 주는 것 아니더냐. 그러니 성격이 다르고 차원이 다르지."

"사랑의 독재라고 하셨군요."

"그렇지. 이해가 빠르구나. 역시 감성이 살아 있어."

"태 할배를 닮아서 그렇지요."

"때가 되었으니 네가 하고 싶은 대로 하면 될 것이야. 넌 탁월한 신성과 능력을 가졌으니 태 할배의 희망이니라."

"그래도 전부 다는 모르옵니다."

"다 내려놓아야 해…. 인두겁을 쓴 타모인들은 노예가 되었어. 보라고. 지식, 돈, 권력, 만물, 거짓 사랑인 성의 노예가 되었고 인간들끼리 원수가 되어 같은 민족끼리, 형제끼리, 동네 사람끼리, 심지어 형제와 자매와 부부와 부모와 자식들끼리도 원수가되어서 서로 반목하고 싸우는 인간들이 대다수인데, 어디에서 참된 사람을 볼 수 있더냐."

"나쁜 짓을 밥 먹듯 행하는 몹쓸 인생들입니까."

"하늘을 빙자하여 치부하고 갑질하고 대신 왕 노릇 하며 맹신하는 사기꾼들. 그들이 천신님의 심정과 신성의 뜻을 알기나 해? 문자에 길든 중생들이."

"진실한 인간이 진리를 알아볼 수 있다는 말씀이시지요."

"이 천신님의 창조 원리는 참사랑이니라. 참사랑은 온전한 양심이요, 완전한 자유요, 해방이요, 행복이며, 거룩함이며 위하여 사는 부자지관계라야 하느니라. 그런 마음씨를 가진 인간이 있더냐."

"많지 않은 것 같사옵니다."

"태양이, 공기가, 바람이 사람 차별하더냐. 모든 인간들이 살 수 있게 공평하게 주는 인평선으로 하는 그것이 참사랑이니라. 그러니 이제 이 태 할배를 사랑하고 인간들끼리 사랑하며 만물을 서로 공유하는 주관자로 양심을 중심하고 서로 위하여 참사랑으로 사는 것이 인격자이며 만물의 영장이야."

"그렇게 못 하는 인간들을 어떻게 하시렵니까."

"너희 인간들은 삼 분짜리야. 눈 깜짝할 새에 가는 거야."

"삼 분짜리 모순된 인간들을 훈육할 대책이 있습니까?"

"귀가 얇아 거짓에 더 현혹되는 타락하여 모순된 자들이여. 죽음이 인간의 능력으로는 잘 안 되는 일이니라. 그래, 언제 사람다운 인간이 되어 진리를 알고 이 태 할아버님의 자식으로 되돌아올까. 죽기 전에는 못 깨달을 것 같으니 죽어야지. 왜 살려 달라고 애걸하는 것이냐."

"못된 인간들은 싹 쓸어 버리고 다시 재창조를…."

"창조는 태 할배의 진을 빼는 일이니라. 사생결단의 죽을힘을 다하여 창조하는 일이니 천주에서 가장 어렵고 힘든 일이 창조하는 일이니 타락하여 모순된 인간들을 복귀라는 법칙으로 구원해 주려고 하느니라. 알겠느냐."

"구원해 주실 계획은 있으시군요."

"너희 인간들의 조상인 내 자식들이 타락하여 죄를 지은 모순된 인간이 되었을 때 쫓아낼 수밖에 없는 태 할배의 처절하고 고통스럽고 애달픈 심정을 알아?"

"자식이 부모의 심정을 모르고 사니 죄송하옵나이다."

"꼬시래기가 제 살 뜯어 먹듯이 서로 싸우고 사는 기생충 같은 중생들아. 인간은 뛰어 봐야 벼룩이고 신은 빛이니라. 타락하여 모순된 인간들이 깨닫지 못하고 모순으로 물질 속에서 지식만 쫓다 보니 참된 사람이 되는 길이 멀고도 멀어졌어. 이제사 너로 인해 길이 보일 것 같구나."

"무지한 존재가 사람이옵나이까."

"너희들이 매일 먹는 만물이 과학이냐, 종교냐."

"종교, 과학. 저는 종교라고 말하고 싶은데 일반 사람들은 자연이니 과학이라고 말할 것 같사옵니다."

"과학이라고 말하는 사람은 2%가 부족한 인간이고 종교라고 말하는 사람은 100%짜리야. 작은 콧구멍으로 숨 쉬는 것은 과학일까 종교일까. 숨 쉬는 것 역시 과학이라고 말하는 자는 3% 부족한 자이고 종교라고 말하는 자는 200%짜리야. 피조 세계를 만들어 주신 태 할아버님을 빼면 말이 안 된다는 말이니라. 갑 씨도 아닌 자들이 갑질이나 하니 너희 인간들이 언제 참다운 진실한 사람인 만물의 영장이 되겠느냐."

"살살 말씀하시옵소서. 무섭습니다."

"모순된 인간은 간땡이가 부어서 잘 놀라지도 않던데."

"네. 저도 삼 분짜리밖에는 안 되거든요."

"으하하하하, 기특한 녀석. 너 빼고…. 역병이 도질 때도 그때뿐이었지. 그러니 인간 통치 시대는 끝을 내련다."

"궁금했는데 악마의 짓입니까. 아니면, 태 할배께서…."

"악마의 짓이면 인간들이 악마를 이길 수 있겠느냐."

"태 할배의 도움이 절대로 필요할 것 같습니다."

"먼저 땅에서 삶의 방식을 바꾸어야지. 만물을 사랑하라. 환경을 깨끗이하라. 만물의 주인은 이 신님이신 태 할배가 주인이니 주인께 감사하고 먹고살아야지. 이런 무지하고 쓸모없는 인간들을 어떻게 해야 좋을까."

"잘 가르쳐 주시옵소서."

"사랑의 온도는 몇 도인 줄 아느냐."

"뜨거워야 하니 백 도 정도 되시옵나이까."

"칠십이도니라. 그러니 참된 사랑만 하면 신통하지."

"제대로 알지 못하고 실천 못 하고 사니 문제입니다."

"사랑의 온도로 안 되는 것이 없느니라. 왜 사람은 심정과 신성으로 만들었기 때문이니라. 순천하는 진실한 사람들에게는 만병통치약은 간절한 심정으로 태 할배를 그리워하고 뜨거운 열정으로 사랑하면 다 녹일 수 있나니라."

"인간들이 태 할배를 진실하게 믿지 않는다는 말이군요."

"모순된 가사모들이 모순된 짓밖에 더할까. 같은 편끼리 같은 친구끼리 생각과 사상이 달라서 언쟁하며 짜증 내잖아. 너희 인간들끼리 충성 맹세해 봐야 모순된 짓밖에 더하겠어. 잘할 것이란 기대가 경험해 보지 못할 낭패를 본다네. 모순으로 되는 게 아니야. 진리인 태 할배를 믿어야 해결될 때가 되었어."

"어떻게 하면 되오리까."

"이제는 이 태 할배를 진실로 경외해야 할 것이니라."

"가사모들이 설치는 세상이니 안타깝습니다."

"속일 줄만 알고 만물만 탐하고 갑질만 할 줄 아는 무지한 너희들의 능력이 겨우 그것뿐이냐. 3분짜리 인생들아. 울부짖는 불쌍한 너희들을 볼 때마다 이 할배의 가슴도 안타까움과 슬픔으로 미어지니 악습을 이제는 끝내자."

"인간들의 생활에 문제가 많다는 것이지요."

"매일 술이야 마약이야 도둑질이야 도박이야 돈이 신이지. 속고 속일 줄만 아는 인간들. 칼에 총에 미사일에 핵에. 인간다운 인간이 있어. 양심 불량에 만물의 노예가 되어 가지고 쓸모없는 말장난도 신물이 난다고. 그러고도 인간이야? 난 너희 인간들이 불쌍하면서도 무서워. 피조물 중에 최고 걸작품이 인간인데 너희들은 모순되어 무지한 인간으로 전락하여 실낙원한 인간의 후손이니 오죽하면 애천성(愛天星)에서 쫓아냈겠느냐. 악을 만든 모순된 인간을 그냥 둘 수가 없었던 것이지. 암튼 이제는 때가 되었느니라. 태 할배는 천문이 너를 통해 싹 갈아엎으련다."

"네, 진심으로 믿지 못하는 인간들 때문에 할배의 고충도 인간 못지않게 슬프겠군요. 현재 숨넘어가는 우종이란 사람은 좀은 순진한 인간인 것 같아서 청해 봅니다."

"그래, 그래. 청순하고 순전한 천문이가 하늘문을 열어야 하니 네 부탁이 맘에 드니 살려 주마. 한데 그 인간은 네가 살려 주었다는 생각을 꿈에도 하지 않을 것이고 더구나 이 태 할아버지신께서 살려 주었다고는 더더욱 믿지 않을 텐데 어쩌나."

"나는 한 생명을 살리는 일에 최선을 다했고 할배도 인명은제천이니 살려 줄 수 있는 능력을 가졌으니 베푸는 게 사랑 아닙니까. 제발, 살려 달라는 저 울부짖음이 들리시지요? 사랑하는 우리 할배."

"아빠 없이는 우리는 어떻게 살아. 죽지 마, 아빠. 아빠, 죽으면안 돼. 안 된다고. 빨리 눈을 떠 봐."

"어린 것들의 통곡 소리를 들으니…. 부모 없이 살려면 불쌍하고 힘들게 살겠지. 그런 불쌍한 인간들의 고통만 보이느냐는 말이다. 이 할배의 고통은 누가 알아주니."

"태 할배의 고통도 있다는 말씀이십니까?"

"그럼. 너희 인간들은 이 태 할배의 죽을 만큼 아프고 괴롭고 힘든 고통을 아느냐? 아무도 이 할배를 찾지도 않고 마음에 두지도 않고 생각지도 않고 살아가니, 너희 인간들이 그런 고통을 느껴 봐야 신님에게 관심이라도 가질 것이며 찾을 것이 아니겠느냐?"

"수많은 사람들이 이 시간에도 신님들을 애타게 부르며 기도하고 믿고 있던데요."

"외식적인 믿음을 원하는 게 아니야. 그들이 진리를 알고 진심으로 믿는 것 같으며 참된 사람 같더냐. 이 신님은 너희들이 진짜 인간이 되기를 학수고대하느니라. 인생은 두 번 죽고 세 번 사는 것이야. 3번째는 인간을 영원히 살게 만들었는데 그깟 육신이 뭐가

중하고 대단하다고 살려 달라고 애걸복걸하며 난리를 떠느냐."

"인간은 많은데 사람다운 진사를 찾으시옵나이까?"

"나쁜 짓인지도 모르고 나대며 발악을 하는 타모인들은 쓸모없으니 문제이지. 후인불가를 아느냐."

"인간이 모순되어서 만물만 탐하고 싸움밖에 할 줄 모르는 인간들뿐이라는 말씀이시옵나이까?"

"인류의 원수는 인간이야. 나쁜 인간은 왜 안 잡아가느냐고 하는 그들이 양심적이며 깨끗하더냐."

"나쁜 인간들이 없으면 좋은 사람들만 남을 것인데요."

"좋은 사람, 완성된 사람, 성인만 있으면 무슨 걱정."

"양심이 살아 있는 사람, 법이 필요 없는 사람만 사는 세상은 이상세계이니 바로 극락이나 천국입니다."

"나쁜 인간들 다 잡아가면 인간 세상은 매일 초상치고 통곡하게 돼. 장례식장만 최고 호황을 누리며 일은 언제 해."

"왜 죽게 만들어서 통곡하게 하십니까?"

"죽음이 슬프더냐. 잠깐의 이별이니라. 죄를 지으나 안 지으나 인간은 죽게 만들어졌어. 그러니 죽기 전에 깨달을 수 있는 시간을 주는 것이니라. 너희 조상들이 이 태 할아버님의 참사랑을 배반한 악마의 후손으로 태어났으니 타락된 인간이라고 하는 거다."

"타락된 악마의 후손이라니요."

"너는 마음이 몇 개냐?"

"마음이 하나인 것 같습니다."

"인간들이 모순되었다는 마음이 둘이지. 양심과 사심이지. 이 신님께서 인간을 만들 적에는 양심 하나만 있었지만 죄를 짓고 사심 이라는 마음이 생겨서 두 마음을 가진 인간이 되어 모순되었으니 악마의 후손이 된 너희가 천비와 영생의 개념을 어찌 알겠느냐?"

"인간은 보이는 것만 알지 보이지 않는 것은 모릅니다."

"네 육신 속에 의식이 있고 그 위에 심정이 있고 그 위에 마음이 있고 마음 위에 영인체를 완성하여 사랑체로 완성되면 그 위에 이 신님이 있으니 너희들의 일거수일투족을 훤히 알고 있느니라."

"만물의 영장인 참된 사람이 되어야 제가 태 할배라고 부를 수 있는 자격자가 된다는 말씀이시지요."

"심 봤구나. 보물을 찾았어. 네가 아는 것은 무엇이냐?"

"전지전능하신 하늘부모이시며 거룩하옵신 태 할아버님이시여. 어떻게 해야 사람다운 인간이 되겠습니까?"

"태 할아버지의 심정과 신성을 제대로 알게 되면 인격자 되고 만 물의 영장이 되어 진짜 사람이 되겠지."

"진짜 사람이 되기 위해서는 어떻게 해야 하시옵나이까."

"태 할배는 사랑의 독재자야. 다시 말해서 세상의 모든 것이 내 것이야. 너희 인간들은 도둑놈들이야. 공기가 누구 것이야. 이 태 할배 것을 마음대로 사용하면서 감사하는 마음도 없이 자기들 것 이라고 착각하고 마음대로 숨쉬며 만물만탐하는 모순된 인간들이 설쳐 대니 꼴 보기가 싫으니 네가 천비를 알려 주어야 천지가 개벽 되지."

"송구하옵니다."

"마음의 양식은 말씀이니 생소인 말씀을 먹어야 해. 천주의 비밀

태 할배

은 '태 할배와 궁장'. 네가 밝혀 놓으면 돼."

"읽다가 보면 자연히 알게 하시는군요. 정치가 문제라던데 어떻게 통치를 해야 하옵나이까?"

"태 할배와 네가 하나 되어 신통으로 하면 돼. 이 태 할배와 네가 일심일체가 되면 천지개벽이 일어날 것이며 세상 모든 문제는 깨끗이 해결될 것이야."

"할배의 소원이 무엇입니까. 하명하시옵소서."

"태초의 인간인 나의 사랑하는 자식이 '따 먹지 말라'는 말씀을 경홀히 여겨서 천지의 사랑판을 뒤집었어. 죄지은 자를 그냥 둘 수 없기에 내 자식이지만 태 할배인 내가 거룩한 애천성에서 쫓아냈지. 그래서 너희 인간은 실낙원한 것이야. 그러니 지상에 애천궁을 지어서 거기에 들어갈 수 있는 자격자를 만들면 되나니라."

"악행을 저지르는 모순된 존재가 되었으니 땅을 치고 통곡할 일을 만들어 버렸다는 말씀이십니까."

"깨달으라. 애천성인 참행복마을에서 쫓겨난 후손들이니 회개하고 뉘우치고 깨우쳐 참된 사람이 되어서 실낙원했던 애천성을 회복하도록 해 주면 되느니라."

"그게 할배의 소원입니까?"

"이 할배의 고민은 모순된 인간을 참된 사람으로 거듭나게 하여 내 아들딸로 회귀하기를 바라는 것이야."

"모순된 인간들은 태 할배 말도 잘 안 듣고, 세상에서 제일 말 안 듣고 골치 아픈 인간을 제가 어떻게 하오리까."

"죽어 가는 생명을 살려 달라고 애원했잖아. 네 소원을 들어주면 당연히 이 태 할배의 소원도 들어주어야지."

"어린 나를 그렇게 믿으십니까."

"네가 제일 적임자이며 넌 할 수 있어. 네 앞 할배와 아버지와 이 태 할배가 적극적으로 도울 것이니 오직 너만 할 수 있어. 할배의 소원을 풀어 줄 사람은 오직 너뿐이야."

"그게 할배의 소원이라. 그렇지만 어린 나에게 그런 어려운 부탁을 하시다니…. 전 못 합니다."

"넌 할 수 있어. 네가 안 하면 누가 하리."

"겨우 10돌 지났는데 그 어려운 일을 어떻게 합니까."

"넌 할 수 있어. 하고말고. 이 태 할배만 믿어."

"태 할배가 직접 하시면 안 되겠습니까."

"태 할배는 사랑으로 세상을 만들었으니 끝까지 뉘우치고 회개하기를 바라노라. 나쁜 인간을 벌주려면 아무도 남지 않을걸. 수많은 사람들이 상하고 죽을 텐데…."

"그러면 안 되니…. 태 할배 소원을 들어 드리겠습니다."

"너밖에 없구나. 성심을 다하여 신통 시대를 열어서 앞으로 이 태 할배의 소원도 네가 풀어 주면 좋겠구나."

"'태 할배와 궁장'의 신통 시대라고 하면 되겠습니까."

"이제사! 이 태 할배의 소원도 풀 수 있겠구려."

"전력투구하겠나이다. 이 소자를 믿어 보시옵소서."

"믿으면 발등 찍히는데 믿어도 되겠느냐."

"참, 할배도 속고만 사셨어요. 이 사나이의 뚝심을 믿어 주시고 힘주시고 승리할 수 있도록 역사해 주시옵소서."

태 할배

"믿을 만한 인간이 있어야지. 제 잇속만 채우면 변하는 심보를 가진 사심의 대가들인 인간을…. 네게 능력을 줄 것이며 너의 소원은 다 들어주마."

"고맙습니다. 탁월한 신의 한 수이며 탁월한 선택입니다. 믿을 수 있는 인간이 적겠지만 결코, 후회하지는 않을 것입니다. 사랑하는 우리 태 할배."

"너야말로 참된 사람이로구나. 좋아. 그렇게 하자."

"네, 태 할배의 심정과 내 마음이 통했으니 하늘의 천비를 이 땅에서 참된 사람이 되도록 가르치고 훈육하겠나이다. 꼭 성공하겠으니 믿어 주세요. 태 할아버님."

"숨넘어가는 가족들을 위로해 주거라."

"참, 태 할배를 급하게 찾아야 할 때 뭐라고 부를까요."

"태 참 참 축 가."

"편안히 계시옵소서. 땅의 일을 풀어 드리겠습니다."

"하늘의 문을 열어 줄 천문이 네게 애천권을 보여 주마. 봐야 이루어 해 줄 것이 아니냐. 따라오너라."

"네, 태 할배."

박창태 친할아버지인 앞 할배는 속이 타는데 병원 의자에 앉은 천문이가 피곤하여 졸고 있다고 생각했다.

"얘가 맥없이 졸다니 힘든 일이 있었나."

천문이는 태 할아버지의 말씀에 따라 공중에서 내려온 금수레를 타고 어디론가 가고 있었다. 어두운 곳은 아마도 지옥인지 악한 영들의 신음과 절규와 탄식 소리만 가득했다. 으스스하고 무서운 캄캄한 곳을 지나고 나니 끝없는 동산이 이어졌고 그곳을 지나니 제법 많은 사람들이 한복 같은 옷을 입고서 재미난 이야기들을 하는 것 같았다. 동산에는 많은 꽃들이 활짝 피어 있었으며 그다음 곳에는 빛나는 다이아몬드, 진주, 금 등 보석으로 만든 집들이 즐비하였는데 맨 위쪽에 우뚝 솟은 참으로 찬란하고 빛나는 건물 위를 금수레는 선회를 했다.

"여기가 태 할배가 사는 애천궁이니라."

"어매, 기철초풍하게 아름다운 건물입니다."

감히 상상도 할 수 없는 아름답고 눈부신 애천궁이었다.

"보라고. 이 광활한 무형실체 세계인 애천성에 들어올 수 있는 영들을 땅에서 준비를 해야 하느니라. 천문이 네가 사람들을 그렇게 인도해 주면 좋겠구나."

"네, 미천하지만 최선을 다해 보겠나이다."

영계란 곳은 무한대이며 별천지구만. 수많은 행성들의 세상. 광활하고 아름다운 그곳. 영들만 사는 세상. 아….

"애천궁의 아름다운 세계를 잘 봤지."

"네, 태 할배. 입궁 조건이 있나이까."

"양심 하나면 돼. 첫째로 제일 축복인 몸마음이 하나 된 개성진 리체가 되는 것. 둘째로 부부가 축복 결혼을 하여 완성된 자녀를 낳고 성자가정을 완성하는 것. 셋째로 영인체를 완성하여 만물을 주관할 수 있는 양심적인 사람들만 들어올 수 있느니라. 축복식을 통해서 3대 축복을 회복하게 해 주거라. 자, 그러면 다시 돌아가서 네 임무를 완성해다오. 부탁하노라. 꼭 성공해야 한다."

"신통 시대를 열어 드리겠습니다. 믿어 주세요. 태 할배."

"이 성패(聖牌)는 태 할배가 네게 주는 신물(神物)이니라. 너를 악에서 지켜 줄 신물이니 항상 지니고 다니거라."

"네, 감사하옵나이다. 일심으로 승리하겠나이다."

신물인 성패를 받아들고 너무너무 기뻤다. 태 할아버님의 안내로 광활한 우주를 경유하여 태양도, 달도, 별도 가 보고 아름다운 애천성을 떠나오니 황홀했던 순간은 점점 더 멀어졌다…

다시 우리들이 살아서 숨 쉬는 병원으로 돌아왔다.

태 할배를 닮은 심정과 신성으로 영인체를 완성한 인간으로 복귀 회귀시켜 양심적인 부부가 되어 완성된 참가정을 완성하게 하여 착한 인간을 낳게 하는 것이 나의 사명이로구나. 아주 어려운 중책이로다. 결혼도 주선해야 하고….

시간은 왜…. 재깍 째깍 째깍. 기대 기대 기대.

정신을 차리고 보니 응급실에서 가족들은 아직도 살려 달라고 애원하며 울부짖고 있었다. 벌써 목이 쉬었다. 볼수록 측은하고 불쌍하게 보였다. 生死(생사). 우리들 주위에 그림자처럼 따라다니는 죽고 사는 문제가 우리 인간들의 전부인데 이런 일이 왜, 무엇 때문에 일어나는지도 모르고 사는 불쌍한 인생들…. 무지 속에서 살아야 하는 한모불사한 난잡한 인간들의 시대를 끝내려고 하는 태 할배.

"이대로 가면 이 어린 자식들은 어떻게 하나. 아이고, 불쌍한 이 내 팔자야. 나는 어떻게 살라고…."

눈물 콧물을 쏟아내며 통곡하는 가족들. 산소호흡기를 부착했는데도 숨은 거칠어지고 입에서는 거품을 내뿜으며 배는 볼록 올라왔다가 내려갔다가를 반복했다.

"할배, 저러다가 숨 떨어지면 어찌 될까."

"아마도 죽겠지…."

놀란 할아버지는 나를 보고 말한다.

"아니, 너 언제 일어났어. 아까 졸고 있던데…."

"내가 깜빡 졸았었나…."

사람들은 저세상인 영계가 있다는 것을 알기나 할까? 아찔했던 그 순간에 나의 간절한 믿음으로 태 할아버지는 살려 주신다고 하셨으니. 인생사를 좌지우지하는 태 할배만을 믿습니다. 인생의 답은 태 할배로부터….

"걱정 마세요. 곧 건강한 모습으로 일어날 것입니다."

"이런 꼴을 보면서도 그런 말이 나오느냐. 지금도 입에 거품을 물고 숨을 할딱거리는데… 네 말을 믿을 수 있어? 하이고, 아이고. 불쌍한 이 중생을 누가 살리나?"

"'태참참축가'라고 기도해 보세요. 곧 일어날 것입니다."

울부짖는 유족에게 한마디 더 던지고 밖으로 나왔다. 온통 환자들과 가족들이 득실거리는 병원에는 숨 쉴 만한 공간조차도 없을 정도로 혼잡하고 바쁘게 돌아가고 있었다. 굴러가는 침대를 뒤따라 나가면서 오열하는 가족들. 또 누군가 죽었구나.

'하루에 몇 명씩이나 죽어 나가는 거야. 죽음이라…'

웨엥-웨엥-웨엥. 급해 급해 급해.

요란한 사이렌을 울리며 응급차가 도착했다. 응급실을 향하는 응급 환자. 한편으로 초췌한 얼굴로 퇴원하는 사람. 생사를 넘나드는 곳. 아기가 태어나고 한쪽에서는 숨 떨어져 죽어 나가는 사람 등 수많은 목숨들이 살았다 죽는 곳이 병원이다. 아무리 학문을 닦고 배우고 공부해도 알지 못하는 영역이 죽음이며 무형실체 세계인 영계일 것 같다.

지나가다가 보니 철순이 같았다. 가까이 가서 보았다.

"너, 여기 어떻게 왔어."

"응. 우리 큰아빠가 돌아가셨어."

"왜, 언제?"

"어제 심장마비로…"

"안됐구나."

보라, 저기 또 한 생명의 불이 꺼졌구나. 철순이 큰아버지. 어찌하여 숨이 떨어졌을까. 아, 심장마비…. 제가 제일이라고, 악심으로 산다고 소문이 난 철순이 큰아버지. 큰소리치던 그도 죽음 앞에서는 어쩔 수 없었던 것 같다.

"태참참축가."

…

"왜 불렀어."

"철순이 큰아버지는 살려 주면 안 되었습니까?"

"더 살아서 뭐 하게. 양심을 훼손시켜서 사심만 커지면 악성이 쌓여서 영인체가 악해지면 무엇에 쓸까."

"네, 알겠습니다."

"타락하여 모순된 인간들이 죽든 말든 상관 말고, 땅의 일은 앞으로는 네가 스스로 판단하여 답을 내거라. 지혜와 명철을 주었으니 네 마음대로 해도 법도를 어긋나지는 않을 것이야."

"네, 태 할배. 감사드리옵니다. 진심으로 사랑합니다."

"녀석, 네게는 무한한 능력을 주마. 너는 믿을 수 있구나. 태 할배는 천문이가 성공할 날만을 기다리마."

금방 사라지셨다.

철순이 큰아버지의 빈소 분위기는 침울하였다. 겉모습은 순한 양인데…. 어쩌면 태어날 때부터 그런 모순된 악성으로 가득 찬 삭은 피를 받았는지. 진리도 모르고 천륜도 모르고 죽음도 모르는 사심에 찌들어 사는 무지함. 보통은 그렇게 사는 것이 잘 사는 것이라 착각하는 중생들을 어떻게 깨우치게 할 수 있을까? 귀가 있어도 말귀를 못 알아듣는 이들을 어떻게 알게 해 줄 것인가.

"깨어났다. 깨어났어."

하우식 가족들은 그때야 안도의 한숨을 깊이 내쉬었다.

며칠 입원을 하라는 의사의 진단이었다.

"천지신명님이신 태 할아버님께서 숨넘어가는 우식이 아저씨를 살려 주셨으니 신께 감사하세요."

가족들과 당사자에게 한마디를 전했다.

"뭐라고, 나를 신이 살려 주었다고? 어린 녀석이 거짓말도 잘하는구먼."

"역시, 그럴 줄 알았어요. 하지만 사실입니다. 암튼 나는 잘 전했으니 그런 줄 아세요. 내 말을 믿는 자에게 복이 있나니라. 태참참축가."

"어린 녀석이 사이비 교주 같아. 지가 뭘 안다고…."

괜히 태 할배에게 살려 달라고 애원을 했나…. 역시 믿지 않는구먼. 살려 달랄 가치도 없는 인간을…. 그래도 목숨은 무엇과도 바꿀 수 없으니…. 언젠가는 깨닫겠지.

"태참참축가라고 기도 안 해 봤어요."

"무슨 말인지도 모르는데 기도를 어떻게 해."

"나는 그렇게 기도하니 깨어났잖아요. 기도 효과지요."

그들은 무슨 영문인지 모르고 나를 의아하게 쳐다보며 벌레를 씹은 떫은 표정들이었다. 살아나서 기분은 좋으나 기도 덕분에 살았다고 하니 내키지 않는 것 같았다.

"태 할아버님 감사하옵니다. 진실로 감사드립니다."

이렇게 감사하고 살아야 하는데….

'갑질'을 하는 이유는 지식, 명예, 재물, 권력, 습관성의 고집 등을 가지게 되면 삶에서 별것이 아닌데 본의 아니게 횡포를 부리게 되기 때문이다. "내가 이 정도 가졌는데 네 말을 왜 들어?"라며 편견에 사로잡힌 고집의 장막 속에서 우물 안에 가둬지기 때문에 아무리 들으라고 외쳐도 미련스러운 짓인 줄 알면서도 귀와 눈과 마음의 문을 닫고 갑질을 하게 된다.

법에 의지하는 모순된 중생들아. 진짜 법은 숨 쉬며 사는 것이 만들어진 법이니라. 너희 인간을 위해서 존재하는 공기는 누구에게나 공평하게 주었으니 마음대로 숨을 쉬거라. 너희들의 악법을 가지고 싸우지 말라. 이제는 버릴 때가 되었느니라. 정치도, 종교도, 권력도, 재물도, 사회도, 사상도, 편 가르기 하면서 서로 굴종시키려고 온갖 감언이설들이 신물 나니 편견도 죄니 버리라네. 내 속에 양심이 그걸 모른다면 내 양심은 소갈머리가 없거나 찌그러져 있다는 증거이니라.

태 할아버님을 화나게 하시면 천지풍파로 대환란이 올지 모르니 권고할 때가 좋을 때이니 경고할 때 깨닫지 못하면 두려움이 총담같이 검어질 것이니라.

태 할배

삼 생애를 산다

"고추를 달았어요."

대문 앞에는 붉은 고추가 달렸다,

대문이라고 해 봐야 사릿문인데 거기 양옆에 새끼줄을 치고 아들 낳았다고 붉은 고추를 주렁주렁 달았다. 옆에 사는 사촌은 딸을 낳았다고 구박을 받았단다. 아기를 낳다가 산모가 죽는 경우도 있는데 다행이었다. 손이 귀한 집안이라서 같은 값이라면 사내아이가 태어나는 것을 학수고대해 왔던 터라 가슴에 맺힌 한이 조금은 풀리는 것 같았다.

전쟁도 겪고 가난도 겪으면서 열심히 사시던 우리 증조할배와 할매, 할아버지와 할머니, 아버지와 어머니 그 아들이 바로 박천문이란 이름을 가진 '나'란 사람이다.

아버지 없이 어린 시절을 보내며 힘들고 암울했던 세상에서 가난을 업으로 삼고 살았다는 그분은 바로 내 옆에 계시는 박창태, 우리 할아버지. 앞 할아버지가 태어날 때 태몽은 태양이 훤하게 동이

트는 꿈을 꾸어서 필시 집안을 살릴 유능한 아이가 태어날 것을 은근히 기다렸는데 우렁찬 울음소리만 듣고 가문에 희망을 걸었다는 우리 할배의 부모님들.

　지금 내 옆에 친구처럼, 아빠처럼, 할아버지처럼, 스승처럼 날 지켜 주시고 보호해 주시는 나의 바라기인 우리 앞 할배. 감히 범접할 수 없는 대단한 분이시다. 한 시대를 넘어 네 세대를 살아오면서도 착하게 살아야 하는 그런 전통이 가문의 사명인지도 모르는 일이었다. 증조할아버님은 일찍 돌아가시고 증조할머니는 자녀들을 위해 일생을 고난 속에 힘들게 사셨단다. 사십 대에 자궁암으로, 육십 대에는 췌장암으로 고생하셨던 증조할머니. 병원에서 수술 안 하면 죽는다는데 증조할머니는 거절해서 퇴원하고 십여 년을 더 사셨다. 할아버지는 증조할머님의 오른쪽이 벌겋게 피로 물든 모습이 보였다는 것이다. 암튼 할아버지의 기도와 정성으로 구십팔 세까지 사셨단다. 시간은 빠르게 흘러갔고 나도 두루학당(초)을 다니고 있으니 세월은 말없이 빨리 흘러가고 있었다. 세상에서 가장 정확하게 일하고 있는 고장 없는 벽시계는 추를 흔들며 쉼이 없다.

　뻐꾹, 뻐꾹, 뻐꾹. 잘해, 잘해, 잘해.

　지상에 시간이 있다는 것은 제약이 있다는 것이다. 천상에는 시공을 초월하는 세상이 분명 존재하고 있었다.

　"천문아."

　"네, 할아버지."

　"아빠가 태어날 때도 그랬고 네가 태어날 때도 그랬지."

　"뭐가요? 무엇이 그랬다는 것입니까, 할배."

"네 아빠는 태어날 때 커다란 용과 호랑이를 만나는 꿈을 꾸었고 너는 네 엄마가 이곳저곳을 다니면서 온 산의 정기를 마시며 많은 사람들을 호령하는 꿈을 꾸었으니 너도 큰 인물이 될 것 같아."

"참, 할배도 싱겁기는. 천재는 구십구 프로가 피와 땀과 노력이라며 타고나는 것도 중요하지만 노력을 해야 참다운 인생길이 되겠지요. 생명은 태 할배 것입니다."

"참, 네 조카가 태어났다는구나. 오늘이 일주일 넘었으니 갓난아기 보러 갈까."

유리 밖에서 바라보는 아기는 참으로 짠했다. 나도 저렇게 태어났겠지. 주먹 쥔 조그만한 손으로 허우적거린다. 너는 무엇 하러 태어났나. 만물의 영장 되려고….

"요즘 젊은이들은 왜 아기를 안 낳으려고 하는 거야. 가정당 0.89명으로 인구가 절벽을 향하고 있다는데…."

"산부인과와 조산소가 거의 사라져 가는 현실이야."

부모의 가장 큰 행복은 자녀를 바라볼 때이다. 그런 재미를 맛보려 하지 않고 힘든 부분만 생각하는지도 모르겠다.

암튼 남자인지 여자인지, 최고 보물이 생식기이니 확인을 제일 먼저 하고 육신이 제대로 건강한지를 본다. 물은 생명을 만들어 가는 것이 참으로 신비하다. 양수 안에서 이목구비가 만들어지면서 생식기가 그렇게 달라지다니….

"엄마 배 속에서만 산다면 이목구비가 필요할까?"

"아, 필요 없겠군요. 탯줄로 영양분을 공급받으니…."

"만약에 바빠서 팔 하나를 못 만들면 육신으로 살면서 죽을 때까지 한 팔만 가지고 살겠네요. 건강한 사대육신을 가지고 태어난 것이 얼마나 큰 행운이요, 복인 줄 알아야 할 것 같습니다."

"첫 번째 생애는 열 달의 물속 세계이고 두 번째 생애는 기중 세계인 백 년의 땅의 세계이고 세 번째 생애는 애중 세계인 하늘에서 무형실체인 영인체로 영원히 사는 애천성의 세계이지."

태어나는 아기와 죽어 나가는 시체…. 죽고 사는 문제가 인생 문제인데. 이런 인간 세상에서 사람다운 사람을 찾는다.

"육신의 두 번째 생애도 중요한데 관심 없으니 문제…."

"인체는 신비 자체이지. 입이 말할 줄 알고 귀가 들을 줄 알고 눈이 볼 줄 안다는 것에 감탄할 뿐이지. 오관을 가지고 육감으로 느낄 줄 아는 건강한 몸뚱아리로 태어난 신비함에 감사해야지."

"기중 세계에 필요한 것을 물속 세계인 엄마 배 속에서 미리 준비하셨다는 것은 참으로 오묘하고 신비한 준비이며 계획적으로 만들어진 태 할아버님의 창조법이며 그분의 심정과 신성을 나타내신 것을 알 수 있을 것 같습니다."

"하늘부모님이나 천지신명님이나 부처님이나 창조주나 하나님이라고 불러야 할 텐데 너는 왜 태 할아버지의 창조법이라고 해."

"앞 할배. 왜 그게 궁금합니까."

"거룩하시고 무소부재하신 하나님을 부르시는데…"

"나도 심정과 신성으로 태어났지요. 그러니 나의 아버지, 어머니, 할아버지, 할머니…. 쭉 거슬러 올라가니 태초에 할아버지가 있겠지요. 그러니까 내 앞에 있는 할아버지는 앞 할배이고, 신이신 태초에 할아버지를 편하게 태 할배로 부르기로 했습니다."

삼 생애를 산다

"그래, 신통한 녀석이로다. 나를 앞 할배로, 하나님을 그냥 태 할배로 부르기로 했다고."

"왜, 그러면 안 돼?"

"거룩하신 신님을 경홀하게 부르는 것 같아서 걱정이다."

"앞 할배, 걱정할 것은 없어. 태 할배와 내가 이미 그렇게 부르기로 합의를 했거든. 약속했다고요."

"아기가 어릴 때는 모두 귀엽고 깜찍한데 크면 왜 말을 안 들을까. 뒤에 모순된 인간의 과정을 말해 줄게. 참, 친척이 돌아갔는데 장례식장에 가 봐야 하는데…"

"그래, 갑시다."

태어나는 사람과 죽는 사람. 이게 인생인가. 할배와 장례식장에서 문상을 하고 음식을 먹으면서 친척들과 마주 앉아서 격려 겸 안타까운 마음을 위로했다. 그렇게 슬퍼할 연세도 아닌 88세를 살다가 가시니 유족과 지인은 서로 안부도 묻고 근황을 주고받았다.

"할배, 태어나서 육신 가지고 아옹다옹 살다가 육신이 숨 떨어지면 땅에 묻어 버릴 허무한 인간의 몸뚱이지요."

"육신이 성장하여 결혼하면 자식을 낳고 그의 육신은 늙어 가지. 죽기 전에 육신 안에 또 다른 사람이 있는데 그걸 영인체라고 하는 거야. 그 영인체를 완성시키고 육신을 벗으면 영인체는 영원히 사는 것이지."

"육신을 벗은 우리 아버지가 보이나요."

친척 중에 똑똑한 이홍대가 죽은 사람의 혼백인 영인체가 무엇이며 지금 보이느냐고 물어온다.

"옛날에는 혼 또는 혼백이라고 하였는데 육신의 모습을 닮은 영이니 영인체(靈人體)라고 하며 육신을 벗은 후에 육신을 빠져나간 영인체는 3일 동안은 자리를 잡기 위한 준비 기간이니 아직은 잘 안 보이네요."

"사람은 이중 구조이지. 몸도 중요하고 그다음 마음은 더 중요하고 그다음 영인체는 더욱더 중요하지."

"할배, 영인체는 언제 만들어지는 것일까요?"

"태어나면서 숨을 들이쉴 때 육신 속으로 들어간다고 생각하는데…."

"그렇다면 수많은 영인체들이 기중 세계에서 태어날 육신을 기다리고 있다가 자기 육신이 어머니 몸 밖으로 나오면 숨을 내쉬고 들이쉴 때 그 속에 들어간다는 말입니까?"

"그렇구나. 영인체가 몸 밖에서 이미 존재하고 있었다면 굳이 육신 속으로 들어가야 할 이유가 없겠구나."

"모든 생명을 가진 존재는 체가 있습니다. 정자와 난자가 만날 때 생명력인 에너지를 가지고 있기 때문에 정자는 난자를 향하여 죽을힘을 다해서 달려갑니다. 인간이 4킬로미터를 걸어갈 수 있는 에너지의 힘으로. 난자 속에 한 마리가 들어가면 문을 닫고 두 마리가 동시에 들어가면 쌍태가 되는 것입니다."

"생명을 가진 존재가 살아 있다는 것은 의식이 있다는 것이니 정자와 난자 때부터 생명체의 의식을 가지고 있으므로 둘이 하나가 되어 세포분열을 통해 사람이 되지."

"인지, 인식, 의식, 감각, 정신, 축, 생명력을 가진 존재. 영인체를

삶 생애를 산다

안다는 것은 참 쉬운 일이 아니라는 것이지요."

"그러니까 배 속인 물속에서 사람의 모습으로 형성되면서 최소한의 영인체로 만들어지는 것이고 육신 밖으로 태어나서 숨을 내쉬고 들이쉬면서 영인체가 정상적인 기능을 하면서 선령이 될 것이냐 악령이 될 것이냐로 결정된다는 것이지."

"생명체가 움직일 수 있는 에너지. 그것이 점점 커지면 의식이라는 것으로 발전되어 인식의 능력을 갖게 되고 인식이 더 확대되면 정신이 되어 분별의 능력까지 갖추게 되어 마음이 되고 마음 위에는 영인체라는 무형실체의 완성체로 되어 사랑체는 완성되는 것이니 육신은 벗어도 된다는 결론입니다."

"태초에 태 할아버지께서 물과 흙과 공기로 인간을 만드시고 인간의 형체가 다 만들어지니 코에 생기를 불어넣으니 생령이 되어 사람이 되었다는 것이지."

"이성과 감성이 다르지요."

"학문인 지식을 공부할 때는 머리가 아프고 부모가 돌아가시면 마음이 아픈 것이니. 머리는 이성적으로 움직이고 마음은 감성적으로 움직인다는 것을 알 수 있지."

"생령이 뭐냐 하면 살 수 있는 무한대의 최고의 에너지. 다시 말해서 무형실체로서 영원히 살 수 있는 최고도의 영적 에너지의 근원인 완성체를 사랑체라고도 할 수 있지요."

"정자와 난자가 만나서 육신을 가진 인간으로 완성되면 배 속에 있을 필요가 없으니 코로 숨 쉬는 기중 공간에 태어나서 육신 속에 있는 영인체는 제 기능을 할 수 있게 되는 것이지."

"육신이 살아가면서 나쁜 짓을 하면 악령이 될 것이고 반대로 태 할아버지처럼 신성을 갖춘 사람이 되어 양심적으로 살면 태 할아버지를 닮은 절대적인 생령체인 선령의 영인체로 완성되는 것이니 육신을 가지고 땅에 살 때 결정되는 것입니다."

"신님의 창조 이유를 알겠습니다. 육신만 제일이라고 생각하고 살았는데 이제야 인생의 가치를 깨닫게 된 것 같습니다."

"생명을 가진 존재는 태 할아버지의 무형의 심정과 신성체로 존재하니 그것을 사랑이라고 하는 것입니다."

"아니, 그 어려운 문제는 어떻게 알았다니…. 삼촌 말씀과 천문이 말이 맞는 것 같습니다."

"그야 궁즉통이니 척하면 알게 되는 것이지요."

"생명을 가진 존재를 함부로 죽이면 안 되겠지."

"낙태를 할 때 아기가 가위를 이리 피하고 저리 피하다가 결국 잘려서 죽는 것이지요. 피한다는 것은 살아 있다는 의식이 있는 것이고 의식이 있다는 것은 본능적인 인식이 정신과 영인체로 연결돼 있다는 말이니 낙태는 살인이라고 볼 수 있지요."

"인간으로서 체가 완성된 것이 아니므로 인간으로 볼 수 없는 것이 아닐까. 그러니 살인이라고 볼 수 없을 것인데."

이성론자인 이홍대가 그럴싸하게 반문해 온다.

"살아 있는 생명체와 죽은 생명체의 차이는 무엇인가요."

"그러네. 죽은 것은 의식이 없다는 것이니 의식과 영혼. 영혼이 영인체라니 나로서는 어려운 것이 사실이야."

"소, 돼지, 멸치는 죽었는데도 가치가 있어요."

"그렇네. 살아 있으나 죽으나 그 가치는 같군그래."

"죽은 사체를 돈 주고 사잖아요. 만물이니까. 다시 말해서 만물은 죽으나 살아 있으나 인간을 위해서 만들어졌지요."

"그러네."

"영인체가 떠난 인간의 육신은 송장, 시체, 시신이라고 하니 아무런 값어치가 없으므로 누가 사 가지도 않잖아요."

"참, 그러네. 왜 그럴까."

"죽은 멸치는 돈 주고 사지만 인간의 시체는 오히려 돈 주고 장사를 해야 합니다. 만물은 그 자체가 인간의 먹거리이고, 영인체가 떠나간 사람은 시체이니 아무런 쓸모가 없기 때문이지요. 인간은 영인체 때문에 살아 있는 사람이라고 할 수 있으니 영인체를 완성을 하는 사람이 인격자요, 만물의 영장이 됩니다."

"참으로 어려운 것은 그런 것이지. 산 것과 죽은 것의 차이는 의식과 영인체의 차이를 알아야 이해가 될 수 있지."

"이제야 세상 이치를 알 것 같아요. 무관심하게 살았네."

"3이라는 수의 개념을 보면 굉장히 많습니다. 아침·점심·저녁, 입법·사법·행정, 해·달·별, 가위·바위·보, 소생·장성·완성의 성장 3단계, 수계·육계·영계."

"태어난 목적은 물속인 엄마 배 속에서 한 생애, 태어나서 육신을 가지고 사는 땅의 세계는 두 번째 생애이고, 늙어서 육신이 죽으면 영인체가 영원히 사는 무형실체의 세계. 이렇게 3생애를 사는 것이 인간이지. 영원히 살 준비를 잘하는 사람이 진짜 사람이야."

"죽으면 그뿐이라는 말은 참으로 무지한 말 같아요."

"태 할배도 흑암에서 고통받을 영혼들 걱정입니다."

"네게 당부를 하셨다고…."

"그러게요. 태 할배도 어지간히 급하셨나 봅니다."

"알고 살면 신성한 인간이고 모르고 살면 무지한 사람."

"할배. 명언이십니다. 인충은 사람이 되기 위해서 전력투구하고 사람은 신성한 인간이 되기 위해 우주의 모든 존재물을 대표하여 천지의 에너지와 결합된 대표적 존재이므로 그것을 사랑체라고 하니 영원히 살 준비를 해야 할 것입니다."

"인간의 목숨값은 우주를 주고도 살 수 없는 무한대의 가치를 가졌지요."

장례 형식은 유족들끼리 믿는 종교가 달라서 서로 자기식으로 하기를 주장하며 고성이 오갔다. 손님들이 오는 관계로 안 그런 척하며 결국 다수결로 정했는데 자기 것을 선택받지 못한 형제들은 원망이 가슴 속에 울분으로 쌓여 있단다. 젠장, 내 부모도 내 맘대로 장사도 못 하니 종교의 모순인가 의식의 모순인가….

장례는 삼일장으로….

화장장터에는 매캐한 냄새가…. 암튼 몇 시간 후에…. 한 줌의 재로 나오는데 유족들은 오열을 하고 산소에 가서 평장으로 항아리 하나 묻고 흙으로 덮고 작은 비석 하나 세우니 끝이었다. 인생은 영원히 한 줌의 흙으로 돌아가 환원되는 것이었다.

돌아오는 길에 큰일 날 뻔하였다. 중앙선을 넘어오는 차가 있어 순간적으로 '태참참축가, 태참참축가'라고….

다행히 아찔한 순간이 지나고 할아버지는 말했다.

"어휴, 큰일 날 뻔했네."

"할배가 졸았나요. 그 차가 중앙선을 넘어왔어요."

"저 차가 중앙선을 넘어왔지. 순간 큰일 났구나, 했지."

머리 끝이 쭈뼛 섰다. 참으로 다행이었다.

"기도 덕분이었구나. 감사합니다."

우리도 아직 살날이 너무 많은데…. 어려운 고비를 넘겼다.

영인체로 영원히 살 준비를 잘하는 것이 태어난 목적이다. 참된 사람은 보고, 듣고, 깨달아야 한다.

최고 지도자 대통령

'통일이다. 통일…. 통일이 되었다. 통일….'

"할아버지, 할아버지, 할배."

낮잠을 잘 안 주무시더니 오늘은 피곤했나.

"남북이 통일, 아니면 세계가 통일된다는 것입니까?"

할배의 소원은 통일이다. 남북이 갈라진 지 어언 칠십 년이 지났으니 침략 사상인 공산주의 운명이 쇠할 때가….

"여명은 곧 지나겠지. 신통 시대가 되면 세상에서 가장 으뜸 되는 나라가 될 것인데… 때를 놓치면 안 될 텐데…."

세상은 전쟁과 기아로 망하는 것이 아니다. 가사모들이 날뛰고 득세하는 세상에서 착한 사람들이 발붙이기에는 턱없이 모자라는 세상이다. 인류 역사는 선과 악의 투쟁판의 역사였으니 뺏고 빼앗으며 살아온 굴욕의 역사….

"할아버지."

"왜 그러냐. 왜 불렀어."

"착한 백성들이 어디를 선택할런지 걱정이 됩니다. 나라의 운명이 그때 바뀔 수도 있으니…. 그래서 할아버지가 통일 대통령 선거에 반드시 나가야 될 것 같아요."

"우리 아빠에게도 많은 사람들이 와서 이번이 절호의 기회이니 한번 나가 보라고 하던데요."

"그렇지. 철순이 네 아버지도 정치를 하시는 분이지."

"통일 대통령을 잘 뽑아야 할 텐데. 잘못되면…."

"뭐가 큰일이야."

"한반도는 남과 북이 갈라져 있고 남쪽은 민주주의 북쪽은 공산주의인데 서로 자기들이 좋다고 하겠지. 통일을 하려면 양측에서 선거에 합의하여 통일 대통령을 뽑는 날이 올지도 모른다."

"남쪽의 후보가 두 명 북쪽은 단일 후보가 나오면 남쪽이 필패를 할 수 있겠다는 염려이지요."

"일대일로 붙어도 남쪽이 이긴다는 확신은 금물이야."

"그 정도로 어렵다는 말이지요."

"진짜와 가짜의 판 가르기야. 중간에 있는 편사모들은 편하게 자기주의로 살다가 어느 쪽인가를 선택하겠지."

"진사모와 가사모들의 판 가르기가 있을 것 같고 있게 되면 완충지대에 있는 편사모들은 언변술과 감언이설이 좋고 잘 뭉치는 가사모들 편으로 갈 확률이 많으니 그런 걱정이지요. 할배."

"아니, 네가 어찌 이 할아비 생각을 아는 것이냐."

"암튼, 남쪽에서 두 명의 후보만 나와도 남쪽이 필패를 할 것이고 자유민주주의는 한반도에서 몰락할지도 모른다. 오직 단일 후보라야 자유민주주의를 지킬 수 있지. 그래야 가식적인 공세를 펼 공산주의를 이길 수 있을 것이라는 그게 걱정이지요."

"가짜가 언제나 진짜를 괴롭혀 왔었지. 악한 인간이 착한 사람을 괴롭히듯이…. 만약을 대비해서 걱정하는 것이지."

"그럴 가능성이 없는 것도 아닙니다. 그러니 이 민족에게 그럴 때가 오면 남쪽 후보가 단일화하지 않으면 필패하여 패망한다고 민족이 각성할 수 있도록 알려야지요."

"역시 우리 대장이야."

친구 녀석들은 천문이를 바라보며 엄지를 척 세웠다.

"어린 네가 고심하는 것을 보면 한바탕 피바람이 아닌 온갖 권모술수와 요술풍이 쓰나미처럼 쓸고 갈지."

"약 천 번의 외침과 내란을 겪어 온 민족인데 여기서 무너지면 안 돼. 정말 안 되지. 진사모들이여, 하나 돼라."

"단일화를 안 하면 나락으로 떨어져 폭망할지도…."

"망하면 안 되니 우리 아빠도 나오면 설득을 해 보지."

"철순이 네가? 어떻게 설득할래."

"나오지 말라고… 빌어야지. 애원도 하고…."

"천문아, 네가 한번 해 보지 그러니. 그렇게 걱정이 되면…."

"참, 할배도. 출마할 자격도 안 되는 나를…."

"이 할애비가 하면 욕 안 먹을 것 같아? 아니면 월급을 많이 받을 것 같아서? 아니면 명예가 있을 것 같아서?"

"아니, 아무리 봐도 최고 통치자의 자격에 우리 할아버지만 한 인물이 없을 것 같은데요."

"정치란? 반대자들은 반대하는 것이고 시비하고 비꼬는 말로 공격해야 유권자는 정치를 잘한다고 생각하거든."

"하긴 초딩들도 지난번 대통령 선거 때에 편이 나뉘어서 서로 자기가 지지하는 편이 돼야 한다고 다투던데…."

"논리에 맞는 것 같이 말 잘하는 가사모들의 세상이니."

"가사모가 무슨 말이래."

"가짜를 사랑하는 모순된 인간들이지. 사이비성의 이론을 가지고 선동하는 세상이야. 말세로다. 끝날이 다가오도다."

"천문의 말대로 진사모들이 설 땅은 좁아지는 것이야."

"첨예하게 대립하는 이 나라의 문제는 파 전쟁입니다. 거기다 북쪽도 '나물에는 이 달래파가 최고래요.'라며 미사일과 핵 들고 강한 무기를 가져야 민족을 지킬 수 있다며 가사모들 편을 들며 합세할지도 모르는 일인데…."

"파 전쟁이라."

"그때 우리는 두익파라고 제시를 하면…."

"그게 뭔데."

"두익은 머리이지. 좌파도 우파도 한데 어우르는 중도 정치이지. 스위스처럼 영세중립국을 지향하는 것이지."

"영세중립국이라…."

"정확히 우리는 신성평화중립국이라고 해야지. 주위에 있는 나라들이 우리의 땅을 탐내니 신성평화중립국으로 표방하다가 차츰 신통 시대로 가면 국민들이 행복한 삶이 되어 세계에서 일등중심국이 될 것입니다."

"그다음에 신통을 하면 세상은 바로 되겠지…"

"이웃의 탐적(탐하는 적성국)들이 방해를 할 텐데…"

"암튼 통대박은 통일이야…"

"역시, 우리 대장님이야. 천재야, 천재. 신인가?"

철순이의 호들갑에 명주는 포장까지 한다.

"말 잘하는 사람을 대중들은 선호하겠어요. 말 잘하니 천문이도 우리 학교 반장도 하고 전교회장도 하잖아."

"이 명주 너마저 그런 말을 하면…. 그래, 해도 된다."

"그렇겠지. 그런 사람을 똑똑하다고 생각하는 것이야. 자기가 하는 말에 책임을 질 수 있는 사람이라야 한단다."

"천문이는 언행이 일치한 성인 같은 사람입니다."

"어른들은 천문이보다 못합니다."

"허어, 녀석들. 너희들이 대단하군. 죽어도 소인이 대인을 알아보지 못하는 법인데…"

우하하하하. 커하하.

"맞아. 너는 사내 중의 진짜 사내야. 우리가 인정해."

"그런데 어른들은 왜 반대만 합니까?"

"남을 이겨야 내가 사는 것. 그게 현실 정치란다. 얄궂지만 할 수 없어. 다른 방법도 현재로서는 없는 것이고…"

"가사모와 진사모와의 한판 겨루기가 될 것 같아."

"조선시대에도 나라가 풍전등화인데 선조는 왕이랍시고 이순신을 박해하고 타도 대상으로 삼았는가요."

"한 번도 패하지 않은 신화를 이루신 대영웅이시며 충신이요, 민족의 신적이신 이순신 장군. 그런 분이 나라를 통치하여야지. 백성은 울며 겨자를 먹어야 하는 무능한 지도자들 때문에 싫은 것이지. 어제나 오늘이나… 내일은 맑은 해가 뜰까."

"대통령을 했던 분들은 곤욕을 치르는 이유가 있나요."

"이 한반도는 태 할아버지의 중심축의 나라로서 신통으로 해야지. 그렇지 않으면 최고 지도자들은 수난을 계속 받을 수밖에는 없을 것이야."

"정치는 실종되었고 치정만 남았다. 정도로 못하다 보니 남 탓밖에 할 것이 없다. 권력의 힘을 빼야 돼. 지나쳐."

"법을 놓고도 해석하는 자에 따라서 맞을 수도 아닐 수도 있다는 것이지. 귀에 걸면 귀걸이 코에 걸면 코걸이."

"법이 왜 필요하지. 양심 없는 짓을 하지 않는 자에게는 법이 필요 없는 것이지. 순천자는 흥하는 법."

"태 할배의 엄중한 경고. 이제는 내려놓으라는 것은 모순된 법과 인간들끼리 다투는 꼴을 청산한다는 거야."

"식자들의 우환이야. 법을 공부한 자들이 법적인 다툼이라니. 인간들의 오류냐, 지식의 오류냐, 법의 오류냐."

양심인의 삶의 기준은 없어졌다.

도덕은 이미 무너져서 피가 철철 흘러내리고 있다.

"선과 악, 선악과, 모순된 인간…. 가사모와 진사모가 첨예하게 대립을 하는 세상이 되어서 피를 보려고 할까요."

"그렇다면 사람다운 사람은 누구인가요."

"성인이나 성자들만 산다면 세상은 이미 이상세계."

"사람다운 사람은 몸과 마음이 하나 되고 가정을 다스리고 만물을 주관할 수 있는 신성한 사람이지요."

"완성된 사람이 우리를 사랑해 주기를 학수고대하지요."

"국민들을 위하는 지도자… 과연 그런 탁월한 천명을 받들어 만백성을 내 가족처럼 사랑할 수 있는 지도자가 있을까? 있다고 해도 못 알아볼 텐데…"

"천문이라면 능히 그러고도 남을 인물입니다."

"너희들이 사람 볼 줄은 아는구먼…"

"권력의 칼을 잡으면 휘두르고 싶겠지. 모순된 인간의 습성으로 할 수 있는 게 갑질밖에 더 있겠어."

"다수결의 한계. 그래서 태 할배께서 다수결주의를 이제는 내려놓을 때라고 하셨어."

"제도적인 한계이며 인간의 한계이지. 내가 귀하면 남도 귀하게 보이는 것이고 내가 천하면 남도 천하게 보이는 것이다."

"자유에도 엄격한 책임이 따르는 법이니. 선거 제도를 바꾸고 지도자의 인격 검증을 해야지. 아무리 좋은 제도라도 그것을 집행하는 사람이 문제겠지."

"맞습니다. 우리 학당에서는 천문이가 총회장을 하면서 학당폭력이나 왕따 같은 것이 깨끗이 없어졌습니다."

"맞아, 예전에 못된 놈들이 떼거리로 천문이에게 덤벼들었을 때 몇 놈을 쓰러뜨리니 그제서야 폭력은 멈추었고 평화가 시작되려고 했었지. 떨거지 같은 놈들이 설쳐 대는 세상이니 도깨비방망이로 쳐야 되는데…"

철순이는 자기 일인 양 신나게 말했다.

"당실에서 한 놈이 칼로 천문이의 등을 그었지."

'피다. 피가 철철 흐른다.'라는 누군가의 말에 엠뷸런스가 오고….

"그땐 정말 아찔했었지. 살 떨려."

명주도 질세라 그때 상황을 말하며 얼굴이 씰룩거렸다.

"그렇지. 못된 놈들은 그냥 물러나지를 않아. 그 후로 학당에서 왕따니 놀림은 없어졌지만. 우리 대장은 역시 대단한 사나이야. 박천문, 그대를 존경하오."

"맞아. 하늘의 문을 열어 줄 사명자인가. 천문."

"그 송독종 패거리들은 천문이의 집안이 사이비 종교를 믿는 게 꼴 보기 싫었고 공부를 잘하고 똑똑하며 모든 일에 최고를 나타내니 시기와 질투심으로 뭉친 몹쓸 악당 떼거리였으며 못된 인간들이지."

"그런 사악한 것들이 있나. 진리도 못 알아보는 인간이 사람이라고 할 수 있겠어? 그리고 종교는 자유인데 똑똑한 게 죄야? 지들이 부족하면 대장으로 받들면 좋지."

나쁜 짓을 일삼던 송독종은 그 후에 교통사고를 당하여 신체의 고통을 겪으면서 나쁜 짓은 자연히 멈추게 되었다.

"왕이 이순신이 되고 선조가 신하여야 했는데 주객이 전도되었군요. 소인이 대인보다 높은 벼슬을 하는 세상이니. 꼴값을 떨어요. 소인이 대인을 극하는 세상."

"우리 대장은 최고. 그대의 세상이 오려나 보오."

"녀석들, 너희들이 변심이나 하지 말지어다."

"안 한다니까요. 사나이가 의리가 있어야지. 이익을 따라다니는 소인배들이 설치면 세상은 막가파 세상."

"그 마음 일편단심이기를 바라. 맹세할 수 있지."

손가락을 걸고 도장 찍고 스캔하고 저장까지 했다.

"야야, 그것 가지고 부족해. 너희들 음성 녹음하고 동영상까지 찍어서 영원히 보관하라고."

"나 김철순이, 나 이명주는 박천문이를 우리의 영원한 대장으로 믿고 모시고 따를 것을 할아버지 선생님과 박천문이 앞에서 맹세합니다."

동영상 파일까지 만들었으니… 변심은 안 할런지….

"철순이 너네 아파트 이름은 아니?"

"헷갈릴 때가 많아서 감으로 찾아가. 이상한 것은 남의 나라 꼬부랑 이름이라서 그런지 입에 딱 붙지를 않아."

"제 것은 터부시하고…. 내 나라에서 남의 꼬부랑 이름을 지으면 격이 높아진다니? 열등감으로 도배한 인생들…. 하여간에 우리말이 좋은 것인데 좋은 말을 터부시하다니. 근데 몇 평짜리니?"

"운동장만 해. 너무 커서 혼자 있을 때는 무서워."

"잘 살면서 자식은 너밖에 없으니 무섭겠지. 이대로 가면 학당도 나라도 백성이 없어서 큰일이라는데…."

"대통령이라면 나라에서 제일 똑똑하고 능력 있고 사리 분별이 훌륭한 사람 아닌가요?"

"반드시 그런 것은 아니야."

"다수주의 선거법이 문제가 있으면 고쳐야지."

"어떻게 고쳐야 할까요. 우리 손주님."

"궁장처럼 신성통치를 할 수 있는 천품을 타고난 인격자, 마음이 넓은 양심가, 애천·애인 애국할 수 있는 순천자, 능력 있는 인재를 볼 줄 아는 혜안을 갖춘 자, 태 할아버님의 심정과 신성을 갖춘 가정완성자, 사람을 가리지 않고 사랑할 줄 아는 인평선을 유지할 수 있는 고명하고 거룩하신 분."

"궁장선출법이라."

"단일지도체제로 한다는 것은 독재로 한다는 말인데…."

"신통을 할 수 있는 사람은 양심적이며 인품을 갖춘 성인과 같은 분이니 책임성 있게 잘할 수 있을 겁니다."

"옳습니다. 그런 간단한 방법이 있는데도 복잡하게 만드는 세상이니… 착한 백성을 편 가르는 제도는 없애야 합니다. 그나저나 대통령의 월급은 얼마나 돼요?"

"내가 대통령 월급을 안 받아 봐서 잘 모르겠는데…."

"그러니까, 할배가 대통령 선거에 도전해 보라고요."

이 녀석이 할아비를 기죽이는구나. 어허 참….

"할아버지 선생님이 하면 세상이 바로 될 것 같습니다."

"그건 말이다…."

참으로 난감했다….

"할아버지, 뭘 고민하셔요. 꿩 잡는 게 매, 제도적 모순, 불공평한 세상, 어쩔 수 없어서 그러면 될 것을…."

나는 화제를 약간 돌리고 싶었다.

"할아버지, 식사하세요. 천문아, 친구도 먹자고 해라."

"네, 할머니."

할머니가 큰 소리로 불러서 우리는 식탁에 둘러앉았다.

"감사히 먹겠습니다."

"국민의 손으로 대통령을 뽑아 놓고 욕하고 탄핵하는 것은 하극 상, 인민재판. 이것이 민주주의라는 것입니까?"

손주의 물음에 아, 뭐라고 말해야 하나? 고심하다가….

"그게 민주주의라는 것인지…. 선악을 희석시키는 사람들 때문 에 참으로 난잡한 세상이기는 하지."

"인민재판 아닌가요."

"천문아, 인민재판은 어떤 것이지? 네 생각이 궁금해."

"여러 명이나 아니면 권력을 가졌거나 힘 있는 자가 개인인 한 사 람을 마구 성토하는 것이지. 통치주의를 내세워서 크게 잘못한 것 이 아닌데도 잘못했다고 비난하는 것이 인민재판이야."

"이야, 역시 우리 대장님다운 말씀이야."

그때 딩동, 딩동, 딩동, 벨 소리가 요란하게 울렸다.

"누가 왔나."

"제가 나가 볼게요."

얼른 현관 쪽으로 황급하게 몸을 일으키며 달려가서 말했다.

"누구세요?"

"박창태 선생님 계시는가요?"

"네, 안에 지금 계십니다."

얼른 문을 열었다. 세 분이 할아버지를 찾아오셨다.

"어서 오세요."

할아버지는 일어나서 악수를 하며 반갑게 맞이했다.

"별것 아닙니다. 고기가 좋아서 좀 가지고 왔습니다."

아저씨는 선물을 전해 주고 이내 밖으로 나갔다.

"아니, 그냥 오셔도 되는데. 잘 먹겠습니다."

할머니가 선물꾸러미를 받으며 인사를 했다.

"그동안 강녕하셨습니까. 진사 선생님 생각뿐입니다."

'오늘은 꼭 굴복시키고 말 것.' 굳은 결심.

"형님 초상 때도 와 주셔서 감사하고 고맙습니다."

"건강하게 오래 사셔야 했었는데 아쉬웠습니다."

만나고 싶은 인물은 아니다. 한데 내 집에 온 손님이라….

"건강이 최고이지요. 박 선생님도 건강하시지요."

"아빠, 여기는 어떻게…."

그때 아빠라는 소리에 아들을 알아본 철순이 아버지는 말했다.

"아니, 너는 여기에 어떻게 왔어."

"여기 천문이가 제 친구예요. 내가 제일 좋아하는 친구이며 우리 반 반장이고 전교 회장님."

"안녕하세요."

"아, 박 선생님의 손자가 천문이라고. 그랬구나."

나는 인사를 했다. 명주도 덩달아 인사를 하고….

삶은 돼지고기에 상추쌈으로 같이 점심을 먹었다. 명함을 건네 주는데 대통령 예비 후보 '김양대'라는 명함을 받아 대충 보시다가 할아버지는 식사만 하시었다.

"박 선생님, 세상이 이래서야 되겠습니까? 정치권은 맨날 기득권 잡기에 골몰이고 나라 안과 밖은 여러 가지로 힘들고 남북문제와 경제 문제와 질병, 국민 행복 수준도 그렇고. 아이고, 어떻게 해야 이 나라가 바로 되겠습니까?"

"김 후보님은 나는 새도 떨어뜨린다고 했지요."

비서인 듯한 동행자가 거들었다.

"그때가 좋았었는데…."

"왜 정치한답시고 나왔습니까? 그 좋은 자리에서."

"그러게 말입니다. 교수 하던 사람도 장관 하던 사람도 의원 배지가 무엇이길래…. 욕먹는 대통령은 왜 하려는지…. 그렇게 다들 헤까닥하는지 나도 내가 이해가 안 될 때도 있습니다."

"다시 한번 도전해서 소원 풀이를 하시지요."

"존엄하신 우리 박 선생님께서 도와주시면 몰라도…."

할아버지의 답변을 기다리기라도 한 듯이 말을 흐린다.

"만약에… 만약에…."

"이 김양대가 들어줄 수 없는 것인지를 고민하십니까."

"통일 총선거를 할 때가 올지도 모르는 일인데…."

"통일 대통령을 뽑는다는 말인가요?"

그는 짙은 눈썹이 꿈틀거리며 자신감이 상승하고 있었다.

"그때는 필히 저를 선택해 주시면 백골난망입니다."

"후보 한 명을 선택해야 할 때가 올지도 모르니 그때 김 후보님께서는 남쪽에 단일화를 위해 힘을 쓸 뜻이 있으십니까?"

기대를 하고 있었는데 난감한 질문을 받은 철순이 아버지는 곤

혹스러운 얼굴로 잠시 생각하는 듯하더니 답했다.

"표를 분석해 보면 여러 명이 나오면 당선 가능성이 있다고 진단합니다. 어찌하면 좋겠습니까? 박 선생님."

"가사모들과 진사모들의 한판 겨루기가 될지도 모르는데 문제는 중간에 편사모들의 선택이 중요하겠지요. 또다시 가사모들이 득세하면 이 나라는 삼류국으로 떨어져 어쩌면 폭망할지도 모르는 일입니다. 진사모들이 이겨야 일등국가가 되어 세계의 중심국이 될 것입니다."

"나보고 나오지 말라는 말인가요?"

숟가락을 놓았다. 다 드신 것이지….

"더 드시지요. 찬은 없지만…."

"많이 먹었습니다."

휴우, 통일 대통령 그거 얼마나 해 보고 싶은 것인데….

"진사 쪽에서 두세 명의 후보가 나오면 필패라는 사실을 정치하시는 분들은 명심하셔야 할 것입니다. 안 그러면 역사에 최고의 나쁜 사람으로 민족의 원망과 몰매를 맞을지도 모릅니다."

"그러니 나쁜 사람 안 되게 통일 대통령을 뽑는 총선거가 있게 되면 박 선생님께서 저를 중심하고 단일 후보 되게 좀 도와주십시오. 제발 부탁드리겠습니다."

딱 한 번만. 마지막으로 나 이번에 큰일을 하고 싶은데….

"통일 대통령을 하고 싶으시군요."

"네, 소원입니다. 제가 통일 대통령이 되어서 이 나라를 아주 잘 살게 만들겠습니다. 이번 한 번만 꼭 도와주십시오. 박 선생님의 도움이 절실하게 필요합니다."

할아버지는 수저를 놓으시고 입안의 음식물 찌꺼기를 물로 헹구셨다. 당신도 대의를 위해서 단일화를 해야 한다는 뜻 같았다.

"진사 쪽의 후보가 한 명이면 아슬아슬하게 이길 공산은 있으나 확신과 자만은 금물, 두 명 이상이면 필패인데 각자의 고집대로면 나라가 패망의 길로 가도 좋겠습니까?"

"제가 압도적으로 여론조사에서 앞서면 이길 수 있습니다. 의로 우신 박 선생님께서 저의 손을 들어 주시면 이깁니다."

…나는 한마디 해야 하나 말아야 하나 생각하다가 할아버지가 얼른 말씀을 안 하시는 것은 말귀를 못 알아들은 철순이 아버지 뜻에 관여하고 싶지 않다는 뜻일 것이야.

그때 할머니는 차를 내놓았다.

"점심 잘 먹고 차도 감사히 마시겠습니다."

"네, 찬도 별로였는데…."

"저 어르신, 죄송한 말인데요. 정치를 어떻게 하려고 생각하고 계십니까?"

철순이 아버지는 같잖다는 듯이 나를 슬쩍 쳐다보더니 말했다.

"철순아, 반장님하고 나가서 놀아라."

"네, 아빠."

철순이 아버지는 철순이와 명주에게 오만 원씩을 주었다.

그들은 입이 귀에 걸렸다. 이렇게 좋을 수가….

"네, 감사합니다."

철순이 아버지는 '손자에게는 오만 원짜리 두 장을 주면 훨씬 더 좋아하겠지.' 당당하게 지갑에서 빳빳한 새 돈 오만 원짜리 지폐 두 장을 끄집어내어 천문이 앞에 내밀며 말했다.

"자, 우리 대단하신 전교회장님께는 두 장입니다."

"이렇게 큰돈을 받을 이유가 없으니 사양하겠습니다."

깜짝 놀란 철순이 아버지는 애써 태연한 척하며 말했다.

"손부끄럽게. 어른이 주면 '고맙습니다.' 하고 얼른 받는 것이야. 네 친구들도 좋아하잖아. 그러니 얼른 받아라."

할아버지, 할머니 역시 우리 손자가 어떻게 나올런지 궁금했다. 저 돈을 받을까, 말까? 침을 삼켜 가며 아주 긴장.

"제가 아직 미성년자인데 아무런 대가 없이 비정규직 일당의 이틀 치나 되는 많은 돈을 어찌 받을 수 있겠습니까? 저는 깨끗한 돈만 받습니다."

"돈이 적었나? 내 돈은 깨끗한 돈이니 자, 받으시게."

"여기 할아버지, 할머니가 계시니까 선심 쓰기 위해 주는 것이지요. 만약 길에서 저를 만났다면 이런 큰돈을 주시겠어요?"

"그럼. 나는 언제든 남에게 잘 베푸는 사람이거든."

당당하게 말하던 그 남자는 천문이의 다음과 같은 말에 빈정이 아주 상했다. 세상에 이런 당돌한 어린 녀석이….

"넣어 두셨다가 이다음에 선거 때 돈이 많이 필요하실 테니 그때 보태 쓰도록 하세요."

정신줄을 놓을 뻔했다. 과연 그 할아버지에 그 손자.

"나는 가진 게 돈밖에 없어요. 돈 없이는 아무것도 할 수 없잖아. 돈은 좋은 것이니 어른을 놀리면 못 쓰는 거예요."

기분이 아주 상했지만 애써 태연한 척하며 말했다.

"아닙니다. 제가 어찌 어른을 놀리겠습니까. 저에게 주시는 이유를 말씀해 주십시오. 합당하면 받겠습니다."

"그래."

기분이 약간 좋아진 철순이 아빠는 계속해서 말했다.

"첫째는 너의 할아버지를 잘 알기 때문에 정으로 주고, 둘째로 애들은 돈 주면 좋아하며 고마워하는 것이고, 셋째로 박 선생님이신 너의 할아버지에게 십만 원 주면 받을 이유가 없겠지만 너에게 대신 성의를 표하는 것이지."

"그러시면 백억 정도는 주셔야 받겠습니다."

뜨악. 화들짝 놀랐다. 얼굴이 울그락불그락해진 그분은 놀라서 눈알이 밖으로 빠져나올 정도로 커졌다. 금방 무슨 말이라도 쏟아 낼 듯이 하다가 불편한 심기를 애써 참으면서 차갑게 말했다.

"그래, 꼬마 회장님. 그런데 백억이나 받기를 바라는 이유는 무엇일까. 너는 세지도 못 할 엄청난 큰돈인데…."

"저에게는 세지도 못할 엄청난 큰돈이지만 우리 할아버지는 그 정도 받아야 할 자격이 되시는 것 같아서 드린 말씀입니다."

"자격이라. 무슨 자격이 있단 말인가?"

"첫째는 도덕적이며 깨끗한 양심을 가지고 있음이요, 둘째는 남의 것을 함부로 탐하지 않는 것이며, 셋째는 하늘을 공경하며 사람을 가리지 않고 사랑하는 것이요, 넷째는 소인배들처럼 남의 허물을 들추어서 폄훼하지 않으며 모든 분에게 똑같이 사랑과 정을 베풀어 주시는 것이요, 다섯째는 국민을 이반시키며 갈라놓는 현실

정치에 신물을 느끼는 많은 선량한 백성들을 구하기 위해 새로운 제도와 복안을 가진 신성통치를 할 수 있는 능력과 자격을 가진 것이요, 여섯째는 내가 선택을 못 받았다고 남을 원망하지 않고 거룩하시고 고명하신 천품을 가지신 것이며, 일곱째는 명철하시고 공평하신 이론으로 인평선을 유지하시고 대명천지에 밝고 깨끗하게 사시는 성자가정 완성자로서 사랑의 대가이신 것이 그 이유입니다."

"아니, 남을 사랑해 주시는 그 마음으로 나에게도 기회를 베풀어 주시면 얼마나 좋을꼬, 꼬마 회장님."

"줄 수 있는 사람에게 주는 것이지요."

"잘나가는 내가 자격이 안 된다는 말이렷다?"

"대인은 미래를 예측하고 실행하는 분이요, 소인은 보고 듣고 만져야 비로소 조금 아는 것이요, 졸장부는 보고 듣고 만져도 잘 모르니 느끼지도 못하고 깨닫지도 못하지요."

"뭣이라. 내가 졸장부라는 말이지? 이 세상에 돈이 최고인 나에게…. 그래서 맑은 물에는 고기가 없는 법이지."

"더럽고 탁하게 오염된 물에는 고기들이 고통받으며 기형이 된답니다. 맑은 물에는 꺽지나 가시고기들이 살지요."

"백성의 이목을 집중시키지 못하는 지도자는 감이 못 돼. 돈을 싫어하는 국민은 없으니 재물이 있어야지. 앞으로 통일 대통령은 더더구나 경제적 능력이 있어야 불쌍한 북한 동포들에게 혜택을 줄 수 있지요. 안 그런가?"

"사비를 내놓겠다는 말인가요. 그렇다면 탁월하신 선택입니다.

대중들이 아주 좋아할 것 같습니다."

천문의 그 말에 철순이 아빠는 얼굴이 흙빛으로 변했다. 까닥하면 수천억을 다 내어놓아야 할 판이다. 낙망한 철순이 아버지를 바라보니 측은해 보인다.

"코로나로 잘살고 자유를 최대로 여기며 살던 나라들도 많은 사망자가 나오며 곤욕을 치렀지요. 경제도 대기업, 중소기업, 개인 소상공인 등이 잘 형성되어야 잘 돌아가겠지요. 그리고 상속세도 아주 저렴하거나 폐지하여 경제를 윤택하게 해야 세금이 잘 나오겠지요. 경제는 그렇게 하면 될 것입니다. 한데 이제부터는 돈으로 행복해지는 세상이 아니라는 것을 알아 두시면 좋을 것입니다. 앞으로는 순천자로서 하늘의 심정과 신성한 지도자로서 만백성을 사랑할 줄 아는 지도자를 선호할 것입니다. 욕심 가지고는 어림도 없는 시대에 들어가고 있으니 나설 때와 물러날 때를 잘 알아야 대인이며 군자라고 할 수 있겠습니다."

"미안하지만 나는 아직 군자가 못 되어서 못 물러나. 요즘에는 개천에서 용 나는 법이 없지. 나는 다른 것은 몰라도 국민을 부강하고 잘살게 할 수 있는 능력이 있지. 꼬마 회장님이나 너희 할아버지께서는 나만큼 경제를 잘 살릴 수 없을 것 같은데…"

"역사적으로 잘살고 강한 군사력을 가진 나라들도 지리멸렬 망한 경우도 많지요. 경제도 중요하지만 무엇보다 만물의 영장다운 품성을 갖춘 인격자라야 최고 통치자로서 안성맞춤 아니겠습니까? 만백성의 존경을 받는 지도자를 원하는 것입니다."

"나도 인성을 갖추었다고 자부하는 사람인데 날 좀 밀어주고 때가 되면 천문이 꼬마 지도자님이 나서세요.”

“전 재산을 국민 앞에 다 내어놓을 수 있겠습니까. 순천자는 흥하는 법이니 순천할 수 있는 능력이 있어야 되며 만백성을 사랑하고 위하는 신성통치를 할 수 있겠습니까?”

전 재산을 다 내어놓을 수는 없고 오히려 혹 붙이는 꼴이 되는 것인가. 최고의 명예를 얻고 수입도 좋은 최고 지도자 대통령을 해봐야 죽어도 여한이 없는 것인데.

“신성통치? 그게 뭔데.”

“신님의 신성을 모른다면 소인이라고 볼 수 있지요. 소인은 양보를 모르지만 대인은 양보도 잘 하는 법입니다.”

이 녀석의 산을 넘어야 하는데. 어떻게 넘을 수 있을까….

“꼬마 선생, 철순이를 봐서라도 동정을 베풀어 주시게나.”

“저는 아직 선생은 못 됩니다. 그러나 신성통치를 행할 수 있는 분이라면 적극적으로 도울 수 있습니다.”

“나는 자격자의 기준이 안 된다, 함량 미달이란 것인가?”

“양심이 최고 기준이며 도덕적으로 깨끗해야 하며 하늘을 공경하며 순천할 수 있는 인격자만이 할 수 있겠습니다.”

“최고 학력에 경제력과 대인 관계도 좋고 일도 잘하며 국정 경험도 많아서 충분한 자격이 있다고 생각했는데 그 기준에 턱도 없이 모자란다는 말이지. 허어, 이거 참.”

크게 한숨을 내쉬는 철순이 아버지는 절망을 느낀 것인가.

“양심이 있지 않습니까?”

“보이지 않는 양심을 어떻게 기준한다는 것이냐.”

"그러니 후보자님께서는 양심의 기준으로 봐서 행해야 될지 물러서야 될지 스스로 판단하심이 좋을 줄 압니다."

"내 양심 기준은 최고 지도자가 잘사는 나라는 재물이야. 경제는 나만큼 잘할 수 있는 사람이 많지 않거든. 게다가 나는 국제적 지도자로서 영어도 수준급이야."

어린 천문이가 영어를 잘 모를 줄 알고 영어로 말했다.

"최고 지도자 될 분이 세계에서 가장 우수한 우리말을 두고 우리끼리 말하는데 영어를 잘한다고 자랑하십니까."

천문이가 영어로 반박했더니 얼굴이 사색이 되었다.

"이런 이런, 실수했네. 앞으로 조심할게."

"대통령 월급이 비정규직의 수입과 같으면 그래도 하시겠습니까? 그게 아니라면, 재산을 내놓지도 못하고 오히려 불려 보겠다는 심산인 것같이 들립니다."

"능력자는 비싼 대가를 받는 것이지. 남의 재산이 많은 게 배가 아파서 백억을 내놓으라고 한 것이야. 하긴, 백억이면 내 재산의 십분의 일 정도는 되는데, 네가 신이야."

"최고의 신이시며 하늘 부모님이신 태 할아버님만큼 능력이 있으십니까? 그분은 최고 능력을 가지고 계시지만 모든 것을 공짜로 다 주었습니다. 그것을 모르니 곡해를 하시는군요. 그 습성이 어디로 가겠습니까마는 나설 때와 물러날 때를 아는 분이 대인 아니겠습니까. 그때를 모르면 소인이 되는 것이며 무엇보다 양심을 속이지는 못합니다."

"내 양심이 뭐가 어때서…."

"사심이 열 배나 크니 양심이라는 말도 할 수 없겠지요."

여기서 더 나가다가는 아들 앞에서 망신당하겠다.

"최고 지도자가 되면 내 손에 장을 지진다. 거지같이 백억을 달라고. 끼리끼리 놀아야지. 아들아, 가자."

소갈머리를 드러내며 한마디 하시고 그분은 냈던 돈을 도로 집어넣으면서 할아버지를 경멸스러운 눈초리로 째려보더니 자리에서 일어섰다.

"고작 십만 원으로 청렴한 인격적인 어린 나의 마음을 사려고 하셨나요? 아니면, 할아버지 맘을 얻으려고 하셨나요. 졸장부는 냈던 것을 도로 거둬들이나 보지요. 대인이라고 하기에는 아직 4%가 부족한 것 아닐까요."

"남들은 2%라고 하던데 왜 4%인가."

"부족한 2%에 불법으로 번 2% 해서 4%지요."

철순이 아버지는 생각했다. '아이쿠, 당했구나. 대단하구먼.'

"졸장부는 너나 나나 마찬가지일 것 같은데. 돈 주는 나의 마음을 너도 잘 모르는 것 같으니⋯. 어험."

"순수하지 못하시군요. 사람이 존경스러울 때는 자기의 잘못을 시인할 때 가장 정직하고 겸손한 사람으로 보이는 법입니다. 아닙니까?"

"돈인 황금이 구세주여. 돈 없으면 굶어 죽어. 돈 때문에 살지 않나. 나는 황금으로 할 짓 안 할 짓 다 하고 살잖아. 암튼 사는 게 고생스럽겠군."

한마디 하고 재빠른 동작으로 밖으로 나간다.

"쌀 한 톨 생선 한 마리 공기 한 줌 만들지 못하는 사람이 돈타령할 자격이 있으십니까. 전체와 개체는 구분하고 살아야 인격자가 되겠지요."

"돈에 환장했구먼. 어린 것이… 커서 뭐가 될는지. 뭐, 양심이 어쨌다고. 양심대로 사는 인간이 얼마나 될 것이라고 보이지도 않는 양심 타령이야. 착하게 산다고 누가 알아주디? 그러니 이런 집에서 사니 힘들겠어."

돈의 잣대로 평가하는 김양대. 골이 잔뜩 났다.

"역시 대인은 못 되는구려."

도망가듯이 나가는 그분의 뒤통수에다 소리를 질렀다.

검은 외제 차는 재빠르게 대문 밖을 빠져나가고 있었다.

천하의 소인배짓을 밥 먹듯 하는 김양대.

젊은 시절 그는 공직에 들어가서 승승장구하였다. 일을 잘하다 보니 진급도 빨랐다. 하여간 모든 기밀과 정보를 알고 개발되는 곳에 많이 투자를 하여 자기 사업체를 만들었다. 자본주의의 돈 앞에서는 가짜 자존심도 휘청거리며 녹아 버리는 김양대. 재물을 모으는 데는 양보가 없다. 못 먹는 자는 바보. 장으로 진급할 때마다 주머니는 두둑해졌다.

'양심에는 가책이 되나 불법은 아니지. 으하하하.'

오히려 돈 버는 전문인보다도 더 능력을 발휘한 것인지. 편취를 한 것인지… 그 후에 공직을 그만두고 활동하면서 이름 알리기에 많은 돈을 뿌리면서 국회의원의 금배지도 달았다.

'세상 별거 아니야. 돈만 있으면 벼슬도 가능해.'

최고 지도자 대통령

다수결은 이런 모순된 것들을 걸러 내지 못하고 있었다. 이제는 대통령까지 넘보는 저 사람이 우리 시대의 지도자라고 치켜세우며 추종하는 자들도 많이 있으니 가마솥의 끓는 물처럼 펄펄 끓으며 사소인들로 세상은 미쳐서 소용돌이치는 허리케인처럼 착한 이들을 거스르며 황당케 했다.

"수단과 방법이 절대 능력이지. 못 하는 자가 바보 아닌감. 청렴하고 양심적이며 가난한 자는 고생뿐이야."

"저런 인간들을 무엇으로 죽이나."

배추는 소금으로 염장을 하는데. 단일화도 못 하는 소인배. 같은 편끼리 자중지란으로 가사모인 도둑고양이들에게 나라를 빼앗기는 일이 발생할지도 모르는데….

"하여간, 남의 돈을 내 돈처럼 생각하는 저 인간…."

사라져 가는 시커먼 차는 악성을 흩뿌리며 멀어져 갔다.

천문이를 보면서 어찌할 바를 몰랐다. 우린 어떡해….

"천문아, 우리 갈게."

공돈 생겼다고 줄행랑치는 친구 녀석들을 바라보며 말했다.

"원, 녀석들도. 공돈이 생겼다고. 세상에 공짜가 있나 보군…. 어린 녀석들이 벌써 공짜를 밝히다니…."

녀석들의 뒷모습이 뒤뚱거리며 내달리는 오리 같았다.

"이제 천문이와 놀기는 틀렸군."

"왜 그렇게 생각해. 아빠는 아빠고 우리는 우리지."

"큰일이군. 어쩐담…."

도망가듯이 내빼는 친구들을 바라보며 말했다.

"저런 철없는 녀석들을 어쩌나…."

할아버지가 다가오며 묻는다.

"왜 그랬어?"

"할아버지도 잘 아시잖아요. 소인배의 하는 짓을…."

둘은 은행나무 밑으로 가서 평상에 걸터앉으며….

"그래도 네가 너무 당돌하게 말해서 이 할아비도 정말 놀랐다. 철순이와는 이제 끝난 것 같구나."

"철순이는 크면 나의 뜻을 반대할 것입니다."

"하긴 그 아비에 그 자식이라고 하더니."

아쉬워하며 할아버지는 한숨을 크게 내쉬었다.

"배신하지 말라고 동영상까지 만들었지만… 어른이 되면서 사심의 마음이 커지고 삿된 지식으로 무장하여 반대하며 배신할 게 틀림없습니다. 두고 보세요."

"그래, 그렇구나. 이미 알고 있었다니…."

철순이가 천문이의 앞길에 누가 되지는 말아야 할 텐데….

"믿을 수 없는 것이 사람이라고 하지만 믿을 수밖에 없는 것이 인간인데 어찌하랴."

천문이는 장갑을 끼고 매달려 있는 샌드백을 발로 차고 주먹으로 때리며 땀을 흘리며 열심히 운동을 했다.

"아빠도 선거에 나간 일이 있었지요."

정치의 공천 문제는 항상 문제. 세상은 진실보다는….

"아빠는 청중들에게 어떻게 연설했나요."

선거법이 문제인데 선거 때만 되면 가족, 친척, 친구, 부모, 형제끼리도 다투는 제도는 시정해야 하며 당당하게 신성통치를 할 것이라고 선포를 했단다. 또한, 결혼하면 주택 한 채를 제공하고 죽으면 산소 자리 하나는 기본으로 제공하며 기업이 정상적인 경제 활동을 하며 불법은 철퇴를 내릴 것이고, 만백성이 인평선을 유지할 것이라고 말했단다.

여론 조사에서는 아버지가 월등히 앞섰다는데 공천은 물 건너갔단다. 그게 정치라니….

"할아버지, 내가 신성통치를 꼭 실현시키겠습니다."

"너는 할 수 있지. 할 수 있고말고. 네가 희망이야."

할아버지는 나의 손을 꼭 잡아 주었다.

"알고 살면 신성한 인간이고 모르고 살면 사람이지."

"사람은 혼자서도 되는 것이고 인간(人間)은 둘의 관계가 좋아야 인간이 된답니다."

"사람 되는 것이 이렇게 어려운 것인가. 쉬운 것인데 알지를 못하는 것일까. 아, 죽을 때가 되면 알겠지."

"그때는 너무 늦어서 송장도 놀라서 자빠질걸."

어떤 직업

가끔씩 오르는 산길이었다.

신선한 공기가 폐부 깊이 들어가니 기분이 한결 좋아진다. 무형실체인 공기는 인간에게는 필수인 최고의 명약이다. 빼곡히 들어선 높은 건물과 아파트들로 채워진 도시의 풍광들이 때로는 우리들을 감탄할 만큼 놀라게도 하고 때로는 질리게도 한다.

"저기 푸른 지붕이 보이는데 저기가 청와대야."

"태 할배가 계시는 궁은 전부 보석으로 휘황찬란하던데. 그래서 땅의 애천궁은 오방색으로 흉내만 내렵니다."

"그렇구나. 애천궁은 보석으로…"

"대통령이 최고의 연봉을 받겠지요."

"그야 연봉과 특활비 등등 많이 받겠지."

"대통령의 명예가 최고일 텐데, 사람들은 대통령을 욕하고 심지어 탄핵도 하던데…. 그런 대통령을 뭣 때문에 하려고 하는지 도대체가 이해가 안 됩니다."

"그러니? 네 마음이 괜찮은 것 같아 다행이구나."

"연봉 책정은 누가 합니까?"

"글쎄, 누가 그렇게…. 하늘의 뜻대로 신성통치로 국민을 사랑해야 수난이 없겠지. 안 그러면 계속 고통을 받을 수밖에 없겠지."

"아, 그러니 신성통치를 하는 시대가 되면 세계에서 가장 으뜸 되는 나라가 된다는 말이지요? 할배."

"태 할아버님께서 바라는 다스림은 신성통치겠지."

"몇천만을 받는 사람과 최저임금을 받는 사람과의 차이는 뭔가요?"

"그야 업무 능력의 차이겠지."

"혼자 사는 무인도에서 업무 능력을 과시할 수 있을까요?"

"공평하게 해야 한다는 말이냐?"

"혼자서 전부 잘할 수 있는 것은 아닐 텐데…. 서로의 협조적인 노력으로 사회가 구성되었지요. 개체는 전체를 위하고 살아야 하는데 특별한 능력을 가진 사람만 최고의 연봉을 받는다? 능력자의 횡포가 아니라면…. 하늘에 계신 태 할배께서 언제 횡포를 부렸나요."

"사람 사는 세상에서는 그럴 수밖에 없지 않겠느냐."

"같이 일하고 같이 월급 받고 같이 세금 내고 똑같이 누리며 살아야지요."

"그런 방법이 태 할배의 바람이니…."

네 뜻대로 될 수 있는 세상을 만들어 가야지.

"네, 태 할배가 바라는 신통법은 모든 사람은 똑같이 공유할 수 있는 의무가 있다는데 왜 받아들이지 않지요?"

태 할배와 궁장

"좋은 것이라고 반드시 선택되는 것은 아니야. 정치적 수에 의해서 좌절되기도 하고 선택되기도 하거든."

"정도보다는 사람 수에 의해 결정되니 기득권 지키는 싸움만 할 수밖에 없겠군요."

"국회의사당의 위치나 지붕이 문제라서 싸운다던데…"

"우리 집을 국회로 하면 안 싸우겠지."

으하하하, 키키킥, 크하하.

"조상 무덤을 옮기면 대통령이 될 수 있을까."

"할배도 조상 무덤을 옮기고 출마해요. 당선될는지…"

"태 할아버님께서는 귀한 것일수록 공짜로 쓰도록 주셨는데 세상은 남의 것을 가지고 자기 것인 양 기득권을 챙기며 등쳐 먹고 사니 살벌하고 오줄이 없어."

"카리스마라는 뜻은 예언이나 기적을 나타낼 수 있는 초능력이나 절대적인 권위를 말하는 것인데…"

"칼은 필요하고 선한 용도대로 사용해야 하는데… 힘없는 백성이 고기로 보이나."

"인간의 능력으로 잘 안 되니 태 할아버님의 심정과 신성으로 통치를 하면 잘될 것 아닙니까?"

"대안은 신성통치인 참행복마을밖에 없군."

우하하하하, 키키키키키. 손주와 할아버지는 손을 맞잡고 목이 터져라 웃었다.

"보라고. 외형의 모습은 그림 같은 애천성이지. 좋은 집들과 건물들 사이로 다니는 차들도 얼마나 아름답고."

"가짜에 익숙한 사람이 진리에는 생소하여 받아들이기가 쉽지 않아. 외형은 애천성 같아 보이는데 그 속에 사는 사람들은 진리에 순응하는 진짜 같지가 않아요."

"진짜가 되는 것은 쉽지 않아. 아 참, 내 정신 봐라. 이대풍 이장이 오늘 오시라고 했는데. 빨리 내려가자."

뒤를 돌아보니 언제 모여들었는지 사람들이 많이 있었다.

"바빠서 먼저 갑니다."

"손주와 재미난 이야기를 해서 듣고 있었습니다."

"네, 다음에 뵙지요."

자동차는 바람을 가르고 오뉴월의 햇볕은 뜨거웠다.

들판은 온갖 녹색 물감을 쏟아 놓았다. 차창 밖의 공기는 신선하였고 봄, 여름, 가을, 겨울, 사계절을 보여 주는 자연의 모습을 제대로 볼 수 있어서 좋았다. 계절을 막론하고 그 품격은 화가나 시인이나 글 선생들의 좋은 소재감이 되어 주는 만물들은 참으로 경이로웠다. 태 할아버지의 위대한 뜻이 여기저기 전개된 만물들에게 그 아름다운 신성을 나타내신 것 같았다. 이 모든 것이 태 할배의 신성으로 된 사랑체였다. 만물은 볼 때마다 아름답고 좋은데 사람은 볼 때마다 독선과 욕심으로 가득 차 있으니 만물보다 못한 생각을 할까. 설마….

어느덧 동네 입구에 커다란 느티나무를 지나자 도착한 집은 크고 넓게 보였다. 이맘때쯤이면 할아버지는 뽕딸인 오디를 직접 따 먹기 위해 이 집에 온다. 밭 어귀에 제법 오래되고 큰 뽕나무가 몇 그루 있었다.

뽕딸.

연두색에서 노르끼리한 색으로 옷을 갈아입고 불그레하게 변하다가 점점 짙은 보라색에서 검은색으로 완전히 변신한 뽕딸. 크고 검은 것을 따 가지고 하늘에 고 한다.

"태 할배, 먼저 흠향하시옵소서."

천문이는 나무 위에서 실컷 따먹고 소쿠리에 따 담았다.

"이제 갑시다."

이장님 집으로 돌아와서 둘러앉았다. 역시 이장님이 제일 많이 따고… 할머니, 할아버지, 나 순으로….

"할아버지, 만물은 원리의 주관성과 자율성에 의해서 제 역할을 정확히 행하고 있었습니다."

"시커먼 오디는 이때가 최고입니다."

"제때에 나오는 만물이 건강에도 최고이고 맛도 최고."

"참, 때가 되었으니 식사하러 갑시다."

이장님은 오디를 한 소쿠리 가지고 식당으로 갔다. 주인은 아주 좋아했다. 이장님이 안내한 식당 방 안에는 흑돼지가 '치칙', '지글지글'거리며 맛있는 냄새를 남발했다.

"자, 드셔 보세요. 잘 익었습니다."

상추와 깻잎 한 장 올려놓고 고기와 밥 조금 얹고 된장과 잘게 썬 생마늘을 얹어 먹는 게 할아버지와 똑같았다.

"여기 식당 주인은 나와 아주 절친인 차홍남입니다."

소개하며 손자에 대한 말은 많이 들어 온 터라 기대가 컸다.

"그 손자가 여기 있는 귀공자야."

박 선생님이 훌륭하시니 좋은 가문인 것 같았다.

"박천문이라고 합니다."

'우리 손자는 공부에는 취미가 없는지…' 한숨뿐이었다.

"시골에는 이장할 사람이 없어서 아직도 제가 작년까지 하다가 이제야 이 친구에게 물려 주었습니다."

"저도 이장할 시간이 없는데 이 친구가 하도 권유하는 바람에 졸지에 감투를 쓰게 되었답니다."

"세상에서 제일 좋은 직업은 무슨 직업일까요."

"천문이는 뭐라고 생각해?"

"농부."

"선생님이나 대통령이나 애들이 좋아하는 연예인이 아니고… 왜 남들이 선호하지 않는 농부라고 생각하지?"

"제일 소출이 높은 게 농사라고 우리 할아버지는 늘 그렇게 말씀하시던데 이장님 생각은 어떻습니까?"

"일손 구하기도 어렵고 잘되면 값이 떨어져서 걱정이고 안 되면 값은 올라가는데 나에게 이익은 없으니 걱정이지."

그때 밖이 시끄럽더니 우르르 몰려 들어왔다. 신귀순 동네 부인 회장이 염치 불고하고 사람들을 불렀단다.

"무엇이 그렇게 궁금하십니까?"

할아버지가 인사하면서 물었다.

"공부를 잘하는 방법 좀 알려 줘."

학생이 물었다.

"천문아, 네가 대답해 주면 좋겠구나."

"사람은 모든 것을 다 알기도 어렵고 다 안다고 해도 실천하기는 더더욱 어려운 일이지만 열심히 정신을 집중하면 잘할 수 있어요."

"우리는 아무리 해도 정신 집중이 잘 안 돼."

"천재는 노력해야 된다고 하잖아."

"우리는 시골에서 태어났는데 농사는 너무 힘만 들고 돈도 안 되는데 앞으로 어떤 직업이 유망할까요?"

"학생이 직업 걱정이나 하니까 공부가 잘 안 되지."

여기저기서 킥킥거리고….

"그래, 맞아. 공부나 열심히 하면 될 것인데 별걱정."

"앞으로 농사짓는 일이 제일 재미있을지 모르지."

"아니, 그게 무슨."

"육신은 먹지 않으면 죽는 것이 삶의 기본 아닌가요."

"남들은 팽개치는 농사가 제일. 최고의 농법은?"

"인공지능인 컴퓨터가 '여기에 물이 필요하다', '여기에 병들어 가는 녀석이 있다' 해결해 주는 거지. 축산도 그런 인공지능으로 하면 구제역이나 돼지열병 같은 것이 발생해도 재빠르게 해결할 수 있어요."

"모든 부분에서 최첨단의 인공지능으로 해결한다면 우리들이 컴퓨터를 공부해야 하나요?"

"컴퓨터 박사들이 지금 개발하고 있으니 자기가 하고 싶은 일을 선택하면 좋은 직업이 될 것입니다."

"그래서 천문이 네 소원이 농부라고…."

이장님은 나를 빤히 바라보며 말했다.

"내가 농부나 최고 지도자가 되는 게 좋겠어요."

"최고 권력자가 되어 농사짓는 순전한 사람들이 잘 사는 세상을 만들어 주면 아주 최고의 선물이 될 것 같아."

"농사가 제일 재미있는 직업이 될지도 모릅니다."

"그럴 때가 올까?"

"참행복마을과 참사랑가마을을 설립하면…."

"태 할아버님의 꿈과 우리들의 꿈은 네가 신성통치로 최고의 세상을 만들어 주기를 만민이 바라고 있어."

"나보고 궁장이 되라는 말이지요? 이 나이에 벌써 직업 걱정을 하고 살아야 하다니 고생길이 훤히 보이는구나."

으허허허, 하하하. 손자는 크게 웃다가 정색을 하고 말했다.

"농부들이 대접받을 때 최고의 세상이 되겠지요."

"아니, 그게 무슨 말이야."

"나는 게임이 좋은데…. 전부 기계화, 자동화되면 우리는 어디 가서 취직을 해서 먹고살까 걱정되네."

"신성통치로 모든 국민이 공평하게 일하고 공평하게 혜택을 받고 공평하게 자유를 누리는 세상을 만들면 돼."

"그런 세상이 언제 되겠어. 그림의 떡이지."

"참행복마을에서는 두루학당(초)은 기본 과목을, 준비학당(중)부터는 집중 과목을 공부하여 전문학당(고)만 졸업해도 백 퍼센트 취직이 될 것이고 만공학당(대)은 더 많은 전문 지식이나 기술을 연구·개발할 것이기 때문에 살아가는 것은 걱정 안 해도 될 것입니다."

"참행복마을이라. 그런 때가 빨리 이루어지면 한이 없을 것 같은데요. 빨리 되게 해 주세요."

"준비하고 있으니 그때에 모두 동참해 주시고 지금은 자기가 하고 싶은 것을 열심히 공부하세요."

짝짝짝. 엄지를 세우며 아이들은 박수로 화답했다.

"세계지도자들이 평화를 위한 정치를 하면 좋을 텐데."

"무기 만들 돈으로 최첨단 생활 장비인 로봇이나 첨단컴퓨터나 기능성 장비를 만들어서 우리 생활이 최고로 윤택해질 수 있도록 하면 참 행복한 세상이 되겠지요."

"네게 희망을 걸어 본다. 최고 지도자는 천문이다."

"벌써 나에게 그 힘든 임무를 주시는 것입니까."

"아니, 아니야. 그렇게 되면 좋겠다는 것이지."

"여기도 학당이 있어?"

"응, 있어. 가 볼래?"

"잠깐 놀다가 올게요."

학당 가는 길 주위에 아름드리나무들이 울타리가 되어 학당을 지키는 듯 서 있었다. 지름길에는 온갖 야생초들이 줄줄이 서 있어서 우리를 반기는 듯 정감 있고 운치가 있는 학당이었다. 이미 몇몇 남자애들이 모여서 축구를 하려고 준비하고 있었다.

"공부 좋아하는 애들은 축구에 관심도 없던데 너도 축구 좋아하니?"

"좋아해. 같이 해도 될까?"

"좋아. 같이 하자."

"오프사이더는 없애야 재미있는 경기가 될 것 같아."

"왜?"

"똑같은 조건인데 굳이 오프사이더가 왜 필요하지?"

"참 그렇지. 우리 오프사이더 없이 경기를 해 보자."

"그럼 그렇게 해 볼까."

"단, 골키퍼를 방해하면 파울이야."

"알았어."

천문이는 운동화에 팬티와 러닝만 입고 같이 뛰었다.

"쟤는 못하는 게 뭘까. 축구, 공부, 인생 문제도 잘 알아."

시기심 많은 친구가 거칠게 태클을 했다.

"야, 상금이 걸린 것도 아니고 그렇다고 심판이 있는 것도 아닌데 왜 거칠게 하는 거야? 다치지 않게 조심하자."

거칠게 태클이 들어와서 천문이는 넘어질 뻔했다.

"너, 퇴장이야."

"다리가 부러지지 않았는데 엄살 그만 부려."

"미안하다고 하지도 않고. 너, 일부러 거칠게 했지."

"어쩔래. 짜식이 남의 동네 왔으면 고분고분해야지."

"뭣이라. 그래서 고의로…. 너 악질이구나. 폭력배야."

"그렇다면 어쩔 건데…."

"버릇은 싹도 없고 겁도 없는 안하무인이로군 그래."

"X 같은 녀석이. 이 새끼가 공부 잘하고 공만 잘 차면 대수야?"

"뭣이라. 너 방금 뭐라고 했지? 다시 말해 봐라."

"귓구멍이 썩었냐? X 같은 놈이라고 했다. 어쩔래?"

"넌 그게 무슨 말인지 알고 하는 말이냐? 아니면…."

"말귀를 못 알아 처먹네. X 같은 새끼가 까불고 있어."

"넌 구제불능이구나. 너는 아직 풋고추밖에 안 되는 놈이고. 네 부모가 개 같은 짓을 했다면 너는 개새끼인데 그래도 좋다면 그런 욕을 계속해 봐라."

"이 새끼가 염장을 질러서 매를 버네."

천문이를 밀쳤다.

"다했냐?"

"매를 벌어. X 같은 자식이. 어쩔 건데…."

"태참참축가, 태참참축가, 태참참축가."

염원을….

"뭐라고 씨부려쌌네."

주먹을 휘두르다가 천문이 발에 걸려서 나동그라졌다. 일어나서 달려들면서 주먹을 휘두르다가 복부를 한 대 맞고는 꼬꾸라졌다. 그는 창피했던지 주저앉아서 일어나지 못했다.

"너희들이 입버릇처럼 달고 다니는 추한 상욕은 하지 마라. 욕 중에 난이도가 높은 욕이 금방 무지한 저 인간이 한 욕설이야. X 같은 짓을 하는 부모의 자식이 개자식 아니니. 너희들의 아버지, 어머니가 X 같은 짓을 했다는 말이며 너희들은 그 자식이니 개자식이 되는 것이지. 부모를 욕되게 하는 그런 욕은 앞으로 절대로 하지 말어. 알아들었어?"

"그래, 이제야 알겠네. 앞으로 상스러운 욕은 안 할게."

찬돌이는 속이 상했는지 밖으로 나갔다. 천문이는 따라가며 그를 달래 주었다. 그들은 다시 축구를 시작했다.

"천문아, 미안했다. 손님인데 앞으로 잘 지내보자."

"그래, 그러자."

끝날 때 즈음 축구부 선생님이 천문이 경기를 보고 탄복.

"우리 학교로 전학 와서 축구부에서 뛰어 주면 좋겠어."

나는 축구선수보다는 지도자가 될 것이라고 정중하게 거절했으며 아이들과 아이스크림을 먹으며 즐거운 시간을 보냈다. 다음 기회에 꼭 와 달라는 아이들의 간곡한 부탁에 약속을 하고 이장님 댁으로 돌아왔다.

"재미있게 놀았니?"

"네, 할아버지. 이 동네 아이들이 아주 좋아요."

"그렇지. 시골 아이들이 착한 편이지."

"대도시로만 몰려들게 만들어 놓은 이 제도는 문제야."

"태어난 곳에서 성장하고 공부하다가 부모님 모시고 먹고살려면 경제권을 골고루 지방화해야 되겠지. 모든 백성이 골고루 걱정 없이 살 수 있는 세상으로…."

"어디라도 부모님 모시고 서로 공평한 생활을 누리고 행복하게 살 수 있으면 좋으련만. 그게 안 되는 세상이니."

이장님의 말씀에 공감이 갔다.

"의식주를 해결하고 모든 국민이 태양의 혜택을 골고루 받듯이 모두 공평한 세상을 만들어 놔야 되겠지요."

"그러니까, 사람 되는 교육인 양심 교육이 제일입니다."

"그 일은 천문이 네가 해야겠구나. 어린 네게 이런 무거운 짐을 주는 것 같아서 할아비로서는 면목이 없구나."

"누구의 잘못은 아니잖아요. 누군가가 풀고 해결해야 할 인류의 커다란 숙제가 되겠습니다."

"그래도 걱정스럽구나."

"사람들은 공기와 돈. 둘 중 하나를 택하라면, 삼 분 후에 죽으면서 보지도 못할 돈을 택하겠지요."

"신성통치. 그걸 빨리 해야 되겠다. 언제쯤 가능할까?"

"태 할아버지께서 바라시는 일이니 할아버지 돌아가시기 전에는 반드시 만들어 놓아야 될 것 같습니다."

"손주를 위해서라도 내가 오래오래 살아야겠네."

"할아버지는 어떤 직업이 좋은 직업이라고 생각해요."

"가수."

"왜 가수예요?"

"사람들을 기쁘게 해 주지. 마음을 풀어 주기도 하고 울리기도 하는 것은 노래이지."

"할배 마음이 그런 것이지. 순수한 그 심정 알아요. 내가 잘 모시고 살게요. 그럼 가수들은 애천성에 들어가겠네."

"그건, 반드시 그런 것은 아니고. 직업은 좋지만 사생활이 문란한 사람은 들어가기가 어렵겠지."

"그들은 명예도 있고 돈도 잘 벌고 공인으로서 모범이 되어야죠. 왜 사생활이 문란해서 때로는 이혼도 하고 성폭행범이 되어 구설수에 오르기도 하고, 마약도 하고 술 마시고 도박도 하고 싸움질도 하고, 잔재주는 있어도 인생 사는 법은 못 배운 거죠. 그 좋은 직업을 가지고…."

어떤 직업

"좋은 일 하고 모범된 이도 많이 있지만, 개중에 도덕적으로 해이해져서 설치는 이들이 가끔은 있지."

"제일 좋은 게 노래라니까 제가 노래 한 곡 할까요?"

"네, 하세요."

노래를 곧잘 하는 이장님 덕분에 한참 재미난 시간이다.

"할아버지는 농부야, 선생님이야, 화가야, 계몽가야, 사상가야, 종교인이야? 진사는 무슨 말이며. 자각이라고 명함에 적혀 있던데."

"글쎄. 인생 1막인 십 대는 학생이며 철학가. 2막인 이삼십 대에서는 사상가이며 화가였고, 3막인 사십 대에서는 선생이며 선각자이며 계몽가요, 진리인으로서 살았고 4막인 오십 대에서는 지천명이니 스스로 깨달으며 절대신앙인으로 만물의 영장이 되기 위해 진사로 사는 것이었고, 5막인 육칠십 대에서는 잘난 손주가 신성통치로 참행복마을을 만드는 일에 협조하는 도움자로 살고 싶은 것이지."

"대단한 우리 할아버지. 내가 신통할 궁장이 되어서 애천의 세상을 만들어 주기를 바라신다."

녀석은 심각한 것 같았다. 느닷없이.

"진사라는 말은 구세주와 같다는 의미인데…"

"진사는 진실한 사람으로 살자는 내 뜻이고 암튼 나보다 네가 태할아버님과 더 잘 소통이 되는 네가 신성통치를 할 수 있는 구세주 같아."

"할아버지도 참, 주위 사람들이 아빠의 별명을 '도사'라고 하던데 할아버지 별명은 뭐야?"

"뚱딴지같은 녀석. 할아비 별명을 알아서 뭐 하게."

"할배 놀려 먹을 때 써먹어야지."

"손주가 할배 놀려 먹을 별명을 가르쳐 줄 것 같아?"

"왜 손자가 할아버지 놀려 먹는 게 싫어? 할아버지나 '나'나 육신 벗고 저 하늘에 가면 무슨 관계일까?"

"천지개벽이겠지."

이 어린 녀석이 천지개벽의 뜻을 알고 있다니….

차홍남 신임 이장님은 아예 동네 사람들을 다 모아 놓고 태 할아버지와 나의 강의를 들었다. 모두가 놀랐다.

"진짜가 여기에 나타났구나. 심 봤다."

인생 사는 법을 들은 그날 이후로 동네 어른과 아이들도 천문이를 자주 만나고 싶어서 안달이 났다.

"세월아 빨리 가라."

첫사랑

"아빠, 아까 강의하던 애는 누구예요?"

"아, 그 애. 기가 막히는 녀석이지."

"누군데요?"

"가히 천재. 아니면 신이라고 할까."

"어떤 사내인데 그렇게 대단한가요."

"하여간에 대단한 녀석이지. 나도 그 애는 못 당해."

누구이길래 그렇게 입이 마르도록 칭찬을 할까.

"왜, 너 그 애에게 관심 있니?"

아무런 말이 없는 딸애의 불그스름하게 변한 얼굴이 그렇게 예뻐 보일 수가 없었다. 내 딸이지만 천하의 일색이야. 게다가 두뇌까지 명석하니… 둘이 배필일지 몰라….

"너, 강의하던 그 사내에게…."

말이 끝나기도 전에….

"아빠. 나 그 사내에게 시집갈래."

어쩌면 내 생각과 딸애의 생각이 같을 수가…. 이건 천상배필이란 말인가? 존경하는 명중 선배의 아들인 천문이를 감히 내 사위로 맞이해야 하나. 꿈도 꾸지 못할 일인데….

"응? 아빠, 빨리 대답해 줘요."

딸아이는 막무가내였다.

"저, 그게…."

천문이에 관한 모든 것을 말했다. 자신과 명중 선생과의 관계는 물론 그 아들이 천문이라고.

'먼저 먹는 자가 임자이지. 너는 내 거야.'

혼자 신바람이 났다. 시계는 왜 이렇게 늦어.

"빨리 가라, 시간아. 보고 싶은 님을 만나러 가련다."

"나 빨리 가고 있어. 아무리 빨리 가도 1초 이상은 힘들어. 1분 이상도 힘들고. 1시간 이상도 힘들어. 빨리도 안 되고 그렇다고 늦게도 안 되는 것이 나야. 융통성 없는 정확한 것이 나야 나."

"너를 탓하는 내가 잘못되었군. 빨리 가기나 해라."

"가고 있으니 보채지 말아다오."

천문이 오빠가 나를 이렇게 신바람 나게 할 줄은 몰랐다. 선화는 제일 예쁜 옷을 입고 용선이라는 친구를 들러리로 대동하여 명중 선생님 댁을 찾아갔다. 용선이는 그런 나의 마음도 모르고 촐랑거리며 따라온다.

"누구세요?"

"저, 아빠의 심부름을 왔습니다."

대문이 스르륵 열렸다.

첫사랑

"꼬마 아가씨 둘이 왔구면. 너희는 누구야…? 어, 너는 가만 있자. 어디서 봤더라. 그렇지. 신 선생님 딸이지?"

"응. 나를 어떻게 알아?"

"잘 알지. 너 어렸을 때부터 내가 아주 잘 안다."

"어떻게…."

"너희 집에 갔었거든."

"아, 나도 많이 본 것 같았는데…."

"하여간에 들어와."

둘은 천문이를 따라 사방을 둘러보며 집 안으로 들어갔다.

"선생님은 계시는가요?"

"엄마와 같이 외출하시고 나 혼자만 있어."

"오빠는 여기서 학교 안 다니잖아. 방학이라서…."

"응. 그렇게 되었어. 할아버지, 할머니가 나 보고 싶다고 해서 유학하는 중이야."

용선이는 천문이를 보자 '이건 완전 내 스타일이야. 이렇게 가슴이 답답할 수가 있나.'라고 생각했다. 망설이다가 용기를 내어 말했다.

"저어… 나도 오빠라고 불러도 될까요?"

떨리는 소리로 간신히 말했다.

"그래, 당연히 오빠라고 불러야지. 선화 친구구나."

"선화의 껌딱지 구용선입니다. 마음속에 넣어 두세요."

"친구 같은데… 진짜 오빠 맞아?"

선화는 따지듯이 물었다.

"친구는 무슨. 야, 내가 너보다 세 살은 많을 거다."

"그걸 어떻게 알아?"

"너 어릴 때 기저귀 차고 울고 다니는 것도 봤지."

아이 부끄럽게… 나의 전부를 알고 있다는 거야?

"정말이야? 오빠는 나를 잘 안다는 말이지."

"그럼, 잘 안다니까."

"그럼 나의 성격과 내가 뭘 좋아하는지 알아?"

"알지. 넌 청순하고 예쁘고 공부도 잘하고 먹는 것도 다 잘 먹는 편이잖아. 됐어. 그 정도면 합격이야."

만나고 보니 이 아이는 보통이 아니었다. 하늘에서 내려 주신 나의 천생연분인 내 짝이며 내 님이 될 것인가.

"오빠라고 부를까?"

"오라버니라고 불러라. 너 오빠 없잖아. 큰딸이니…."

"그러면 오라버니는 나의 소원을 들어줄 수 있어."

"내가 무슨 석가님도 아니고 소원을 들어 달래. 내가 더 걱정인데 네 소원까지 들어 달라고? 암튼 뭔데?"

"석가님이 아버지에게 소원을 청했다고…. 그러면 내 맘도 알겠네. 내가 뭘 바라는지 알아맞혀 봐."

"전화번호 따고 싶은 게 네 소원이냐?"

"아니, 신통한 오빠네. 진짜 소원은 다음에…."

빠알갛게 달아오른 선홍 빛깔의 얼굴은 더욱 빛났다. 둘은 전화번호를 서로 교환했다. 용선은 가만 보니 나를 들러리로 데리고 온 것 같아서 용심이 끓어올랐다.

"오빠, 나에게도 번호 좀…."

"얘, 나중에 내가 알려 줄게."

그 말이 왜 그렇게 서운한지 선화가 미워졌다.

"흥, 기지배. 나를 무시하는 거야 뭐야."

"아니, 그게 아니라. 초면에 굳이 그럴 필요가 있어?"

"나, 이 오빠가 좋아. 사귀고 싶어."

용선이의 폭탄 같은 반응에 둘은 깜짝 놀랐다.

"아니, 쟤가…."

이때 어떻게 하면 좋을까 고심하다가 용단을 내렸다.

"그래, 알았어. 용선이 너는 나를 오빠라고 불러라."

선화가 미워죽을 뻔하였는데…. 선화를 끌어안고 기뻐했다.

"고맙다. 선화야. 다 네 덕분이야."

"기지배, 요즘 애들처럼 끓었다 식었다 하는군."

서운한 눈초리로 말하는 선화의 마음을 알 것 같아서 말했다.

"선화야, 서운하지?"

"아니, 아니야. 괜찮아요."

수줍게 말하는 선화가 더욱 예뻤다.

"천문이 오빠는 멋쟁이."

용선이는 나의 손을 잡으려고 했다.

"용선아, 오빠라고 부르기만 하랬지."

용선은 무안한지 얼른 손을 빼고 새침하게 토라졌다.

"선화야."

천문이는 선화의 손을 잡으면서 다정하게 불렀다.

“네, 오빠.”

그의 눈을 바라보았다. 둘은 전기가 통하는 것 같았다. 백년지기 같이 느껴지는 것은, 우린 천생연분. 아니, 우린 자석같이 서로가 끌리는 것이 자동이었다.

“선화 너는 몸과 마음 관리를 잘 해야 한다.”

“왜요, 오빠?”

서운한 용선이는 속내를 그대로 드러냈다. 모처럼 마음에 드는 사내를 만났는데 질투라는 것인가.

“선화는 장차 훌륭한 최고의 규숫감이 될 것이니까.”

“흥, 뭐 선화가 오빠의 색시라도 된대요?”

한마디 던지고 밖으로 뛰쳐나가 버린 용선이…

“나와는 인연이 없는 건가. 맘에 들었는데…”

골이 잔뜩 난 용선이는 왠지 모르게 자꾸만 서러웠고 눈물이 흘러내려서 아무 데나 달음질쳤다. 배신당한 일도 없었는데 왠지 마음 한구석이 구멍 난 것처럼 을씨년스러운 바람만 넘나드는 것 같아서 더욱 서글퍼졌다.

“길도 잘 모르면서 어디를 갔을까.”

“아, 오빠는 좋겠다. 좋아하는 여자들이 많아서…”

“선화야, 우리 이런 데서 힘 빼지 말자. 난 너뿐이야.”

“거짓말. 오늘 처음 만난 것 같은데 나뿐이라고? 순 바람둥이는 아니지? 제발 아니라고 말해 줘요.”

“하하. 넌 나에게 완전 몰입됐구먼. 걱정할 것 없어.”

“무슨 말인데. 오빠야 맘을 아직은 잘 모르겠어.”

"너를 접수했어. 네 맘은 온통 나만 생각하잖아."

아히히. 부끄럽게 내 맘을 다 들켜 버렸는데 어쩌나…

"좋아요. 첫사랑 하는 이 마음 변치 말고 나랑 평생 사랑하고 살기로 손가락 걸어서 약속해 줘요."

"다음에 하면 안 될까? 용선이부터 찾아야지."

"안 돼. 지금이야. 모든 일이 다 때가 있는 거잖아."

"좋아. 그렇게 하지. 너나 변심하지 말지어다."

"확실한 도장을 찍어야지. 오빠 입술은 내 거야."

선화는 천문의 입술에 그의 입술을 갖다 대고 인증 사진 찍고 동영상으로 저장하며 확실한 약속을 했다.

손가락 걸고 다시 맹세를 하고 서로 마주 보며 미소를 지었다. 우리 변치 말자고 눈웃음으로 서로의 마음을 확인하고 다짐했다. 한 방에 나의 꿈이 이루어지는구나.

"우리 용선이부터 찾아보자, 오빠."

"응, 그래. 이리로 가 볼까?"

"어디로 가는 길인데?"

"응, 바닷가."

설마 용선이가 길도 모르는데 여기로 갔을까. 궁금했다. 한참을 가다 보니 저기 앞에 보니 몇몇 사내들에게…

"용선아!"

"어이, 거기 내 동생을 누가 괴롭히냐?"

"야, 빨리 도망가자. 천문이다."

그들은 걸음아 나 살려라 하고 줄행랑이다. 그제서야 용선은 긴

장감이 풀렸는지 선화를 끌어안고 통곡을 하였다.

"용선아, 괜찮아. 저 사내들이 네게 무슨 짓을 했니?"

"아니, 기분은 나빴어…."

"처음 만난 오빠야 보고 그렇게도 섭섭했어?"

"흥, 나는 뭐 감정도 마음도 없는 무골충인 줄 아나."

"그러면 못쓰는 것이야. 오히려 고맙게 받아들여야지. 선화가 잘 되면 좋잖아."

"그건 그렇지만 왠지 용심이 솟아올라서 그만…."

"용선아, 앞으로 선화를 잘 부탁한다."

"알았어요, 오빠."

용선이의 눈살이 더욱 사나워지면서 말했다.

"그런데 선화가 오빠의 색시라도 된대요?"

폭탄 같은 용선이의 질투에 천문이와 선화는 놀라서 서로 쳐다 보았다. 선화는 괜스레 얼굴이 홍당무가 되었다.

"그래, 이 오빠의 색시 될 사람이니 잘 부탁하노라."

천문이 오빠의 말에 선화도 용선이도 깜짝 놀랐다. 용선이는 하늘이 무너진 듯이 털썩 주저앉으면서 생각했다.

'내가 오라버니에게 시집갈까 했는데, 아이구….'

"해바라기는 오직 해를 향하지. 오매불망이야."

천문이는 얼른 선화의 손을 잡고 다른 한 손으로는 용선이 손을 붙잡으며 말했다.

"용선이 너는 좋은 친구를 두었으니 그걸로 만족하려무나. 네 짝을 소개해 줄게. 멋진 사내가 있거든."

첫사랑

"알았어요. 오르지도 못할 나무는 쳐다보지도 말라고 했지만 먼저 오르는 자가 임자라고…. 아이, 몰라."

"좋은 친구 소개해 준다니까? 너 바나나 좋아하지."

"아니, 내가 바나나 좋아하는 것을 어떻게 알았어요?"

"잠깐 기다려라."

쏜살같이 내달리는 천문이 오빠. 철석이는 파도 소리에 바닷가는 낭만처럼 전설처럼 사람들 마음에 남는 걸까. 우리의 감정들도 밀려왔다가 밀려 나가는 파도 같았다. 용선이도 기분이 좋아지고 있었다. 아이스크림을 먹으며 참 좋은 오빠였는데. 아깝다. 짝이 따로 있는가 봐.

천문이 오빠와 헤어지고 집에 돌아온 선화는 온통 천문이 생각 뿐. 사랑은 어릴 때부터 영원히 사랑할 사람과 같이 가는 거야. 사내다운 멋진 천문이와 우리는 이렇게 인연을 맺을 것이었다.

뽀뽀한 사진을 보면서….

부끄럽기도 하고 온몸에 전율이 진동했다. 확실한 도장을 찍어 놨는데…. 아이 좋아라. 앞으로 서로 몸 관리 마음먹기를 잘 해서 훌륭한 배필이 될 것이다. 천상배필이며 영원한 임자가 될 것이다. 천상천하에 하나밖에 둘도 없는 내 사랑아.

'오빠야, 사랑해. 내가 찜했다. 알았지?'

오늘 한 방에 천 프로나 목표를 초과해 버렸네.

"첫사랑의 남자와 영원히 사랑하는 본을 보여 주어야지. 첫사랑은 실패하는 것이 아니라 성공하는 거라고. 그래야 참된 사람이지. 내 사랑 천문이 오빠야. 내가 제일 좋아하는 오빠야도 그래야 돼. 알았지?"

"당연하지. 우린 일편단심, 장미와 백합이지."

천상천하에 한 쌍. 둘은 이미 한마음 한 몸이 된 것 같았다.

좋은 꿈 꾸자… 드르렁드르렁.

하고 싶은 대로

"당신과는 더는 못 살아."

"그래도 이혼은 안 돼."

"왜 못 해 주는데? 자유의 몸이 되면 마음대로 바람을 피우든 외박을 하든 아무도 간섭 안 할 텐데. 해방시켜 줄게."

"하여간 이혼은 안 돼. 애들도 있고…"

남편은 방문을 휙 닫고 출근한다고 나가 버렸다.

잠은 안 오는데 벽시계는 때가 되면 쉼 없이 울어 댄다.

뻐꾹 뻐꾹 뻐꾹, 버꾸 버꾸 버꾸, 바보 바보 바보.

집은 대궐같이 좋다. 넓은 정원과 잘 관리된 화단이며 잔디며… 밤하늘 별들이 촘촘하게 자리하여 오늘따라 밝고 아름답게 날 보란 듯이 빛나고 있었다.

저들도 행복할까…?

꼬라지야 미끈하여 일류 연예인 뺨칠 정도이고 돈 많은 집안이며 학벌 좋은 인간이지만… 껍데기인 몸뚱아리는 양같이 순수해 보이며 잘생겼으나 뱀같이 느글거리는 속은 시커먼 악마의 귀신이 잔뜩 몸뚱이를 꿰차고 앉아서 주인 노릇을 하고 있는 것 같았다. 정승 집안에 정승 난다더니만 혹시 씨가 문제인가? 팥 심은 데 팥 나고 콩 심은 데 콩 난다는데. 바람의 씨, 악습의 씨가 문제.

아무튼 별님들이시여, 하늘이시여, 도와주소서. 다시 방 안에 들어와 이불 속으로 몸을 집어넣었다.

한참을 뒤척이다가….

이대로는 안 돼. 안 돼. 안 돼….

나는 캄캄한 곳을 지나 구름을 뚫고 한없이 올라갔다. 한참 가는 듯하더니 어느 동네인가? 태극기인지 무슨 깃발이 펄럭이는 집들이 많이 보였다. 그곳은 사람들이 웃고 사는 행복한 마을 같았다. 깃발 없는 저쪽은 왠지 불평과 불만으로 싸늘하며 시끄러웠다.

아, 그러면 깃발이 달린 집에 사는 사람들이 행복할 것 같았다. 행복하게 사는 사람들은 어떤 모습일까…? 마음을 먹으니 나는 안으로 들어갈 수 있었다.

"어서 오시게."

하얀 옷을 입은 분이 나를 반겨 주는데 분위기가 벌써 달랐다. 왠지 좋은 느낌이 들었다. 여기는 누구하고 살까? 나도 살고 싶은… 아, 우리도 이런 분위기에서 살고 싶다. 살고 싶어… 살고 싶다고….

"여보, 여보. 괜찮아."

마구 흔들어 대는 바람에 눈을 부스스 떠 보니 두배였다.

"잠꼬대하던데."

"내가?"

그 인간이 나를 흔들어 깨웠다. 하필이면 지금….

두배는 하품을 하고 이부자리 위에 쓰러지더니… 이내 코 고는 소리가 요란했다. 죽이고 싶도록 미웠다. 이런. 아차 하는 순간에 살인자 되는 것은 시간문제일 것 같다.

그런데 꿈속에 나타난 그분은 누구일까. 마음만 바쁜 아침이었다. 남의 편인 그 인간은 출근하고 바삐 외출을 준비해서…. 오늘은 무작정 걷기로 했다.

전화가 와서 받았더니 홍연이었다. 빠알간색의 홍연의 차는 햇살에 더욱 붉은빛을 발하며 벌써 내 곁으로 다가와서 경적을 울리더니 이내 멈춰 섰다.

"빨리도 왔구면."

우리 넷은 허물없이 지내는 친구들이다. 홍연이는 어릴 때부터 친구이고 백금옥과 이인주는 학교 동기생이다.

"오늘은 팥죽칼국수를 먹자."

"옛 추억이 그리워졌나. 웬 팥칼이야?"

"오늘은 머리도 산발을 하고 뭔 일 있어?"

"하이구. 내 정신 좀 봐라."

항상 단정하게 머리를 묶고 다니는데 오늘따라….

"뭔 일 있지? 싫은 인간과 사는 것은 고역이지. 차라리 이혼해 버려. 까짓거. 못 할 게 뭐가 있어."

슬쩍 쳐다보았는데 애성은 미동도 없었다.

"아니, 무슨. 뭘 한다고 이혼…."

"사내가 두배뿐인가. 널린 게 사낸데…"

"허긴 요즘은 세상에 이혼이 허물 축에도 못 끼어드는 세상이 되어 버렸으니 그래. 갈라서라. 헤어져."

호들갑을 떠는 홍연이를 애성은 애써 모른 척했다. 무분별한 남정네들의 사랑놀음에 부인들은 죽을 맛인데….

"아이 공기가 아주 좋아."

창문 밖의 풍광은 누렇게 익은 벼들의 황금들판이었다.

"여기 맛있는 팥죽…"

"조금 더 가서 우회전하면 옛날 집이 보일 것입니다."

지나가는 행인은 팥죽, 하자마자 바로 가게 위치를 알려 주었다.

"고마워요."

조금 더 가니 왠지 낯설지가 않았는데 어젯밤에 보았던 깃발이…. 보통 점집은 여러 가지 색깔이 있는 깃발을 대나무에 몇 개씩 달아 놓은 것 같았는데 저 집에는….

팥죽칼국수를 잘한다는 그 집 앞에 차를 세우고 내려서 거울을 한번 보고 집 안으로 들어섰다. 안내하는 곳에 앉았다. '가화만사성' 오래된 붓글씨 액자가 분위기와 잘 어울리는 것 같았다. '진사'라는 호가 낙관 위에 뚜렷이 적혀 있었다. 많은 낙서 가운데 그 문구가 눈에 들어왔다. '인생 역전할 기회…'

어느새 모락모락 김이 나는 팥죽칼국수 그릇이 식탁 위에 놓일 때 그리움에 울컥했다. 내가 어렸을 때 울 엄마가 자주 해 주던 팥죽칼국수를 나도 좋아했기 때문이다.

"맛있게 드세요."

한 가락 집어서 입에 넣었다. 미각을 돋우는 팥죽의 단맛이 혀끝을 자극해 주어서 꿀맛이었다. 어릴 때 엄마가 해 주던 그 추억의 손맛을 느끼며 맛있게 먹고 있는데….

"야, 구미. 이혼하는 거야?"

구애성이 미인이다 보니 '구미인'으로 부르다가 차츰 구미로 불리게 되었다.

"너희들 식사하고 나랑 같이 가 볼래?"

"어디에…."

"가 보면 알겠지."

식사가 끝난 후 밥값은 항상 애성이 내는 편이었다.

"여기 좀 세워라."

"여기가 어딘데."

동네는 옛 추억이 되살아날 듯한 마을 같았다. 그러나 자본주의가 개발의 물결을 타고 어느 동네를 가도 그랬듯이 부유한 돈 냄새가 날 정도로 외관만 아름다운 동네였다. 신축 건물과 오래된 집들과 누른 들판이 묘하게 대조를 이루고 있다.

"여기가 어디야? 친척 집 아님…."

"응, 우리 선생님 집…."

아니, 이상하다. 내 입에서 우리 선생님 집이라고….

대문이 열려 있어서 안으로 들어갔다.

마당에 곱게 깔려 있는 잔디와 나무들이 가을 정취가 물씬 풍겼다. 연초록에서 차츰 노란색으로 변해 가는 활엽수와 연분홍에서 불그스름하게 변해 가는 단풍나무가 가을의 전유물처럼 아름다운 옷들로 갈아입고 있어서 그 정취를 더해 갔다. 가을이 이곳에 다 들어온 것 같았다.

마당 한편에는 샛노란 색으로 물든 은행잎이 햇빛에 더욱 찰랑거리며 황금빛을 발산했다. 전통을 자랑이라도 하듯이 고풍스럽게 보이는 그 집과 묘한 대조를 이루며 버티고 서 있는 은행나무는 아주 오래된 거목인데 이 가을 정취와 묘하게 잘 어울리는 것 같았는데 참으로 신비하게도 정감이 갔다.

"하이구. 잘 꾸며 놓은 정원이네. 이야, 은행 좀 봐."

인주는 어느새 갓 떨어진 은행잎을 몇 개 주워서 바라보다가 살아 있는 전설 같은 나무를 꼭대기까지 올려다보며 말했다.

"어쩌면 이렇게 고운 색을 낼까? 자연은 참 신비해."

"이런 집에 나도 살고 싶었는데…"

남의 편인 남정네들 때문에 마음 한구석에는 냉골이 되어 을씨년스러운 찬바람이 제집이다.

만남

"계세요?"

"손님이 왔나 보다. 천문아, 나가 봐라."

"네, 할아버지."

손자는 밖으로 나갔다. 중년 부인들이었다.

"사모님들, 들어오세요."

미소년의 말에 넷은 서로를 쳐다보았다.

"집 구경하러 왔는데 들어가도 되겠니?"

"네. 안에 들어오고 싶어서 왔으니 들어오세요."

대문 입구에 무지개 아치가 예쁜 일곱 가지 색으로 단장되어 있었고 '힘들면 차 한 잔이라도'라는 문구가 눈에 띄었다.

"애, 너는 누구니?"

"저요? 보다시피 마중 나온 사람이지요."

"그걸 누가 모른대? 그러니 누구냐고."

홍연은 약간 짜증이 나는 듯 되물었다.

"어린 녀석이 물으면 순수하게 대답이나 꼬박꼬박 잘 할 것이지. 되바라지게시리…."

천문이는 홍연이를 유심히 바라보더니 고개를 돌려 버렸다.

"뭐 이런 녀석이 다 있어."

홍연이는 심기가 불편했지만 녀석은 신경 쓰지 않는다.

"이리로 앉으세요. 잘 오셨습니다."

옷맵시가 잘 어울리는 점잖게 생기신 분이다.

"사모님들, 팥죽칼국수 맛이 좋으시던가요."

"아니, 그걸 어떻게…."

궁금했다. 우리가 무얼 먹었는지 어떻게 알았을까.

"내 코가 개코인가 봐요."

이히히히, 칵칵칵, 깔깔깔.

"개코."

호호호호. 한참 신나게 웃었다….

찻잔에다가 차를 따라서 우리 앞에 내밀며 선생님은 말했다.

"세작은 향도 좋고요. 팥죽칼국수 먹은 후에는 속이 시원하고 좋을 것입니다."

"잘 마시겠습니다."

애성은 찻잔을 들며 코로 한번 향을 들이마시고 입으로 한 모금 흡, 들이켰다. 혀끝에 와 닿는 감촉이 좋았다.

"한데 선생님, 이 꼬마는 누구예요?"

"알아맞혀 보세요."

"동자승입니까 아니면…."

절 같은 분위기는 전혀 아닌데 액자에 호가 '진사'라고 되어 있었다. 식당에 걸려 있던 글씨가 선생님의 작품.

"내 손자이지요."

손자라는 아이는 살짝 묵례를 했다.

"선생님, 차 맛처럼 맛난 인생 사는 법이 없을까요?"

"행복하고 싶습니까?"

"네, 정말 행복하고 싶습니다. 그게 제 소원입니다."

"불행을 없애 버리면 무엇만 남을까요?"

"행복만 남겠지요. 한데 불행을 어떻게 없앱니까?"

"그것도 간단합니다."

"아, 그러니까 불행의 원인이 무엇인지 알아야…."

"그것은 본인들이 너무 잘 알고 있잖아요."

나의 불행은 단 한 가지, 육두배의 바람 때문인데….

"천방지축인 그놈의 생식기가 언제나 문제라니까요."

선생님의 입에서 나오는 말에 넷은 황소눈이 되었다.

"아니, 선생님. 생식기라니요?"

홍연은 어이가 없다는 듯이 까칠하게 되물었다.

"그럼, 인생 문제는 어디에서 풀 수 있나요."

그렇다. 인생 문제는 어디에서 무엇으로 풀까.

"우주가 하나 되는 그곳이 생식기인데 사람이 만들어지고 태어나는 거기가 최고로 거룩하고 최고의 가치를 지닌 보물단지인데 천하게 사용하는 문제 인간들이 많아서…."

"보물단지는 무슨 말이며 천하게 사용한다는 말은…."

"성인이 되고 싶지 않으세요?"

폭탄 같은 말에 애성의 커다란 눈은 더욱 확장되었다. 홍연 역시 작은 눈이 파르르 떨리며 최대한 벌어졌다.

"성인이라니요. 농담이 지나치신 것 아닙니까?"

"인간으로 태어나서 그 아름다운 얼굴로 성인 될 꿈도 못 꾸었으면 씨받이 하러 태어났어요?"

생식기와 성인과 씨받이. 이건 멸시, 비웃음… 아니지. 성인이 될 수도 있었는데 지금 그 꼴이 뭐냐고 하는 것이다.

"아니, 아무리 그래도 씨받이가 뭡니까?"

"유쾌하지 못한 말이었지요. 말재주가 없어서 그만 실례를 했습니다. 완성된 자식을 낳아 봤습니까?"

"아니, 그건…"

씨받이도 제대로 못 했다는 것은 완성된 인간을 낳았느냐는 말이고, 좋은 인간이 되어 봤느냐 그 말일 텐데. 어느 훌륭한 화가가 일그러진 얼굴을 그렸다는데 그 모습은 우리가 사는 이 시대의 비뚤어진 마음들을 가진 인간들의 자화상인가? 고수 중에 최고수다.

"씨받이 노릇도 제대로 못 하고 성인도 못 되고… 우린 아무런 쓸모도 없는 존재들인가 봐요."

금옥이도 까칠하게 받았다.

"아무나 성인이 됩니까."

성인이라는 말에 배알이 뒤틀린 홍연이는 도전적이었다.

"성인도 못 되고, 씨받이도 제대로 못 하면 뭐가 됩니까."

만남

어린 녀석의 핀잔에 속이 더욱 부글거렸다.

"뭣이? 야, 꼬마야. 넌 엄마 젖이나 먹고 오렴."

홍연은 그냥 싸질렀다. 잘사는 부인들인 우리들에게 학벌도, 재물도, 지위도, 인격도 상류층인 우리들을 무시해? 우린 갑이야. 꼬마 주제에 감히 우리를….

"아주머니는 신경성이 복잡하구먼요. 집에 있는 자식이 골치 아프지요? 그래서 아무에게나 짜증을 분출합니까?"

아니, 작은 눈이 커지면서 놀라 자빠질 뻔하였다.

"손주님이 나이는 어리지만 어른 같으십니다, 선생님."

난처한 홍연의 입장을 대변하고 싶은 애성이었다.

"몸은 아직 미성숙한데 세근머리는 어른이라우."

"할아버지도 참, 어른은 무슨…. 어른이라면 색시가 있어야 되고 아기를 낳아야 어른이지. 그러기 전에는 애 아닙니까. 여물도 아직 안 들었는데…."

"여물이라고요."

부인들은 큰 소리로 킥킥킥 깔깔깔 웃었다.

"그래요. 난 아직 여물도 안 들었다고요. 여물이 들 때까지 기다려야지요. 어른은 아무나 됩니까?"

"아무나 어른이 되던데…."

"여물이라는 말은 무슨 말인데요. 동자 샘."

"아이참, 부끄럽게. 아직 성이 성숙하지 못했다는 풋내기라는 말뜻을 모르지는 않을 텐데 쑥스럽게…."

"아, 그 말은 아직 장가도 갈 수 없다는 말이지요."

부인들은 박장대소하며 깔깔거리고 웃었다.

"뭘 또 확인까지…. 대충 알아들었으면 됐지…."

"우리는 아직 인생의 여물이 안 들어서 부족하답니다."

"여물도 안 들었데 애는 어찌 낳았어요."

이제야 임자를 만나서 인생살이의 쓴맛을 보는구나.

"우리들이야 하루하루 먹고살고 즐기며 되는 대로 사는 풋내기 인생이지요. 어른은 되었지만 인생 문제는 잘 모르는 철부지니 손주님께서 잘 지도해 주세요."

인주의 가시 돋친 비아냥이었다.

"선생님 부인, 애들에게 그렇게 말해도 되십니까?"

처음인데…. 내가 선생 부인이라는 것을 어떻게 알았을까.

"손주는 물러갑니다. 소원 풀이 잘 하시고 가십시오."

인사를 하고 나가면서 "할아버지, 엄마 젖 먹으러 갑니다."라고 귀공자 같은 동자 샘은 한마디 던지고 밖으로 나가 버렸다.

"선생님, 저 아이는… 저희들이 부끄럽습니다."

"저도 저 손주 녀석에게는 못 당합니다."

"그래요, 선생님은 좋으시겠습니다."

"열심히 살아온 결과이겠지요. 쑥스럽게…."

"아닙니다. 참, 아까 성인이 되셨냐고 물어보셨는데 모든 사람이 성인이 되어야 한다는 뜻입니까?"

"만물의 영장이라는 말은 모든 인간이 사람다운 사람이 되어 가정을 완성하면 참된 인간이 되겠지요."

"누구라도 꿈꾸며 바라는 유토피아 같은 세상."

"모두 성인이 되면 세상 문제는 깨끗이 해결되겠어요?"

"성인님들도 처음에는 굴욕당하고 무시당하며 인정을 못 받았을 것 같던데 성인 되는 길도 쉽지는 않겠군요."

"개척자는 힘든 고생길일 것 같습니다."

"성인들은 물질보다 상위급인 진리와 신의 세계를 알려 주고 인간이 만물의 영장답게 살아야 한다고 가르쳐 주었지요."

"그래서 성인이 될 것이냐고 물어보셨군요."

"알 것 같습니다. 선생님의 깊은 뜻을…."

"성인 중에 최고의 성인을 뭐라고 할까요."

"최고의 성인은…. 혹시 성자라고 합니까?"

"성자가정이며 다른 말로는 '찐부모'라고 하겠지요."

"무슨 말씀이신지…."

"태 할아버님의 참자녀는 성인(聖人)이 될 것이고, 그가 성장하여 성자(聖子) 또는 성녀(聖女)가 되어 결혼하여 자식을 낳으면 완성된 자식인 신성한 사람인 진짜 인간을 낳았으니 부모는 부모인데 진짜 부모이니 참부모라고 부르겠지요."

"찐부모, 신과 같은 진실한 참된 부모라는 말씀이지요."

"그럼요. 세상 모든 사람이 찐부모가 되면 법도 필요 없습니다. 완성된 자식을 낳을 것이니 그런 사람들은 양심적으로 살기 때문에 법이 필요 없는 것이지요."

"씨받이는 제대로 된 인간을 낳아 봤느냐는 말이지요."

"인간은 누구나 행복하게 살고 싶어 합니다. 불행을 물리치면 행복만 남을 것인데 불행을 왜 붙들고 다닙니까?"

"나의 불행은 남편의 바람이야. 그러면 내 속에 불행이 있다는 것인데 어떻게 불행을 물리칠 수 있을까요."

"세상에서 제일 재미있는 것은 무엇일까요?"

"글쎄, 무엇인가요?"

여행, 도박, 수다, 돈 세기, 먹기, 놀기, 기타….

"섹스하는 것이 제일 재미난 일이던데…."

홍연이는 부끄러운 줄 알면서도 당당히 말했다.

"맞습니다. 문제는 사랑하는 부부끼리만 해야지요. 상대를 탐하는 것은 불륜이며 바람은 잘못된 행위입니다."

"부인은 태어나고 싶어서 태어났어요?"

이건 또 무슨, 누가 태어나고 싶어서 태어났나?

"참, 저는 구애성이라 합니다. 까칠한 이 친구는 심홍연, 깔끔쟁이 백금옥, 인자하게 생긴 여인은 이인주라고 하지요. 내가 왜 태어났는지는 저도 잘 모르겠고 살다 보니 어느 날 비로소 '나'란 존재를 인식하게 되었으나 내 맘대로 태어난 게 아닌 것 같습니다."

그때 사모님께서 과일을 들고 손주와 같이 들어오셨다.

"벌써 엄마 젖 먹고 왔니…."

"소젖인 우유 한 잔 먹고 왔습니다."

'음매' 하면서 녀석은 하얀 이를 드러내며 멋쩍게 웃어 보였다. 이제 보니 이를 가는 모양이었다. 이빨 빠진 개우지라고 하는 말이 생각나서 사총사는 동시에 웃었다.

"아니, 사모님들은 이빨 빠진 것 처음 봤어요?"

김을 떼어 먹으며 능청스럽게 말하는 동자 샘….

"동자 선생님도 장난을 좋아하는 모양입니다."

할아버지도 웃던 웃음을 멈추고 말했다.

"부인들이 엄마처럼 생각되어서 다시 왔답니다."

'어떻게 하라는 거야?' 이런 분위기를 알아본 할아버지는 다시 말했다.

"나와 한 이불 덮고 베개를 같이 베고 자는 사람. 영원한 나의 배필인 나의 짝이며 동반자요 나의 임자입니다."

사모라는 분은 고개를 살짝 숙이며 이명숙이라며 인사를 했다. 어쩌면 사모님은 그렇게 청순하게 보이실까. 선생님의 말에 사모라는 분은 부끄러운지 고개를 살며시 낮추는 그 모습이 현모양처인가? 자기를 나타내려고 온갖 교태와 자기 자랑에 길들어 거짓말까지 서슴없이 드러내며 사실도 아닌 가짜 뉴스인 거짓말을 밥 먹듯이 싸질러 대며 퍼 나르고 있는 세상에 이렇게 청순한 여인이 있었다니 참으로 놀랄 일이다.

고상하게 생기신 사모라는 분이 수줍은 듯이 다시 말했다.

"맛있게 드세요."

한마디 하시고 일어서려는데.

"할아버지는 주구장창 우리 할머니만 바라보고 사셨대요. 오직 일부일처로…. 요즈음같이 성이 문란한 세상에는 골동품인데 열남비와 열녀비를 세워 드려야겠지요."

"원 참, 얘도."

손자의 칭찬에 멋쩍어하시는 것 같았다.

"사모님은 우리 엄마처럼 예쁘고 아주 절세의 미인이신데 어쩌다가 힘든 삶을 살게 되었나요."

애성은 고개가 더욱 아래로 내려갔다. 내 사정을 알아?

"무조건 애인 청산하세요."

"우리는 애인도 없는데 애인을 청산하라니요."

"'애'는 사랑하니, '인'은 인내하여 참고, '청'은 들어주며, '산'은 산수를 좋아하는 사람이 되라는 말입니다."

아이, 난 또. 휴, 큰일 날 뻔했네. 홍연이는 한숨이었다.

"이게 '나'입니다."

선생님은 명함보다는 큰 접힌 종이를 내밀었다.

'인생이란? 사는 법을 알고 살면 행복은 거기 있소. 부족하다고 한탄하지 말고 없다고 서운해하지 말고 가졌다고 교만하지 말자. 모든 행불행은 내 속에 잠재되어 있다. 좋은 맘을 가지고 좋은 생각을 하고 사랑으로 행동하며 하늘을 알고 나를 알고 남을 사랑하고 만물에 감사하고 살면 행복하지요. 그게 인생.'

큰 고딕체로 '진사 박창태'. 반으로 접힌 그곳에는 예쁜 장미와 백합이 아주 보기 좋게 그려져 있었다.

"하늘에서 떨어졌거나 땅에서 솟아난 사람은 없겠지요."

인주의 말에 하늘에서 떨어지고 땅에서 솟아난 아이들이 있다고 말하는 동자 샘의 말은 애를 낳아 놓고 책임을 안 지니 공중에 뜬 부모 없는 애들이 수없이 많다는데 책임질 수 없으면 허튼짓은 왜 하느냐는 핀잔이다. 역시 성이 문란하다는 증거이다. 성이 천비라는 말이 맞았다.

"잠시만요. 빅뉴스인데 까무라칠 소식 같습니다."

"뭔 일이 터졌나?"

"문자가 들어왔는데 우리 서방님의 유명한 지인께서 성추행 문제로 법정 구속되었다나요."

"두배 씨는 괜찮대…?"

"응, 아직은 괜찮겠지만 그 인간도 언제 터질지…."

"이제야 어떤 성인님께서 인간들에게 왜 마귀 자식이라고 했는지 그 실체를 알겠습니다."

"인간이 마귀 자식이라는 말입니까?"

"도둑질, 강도질, 거짓말, 폭행, 성추행. 왕따, 살인 등 인간들의 갈등의 이유는 모순된 인간이 되었기 때문인데 인간들이 마귀 자식이니 어찌해야 지성인이 될까요?"

"성의 질서를 바로잡는 것이 역사 바로 세우기입니다."

"성의 문제가 인류사에 가장 난해한 천비이니 바람이나 이혼은 절대로 하면 안 되겠네요."

"남편이 바람을 피우니 기분이 좋던가요?"

"아, 아닙니다. 죽이고 싶을 정도로 미웠습니다."

"어느 여자가, 어느 남자가 자기가 좋아하고 사랑하는 반려자가 바람을 피우는데 좋아할까요."

"이혼을 하면 좋지 않은 이유라도…."

"자식을 두동강 내는 거와 마찬가지인데 어지간하면 참고 사는 게 모두에게 좋은 일 아닐까요?"

"바람을 어떻게 잡을 수 있을까요?"

"생식기의 가치를 아는 사람은 이미 성인 반열에 들었으니, 생식기의 가치를 알도록 해야 되겠지요."

"남편들의 성편협증을 길들일 수 있는 방법이 있나요?"

"몸뚱어리만 성욕으로 즐기는 성인(成人)되지 말고 양심이 살아 있는, 사람 구실을 제대로 할 수 있는 성인(聖人)이 되어야 만물의 영장이 되겠지요?"

정신 연령은 십 대로 보이는, 꼬마보다도 못한 우리들이 어른이라… 부끄러웠다. 이럴 때 쥐구멍이라도….

"인생에서 제일 중요한 것은 무엇입니까? 동자 선생님."

금옥이가 정중하게 물었다.

"생식기가 거룩한 성전이니 성인을 낳아야 하는데, 바람이나 피우고 만물만 탐하는 인간을 낳으니 후회뿐이지요."

금옥이 자식도 애를 먹이는 녀석이 하나가 골치였다.

"몸뚱어리만 호강하면 되는 줄 알았습니다."

"어머니들은 학교에서 무엇만 배웠나요. 학교에서 성인 되는 인성 교육, 사랑 교육, 순결 교육, 태 할아버지의 창조법이나 영계에 대해서 듣고 배운 적이 있나요?"

"무관심하게 살았습니다."

"인생 사는 법도 모르고 육적 본능으로만 남자와 여자가 만나서 사랑한답시고 육신의 습성대로 살면서 자식은 낳았지만 그 자식에게 뭘 가르칠 수 있겠어요. 진리를 가르쳐야 인성을 갖춘 사랑 교육이 제대로 되겠지요."

"교육법이 잘못되었다는 것입니까?"

"사람의 마음은 감성이니 진리인 말씀을 좋아하고 몸은 이성이
니 만물이 필수이니 둘 다 가르쳐야 되겠지요."

"동자 샘은 무엇을 배워서 영특하십니까?"

"속일 줄만 아는 사람을 좋아할 사람은 없겠지요."

"심성, 양심이 살아 있어야 된다는 뜻인가요?"

"양심은 모든 것의 기준이며 태 할아버님의 심정이며 신성체입
니다. 그러니 배 속에서부터 양심 교육이지요. 어른들이 말하기를
씨도둑질은 못 한다면서요."

"그렇군요. 씨가 문제였군요."

모순된 존재가 안 되었더라면 인간은 완성되어 신과 같은 만물
의 영장이 되어 이상세계가 이미 되었을 텐데 결국 억울하고 통분
한세상이 되어 버렸으니….

"순천자는 흥하고 역천자는 망한다고 옛 성현께서…."

"예, 그것은 압니다."

"그 뜻을 안다고요?"

"그럼요. 그 정도는 우리도 알지요. 반풍수 공부라도 공부를 한
답시고 얼마나 열심히 했는데요."

"태 할아버지의 뜻은 무엇이라고 생각하시나요?"

"인간이 착하게 살고 행복하게 살기를 바라시겠지요."

"법 없이 착하게 살 수 있는 사람이 얼마나 될까요."

부끄러웠다. 내가 착하게 사는 편이라 생각했는데….

"왜 사는지도 모르고 사느니 헤어지는 게 상책일까요."

"갈등으로 헤어지면 가정 문제는 누가 해결하겠어요."

"해결 방법은 있습니까?"

"진리대로 살면 인생 문제는 해결되겠지요."

"진리. 그 어려운 것을 어떻게 알아본답니까?"

"배고프면 무엇이 보이나요?"

"먹을 것…."

"옷 사고 싶으면?"

"옷 가게…. 아, 진리에 관심을 가져야 진리가 보인다. 찾으면 찾아지고 구하면 구해진다더니, 관심."

"의인들이 이상세계를 만들려고 합니다. 참행복마을을 이루게 되면 모두가 행복한 세상이 열리겠지요."

"참행복마을은 언제 어떻게 만들어집니까?"

"할아버지와 의인들께서 지침을 만들고 있습니다."

"우리들이 선두 주자로 동참하겠으니 받아 주십시오."

만물 중에서 영적으로 최고로 밝은 존재가 인간인데 인간이 만물보다 밑에 있으면 '따까리'란 말인데 언제 만물 위에 올라가서 다스릴 자격을 얻을까. 지식과 권력과 재물을 많이 가져도 만물의 영장이 될 수도 없는데…. 이제야 인생의 깊은 뜻을 조금이라도 알 것 같았다. 재물 때문에 층층시하를 이루고 사는 이런 불쌍한 우리들이 비싼 보석을 걸치고 좋은 집에서 좋은 차 타고 좋은 옷을 입었다고 뻐기고 다녔는데 참으로 부끄럽다는 사실을 알게 되니 언제 사람의 도리를 하는 양심인이 될까. 포기 시대인 요즘에 진리가 필수가 되어야 할 텐데….

"포기 시대에 '삼포'는 무엇이며 '삼탄'은 무엇입니까?"

만남

"첫째 진리 포기, 둘째 결혼 포기, 셋째 인생 포기."

"삼탄은 무엇입니까?"

"인간이 실수로 잘못을 저질러 모순된 존재가 된 그 후에 신이 신 태 할아버님도 인간 지으심을 탄식하시고, 만물도 타락되어 모순된 인간을 주인으로 바라보는 것을 탄식하며, 타락한 인간도 자신을 탄식하지요."

넷은 당황스러웠다. 신께서 탄식을 하며 만물이 말도 못 하는데 탄식을 해? 이해가 되지 않았다.

헤아릴 수 없이 많은 탄식 소리를 수없이 들어 왔다. 건강 해쳐서, 사업이 망해서, 병나서, 배신당해서, 가족을 잃어서, 억울해서, 난 육두배가 바람피워서 탄식한다.

탄식!

다시는 듣고 싶지 않은 절망적인 소리.

아, 어느 도인이 며칠을 금식을 하고 밥을 먹으려는데 "나를 먹을 자격이 있어?"라고 콩나물이 핀잔을 주었다는데 만물도 썩음의 종노릇은 하고 싶지 않은데 어쩔 수 없이 복종한다더니…. 만물 역시 인간들이 사기 치고 죽이고 폭력을 행하며 삿된 짓을 하는 것에 탄식한다는 말이며, 만물도 착한 인간들과 같이하고 싶은 것인가.

"신이 탄식하신다는 말은 어떤 뜻입니까?"

"자식이 말 안 듣고 삐딱한 길로 가면 뭐라고 합니까?"

"'어째 저것이 내 배 속에서 나왔을까.'라고 탄식…."

"사람다운 짓을 안 하고 사니 신도 탄식하고 만물도 탄식하고 인간도 탄식하며 산다는 것이 딱 맞는 말입니다."

"세상에 제일 부패한 것이 무엇인 줄 아세요?"

"썩은 것은 거름, 똥오줌…. 아니면 무엇일까요."

"만물보다 더 부패한 것은 인간의 마음입니다."

"마음이 부패하다니요. 마음이 썩습니까?"

"절망할 때 뭐라고 하지요?"

"마음이 썩어 문드러진다고…. 아하, 그렇군요."

"진리를 외면하고 사는 우리들의 마음이 썩었습니다."

하긴 감언이설, 바람, 거짓, 도둑질, 만물 밑에 깔려 싸우고, 짜증 내고, 사기 치고, 욕하고, 폭행, 잘난 척 뻐기며 남을 업신여기고 괴롭히는 존재가 인간인데 나쁜 짓을 하는 사람이 없으면 법이 필요 없을 테니 그러면 경찰이나 군대나 판사나 검사가 필요 없는 세상이 되었을 것이다.

"신통인 하늘법은 인간이 진리와 양심대로 살면 만물의 영장이 되어 깨끗하고 거룩한 세상이 되었을 것입니다."

"하늘법 앞에 만인은 평등하겠지요."

"세상은 모순되었으니 돈과 권력의 힘 앞에는 약자만 죄인을 만들어 버리는 법이 아니라면 얼마나 좋겠어요."

"아, 그래서 억울하면 출세하라는 것이었네요."

"만물보다 저급한 자리에 떨어진 인간이 만물만 탐하며 인간끼리 원수가 되었으니 만들어 주신 부모요, 주인이요, 스승도 모르고 사는 무지한 중생이 되어 버렸지요."

"태 할아버지가 제일 슬퍼하시는 이유는 자식인 인간이 부모인 태 할배를 찾지 않는다는 것입니다."

아, 사심으로 사는 부패한 인간들이 향수에 귀금속에 최고급 옷을 입고 다녀도 속에 있는 마음은 썩어서 구린내가 난다는 말은 양심을 속이고 겉멋만 찾는 인간. 모순된 자.

최고로 아름답고 잘생겼다는 칭찬 한마디에 애성은 부끄러우면서도 기분이 아주 좋았다. 반면 남편 하나도 간수 못 한다고 편잔을 받았을 때 화가 났다. 미안하다는 말 한마디에 화가 누그러지는 것을 느꼈다. 나에게도 두 마음이 있다는 것을 확실히 증명해 주는 선생님이었다. 나도 모순된 인간이라는 사실을 시인할 수밖에 없었다.

"인간의 육신은 만물에 목매달고 성인은 영원한 생애를 살기 위해 오매불망 목매달며 산답니다. 마음 위에 있는 영인체를 완성하려고 하는 분은 성인이 될 것입니다."

"그래서 성인이 되었냐고 물어보셨군요."

"영인체 완성이 진리입니다."

"우리들의 마음은 하늘로부터 온 것이고 몸은 부모로부터 받은 것이며 몸은 땅에서 왔으니 땅에서 자라는 것을 먹고 땅의 신세를 지고 살다가 땅속에 들어가는 것입니다."

"땅을 좋아해서 땅을 많이 가지고 있는데…."

"땅속에 들어가려고 땅을 많이 장만했구먼그래."

"우리들에게는 진리는 먹는 것인 만물이었습니다. 만물이 최고라고 생각하고 전력하였지요. 어리석게도…."

"육신만 보면 그게 진리일 수 있겠지요. 그래서 사람 속에는 몇 가지가 우리들의 몸속에 들어가 있습니다."

"그게 뭔가요."

"하늘이신 태 할아버님의 신성한 성품인 양심이 들어와 있고 땅이 들어와 있고 그다음 사람이 들어가 있지요. 그래서 사람을 天地人(천지인)이라고도 합니다."

"그러니 우리 인간의 마음은 태 할아버님이 지배하고 사람의 마음은 우리들의 몸을 지배하고 우리의 몸은 만물을 지배하는 것입니다."

"동자 샘, 참으로 위대하신 이론입니다."

"이제 양심 하나로 성인처럼 살겠습니다."

"사람의 각기 다른 체를 개성진리체라 합니다."

"개성진리체, 어려운 말인데요. 동자 샘."

사람의 형태는 비슷하나 사람마다 고유의 다른 특성을 가지고 있지요. 지문이나 목소리 성분이나 성품이나 디엔에이가 다른 독립체이며 모습은 비슷하나 나와 같은 존재는 이 세상에 없다는 것입니다. 모습은 닮기는 하여도 내 마음과 체가 다르니 개성진리체라고 한단다. 그런데 왜 모순된 존재가 되었는가 하면, 생식기를 잘못 사용하여서 인류 역사가 망가졌다고 했다.

"언제부터 어떻게 잘못을 저질렀다는 것입니까?"

"태초에 사랑판이 뒤집어진 대사건이 있었지요."

사람이 만들어지는 곳은 성기. 성스러운 기능을 할 생식기. 거기에 천하가 매달려 있다는 것인데 모순이 거기서 만들어졌다니. 모순. 그래서 생식기라는 말을 하면 뭔가 모르게 쑥스럽고 해서는

안 될 말인 줄 생각하는구먼. 그렇다면 생식기를 아는 것이 확실
한 천비일 것 같았다.

진리와 참

고양이가 새끼를 낳았는데 너무너무 귀여웠다.

암놈과 수놈이 교미를 하여 새끼가 생긴 것이다. 고양이는 고양이를 닮은 새끼를 낳고 소는 소를 닮은 새끼를 낳는다. 자연은 철저한 법칙 속에서 부분적 진화로 유지, 발전되고 있었다. 사람 역시 원숭이가 만 년을 지나도 인간은 될 수 없는 것이었다. 인간의 부모는 사람이었다. 남자와 여자로 만들어진 존재물이다. 끊임없이 번식해도 사람은 사람을 낳는 것이었다. 한 치의 오차도 없이 그 근원은 모체를 닮는다는 것이다. 사과 씨를 심으니 사과가 열렸다. 모든 존재물은 근원을 그대로 닮았다는 것은 만들어진 법칙이 그런 것이다. 만들어진 법칙 속에서 진행되는 것이 자연이다. 그 외 다른 말이 필요치 않다.

개방적이고 진취적이라는 우리 선생님. 구멍 난 청바지를 가끔 입고 올 때도 있다. 한번 물어볼까 하다가도 제멋에 사는 것이 인생이라는데 남의 자유를 간섭할 필요는 없다.

"뭔데, 무슨 질문인데? 해 봐."

"인간이 진화되었다면 인간의 모습이 다를 수도 있는데 왜 똑같으며, 침팬지와 원숭이는 암수가 교미를 하면 인간을 낳습니까? 아니면 침팬지와 원숭이를 낳습니까? 천 년이 지나고 만 년이 지나면 인간이 됩니까?"

"그게 말이다. 그게…."

머리를 긁적이시다가….

"나도 천 년을 살아 보지 않아서 잘 모르겠다."

답을 하자 애들은 박장대소를 했다.

"그러시다면 우리도 천 년을 살아 봐야 진화인지 창조인지를 알겠네요, 선생님."

"그럴지도 모르지…."

"자녀들은 선생님을 닮았나요, 사모님을 닮았나요?"

"모습은 나를 닮았는데 머리는 엄마를 닮은 것 같아."

"닮는다는 것은 일정한 법칙이 있다는 것입니다. 부모의 성품이나 모습을 닮는다는 것은 만들어졌다는 증거입니다. 자연적이라면 그게 제멋대로라야 하는데 법칙이 있기 때문에 콩은 콩을, 돼지는 돼지를, 개는 개를, 사람은 사람을 닮는 것이지요."

"그러니까 그게 자연적이라는 것이지."

"고유의 성품을 닮는 것은 그 속에 사랑이라는 근원적인 신성이 들어 있기 때문인데 본성이라는 근본, 그게 없으면 닮지를 못하는 법입니다."

"자연적이니 반풍수는 되잖아."

"침팬지 보고 '조상님 잘 계십니까?' 인사를 합니까."

"글쎄다. 인사하기는 싫던데…."

"자식은 조상을 기리는 것이고 부모는 자식을 끔찍하게 사랑하기 때문에 존속시키는 본능을 가지고 있답니다. 원숭이가 조상이 아니니 인사하고 싶은 마음이 없겠지요."

"자연적인 습성 아니겠어?"

"선생님은 부모를 닮지 않은 돌연변이는 아니겠지요."

"그렇긴 하네."

"동물은 수컷과 수컷끼리 암컷과 암컷끼리 관계를 하지 않지요. 같은 수놈끼리 좋아하는 것은 모순이지요. 사람은 남자와 여자, 양성을 가진 사랑법이 정상이지요. 양성을 부정하는 성의 개념은 최악의 생각 아니겠어요."

사리 분별이 정확하고 말 잘하는 영선이 누나였다.

"인간은 무엇이든지 도전해 보고 싶은 욕망이 있지. 그 욕망을 나쁘다고 하는 것은 무리가 아니겠어?"

"도전도 정도와 근본을 무시하면 안 되지요. 뿌리 없는 나무는 없지요. 그러니 하극상이 되어 도덕도, 선도, 악도, 사상도, 종교도 희석시키며 대립시켜 순수함을 잃어 가는 혼돈의 시대가 되어 가는 것 같아 떫어요."

"어린 학생인 네가 뭘 알아. 세상은 가짜 뉴스로 인간들을 현혹시키는 데 혈안이 되어 있어. 입만 열면 '짜가' 뉴스지…."

"선생님이야말로 가짜를 진짜로 알고 가짜 뉴스를 말하고 믿는 무지로 무장한 후안무치 같은데요."

"무치는 무슨, 뭐든 할 수 있는 게 진정한 자유 아니겠니."

"자유에도 책임이 따릅니다. 잘못된 것을 가르치는 사람들은 자유를 모르는 방종자이며 무가치한 존재입니다."

"방종자라. 너같이 말하는 사람이 많을지 나같이 말하는 사람이 많을지 민주주의는 숫자 싸움 아니니? 모순성이 절대적으로 우세할걸."

"태참참축가, 태참참축가, 태참참축가."

염원….

"뭔 소리여. 주문을 외우는가."

"옛날에는 스승의 그림자도 못 밟는다고 했는데 샘은 그림자도 없군요. 여러분, 선생님 말이 맞으면 한 손을 올리고 내 말이 맞으면 올리지 말고 그대로 앉아 있으면 됩니다."

손을 올린 사람은 사분의 일 정도 되었다. 생각보다는 많았다. 샘은 얼굴이 붉으락푸르락 일그러지며….

"너야말로 교활하구먼. 영선이 말이 맞으면 손을 올리고 선생님 말이 맞으면 손을 올리지 말고 앉아 있어도 됩니다."

사분의 삼 정도는 손을 들었는데 사분의 일은 안 들었다.

"자기 몸에 달린 생식기를 가지고 맘대로 행하는 것이 자유니 자유를 존중해 줘야 하는 것 아니겠습니까?"

그래서 바람도 나쁘지만 같은 성끼리. 아이구….

"같은 성끼리는 애를 낳을 수 없습니다. 양성이 아닌 것은 비슷하게 맞는 것 같지만 전혀 아니니 명심해야 합니다."

"나는 남자가 좋더라. 나는 여자가 좋아."

"그렇지. 양성이라야 연애를 할 맛도 나는 것이지. 좋은 남자 있으면 소개해 줘."

"아니지. 남자끼리든 여자끼리든 자유를 존중해 줘요."

"그럼, 기준이 있을 텐데 이론의 기준은 뭔가요."

"모든 기준은 피조세계를 만들어 주신 태 할아버님의 창조원리 법이며 말씀이지요."

"자연발생이냐, 만들어진 법 때문에 자연발생적으로 보이는 것이냐. 구분하기는 어렵지만 만들어진 법에 한 표."

대부분이 만들어졌으니 존재한다는 이론에 찬성했다. 양성평등을 반대하는 그들은 끊임없이 애들에게 습득시키고 있었다. 말도 안 되는 일을 벌이는 가사모들이 설쳐 대니 착한 사람들인 진사모들이 똘똘 뭉쳐야 하는데….

"선악을 구분 못 하고 사이비 같은 이론과 가짜 뉴스까지 퍼져서 헷갈리게 만들어 버리는 세상이니 조심합시다."

"말 한마디에 천당 갔다 지옥 갔다가 하면서."

"지옥을 가도 내 맘대로 할 기여."

지옥을 경험해 보면 저런 소릴 못 할 텐데….

아름다운 동산에

"선악의 구분은 군자나 성인 정도 되어야 알 수 있겠지요."

"선생님, 인간이 창조되었다면 과정을 알려 주십시오."

청순한 여자, 한백련….

천세형은 백련이 누나가 마음에 드는지 그의 한 마디, 한 마디에 귀를 귀울이며 백련이 누나만 바라다보고 있었다. 한백련도 천세형이 어느새 눈에서 마음에서 그가 보였다.

할아버지는 잠시 눈을 감았다가 뜨시더니 말씀하셨다.

태초, 아주 오랜 까마득한 옛날, 공허하고 혼돈한 이후에 아름다운 동산에서….

태 할아버님의 걸작품들이 온 천지에 아름다운 것들이 종류별로 색깔별로 보기 좋게, 먹기에 좋게 만들어져서 늘어서 있었다. 동산에 만물들은 제각기 자태를 뽐내며 자랑스럽게 조화를 이루며 서로 공존하고 있었는데 그것들은 양성과 음성의 이성성상의 상대성을 가지고 있었다.

태 할아버지께서 물과 흙과 공기로 인간의 모양을 만드시고 그 코에 생기를 불어넣으시니 생령이 되어서 살아 있는 인간이 되었다. 남자를 먼저 만들고 여자를 똑같은 방법으로 만들었다. 남녀 한 쌍으로 된 어린아이였다. 그 아이들이 점점 성장하게 되어 어른이 되면 결혼하여 자기를 닮은 자녀를 낳을 것이었다. 사환들이 아주 좋아했고 특히 태 할아버님은 아주 특별하게 만족하셨다.

"너희들에게 모든 소유권을 다 주겠노라. 단, 너희들이 반드시 해야 할 책임은 단 하나, 지성보를 열어서 진가애(眞假愛)를 맛보지 않으면 되느니라. 잘못하면 인류의 판이 뒤집어져서 악성이 난무하는 세상이 될 것이니 각별히 조심하여 순결의 약속을 지키도록 명심 또 명심해야 하느니라. 알겠느뇨."

"네, 받들어 명심하겠사옵나이다."

"그것이 맛보면 죽는다는 진가에는 진짜 사랑과 거짓 사랑을 안다는 '선악과'와 같은 것이니 악의 문을 절대로 열어서는 안 되며 최고 보물은 지성보이니 그건 사랑이므로 영적·육적 사랑인 남녀의 생식기를 소중히 지켜야 하는 것이 최고의 사랑판이니 실수하여 열면 악과를 만들 것이니 지성보를 잘 지켜야 하는 것이 인간인 저희의 책임이군요."

하늘부모님은 웅남이와 가르치가 동산의 선문과 악문을 열지 않기를 간절한 맘으로 지켜 주기를 바랐다.

"때가 되면 따먹어도 된다는 것이니 그때는 우리가 결혼하여 자연히 진짜 사랑인 참사랑을 알게 된다는 말씀이시옵나이까?"

"그렇지. 바로 알아듣기는 하였구먼."

태 할아버님은 그들이 잘 지킬 것이라 믿었다. 그러면 영원한 천운천복을 상속받을 수 있을 것이었다. 참사랑을 완성할까? 선의주관권을 가지고 승리할까? 꼭 성공해야 할 텐데… 만약에 실수하면….

기다리는 태 할아버님의 애간장이 더 타들어 간다. 혹시나 잘못될까 봐 노심초사하시는 태 할아버님이셨다.

"할아버지."

"왜."

"생식기를 잘 지키는 것이 인간의 책임이었군요."

"지성보를 열지 않았으면 영성이 맑아서 척 보면 알게 되었겠지. 그랬더라면 공부 그거 할 것도 없었는데…."

"그래서 그런지 공부할 때 가끔씩 기억이 안 나는 것도 육적지능에 문제가 있다는 말이지요?"

"그렇지. 안 따 먹었으면 모두 천리안이 되어서 명석한 두뇌로 양심을 가지고 가정에서는 효자, 국가에서는 충신, 세계에서는 성인, 천주에서는 성자가정이 되어 완성된 사람이 되었으므로 인격자 되고 만물의 영장이 되었겠지."

"미완성된 존재가 되었기에 공부해야 알고 먹고살기 위해 악착같이 일해야 되는 고된 인간의 삶이 되어 버렸네요."

"지성보를 열었다는 것은 생식기를 다른 사람과 사용하였기에 악의 씨가 심겼으니 모순된 인간이 됐으므로 선의 자리에서 떨어

태 할배와 궁장

졌으니 타락이라고 하는 것이지요."

"그렇지. 모순된 인간을 낳지 않으려면 참사랑의 근원인 순결을 잘 지켜야 한다는 말씀이었지."

백련과 친구들은 마음이 심란했다. 결국 사랑에 울고 사랑에 상처받는다는 말이었다. 총에 칼에 상처받는 것이 아니라 사랑에 상처를 받으면 오랜 여운과 미련과 상흔과 후회로 남는구나. 그러니 남의 것을 탐했던 그 악습은 혈통을 타고 지금까지 상속되었구나. 악습을 상속받았다니⋯.

계속된 할아버지의 말씀은.

웅남이와 가르치는 만물을 보고 감탄하고 탄복했다. 만물이 형형색색으로 아름답고 신비한 동산에서 최대의 기쁨과 자유를 누리는 혜택자였다.

"은빛 나는 고기의 색과 오색찬란한 아름다운 빛깔들 봐. 어떻게 저런 색깔을 가지도록 만들었을까? 신비스러워."

"우리들이 보고 즐거우라고 만드신 것 같아."

"응. 우리들을 위해서 지어 주셨구나."

만물들은 원리의 자율성과 주관성에 의해 제 할 일을 충실히 하므로 온 천지는 아름다웠고 풍요로움이 만물에 알알이 박혀서 어디를 가나 어떤 만물이나 최고의 자태를 뽐내고 있었다.

아름다운 동산에서 태 할아버님께서는 심꾼인 사환들을 먼저 지으시고 그들과 같이 만물을 만드시고 마지막으로 자녀 될 인간을 남녀 한 쌍으로 지으시고는 말했다.

"기가 막힌 작품이야."

남자는 웅남이고 여자는 가르치라고 불렀다. 아기에서 어느덧 청춘이 되어 간다. 점점 성장하며 그들은 숨바꼭질도 하며 재미있는 추억을 만들어 가고 있었다.

"가르치가 저런 앙증맞은 몸짓을 할 수 있었던가."

뽀뽀해 주고 안아 주고 싶은 가르치. 확 깨물어 주고 싶은 충동을 느낄 정도로 성숙해진 가르치의 육체. 가르치의 상큼한 살냄새에 심장의 속도가 더 빨라지니 나도 사내가 되어 가는가.

'흠흠, 이 좋은 냄새. 나의 애간장을 태우는 이 향기.'

확 끌어안을까. 아니, 아니지. 그러면 안 되지.

"보지도 말고 만지지도 말고 절대로 따먹지 말라."

동산에는 두 길이 있었다.

이리 갈까 저리 갈까 차라리 돌아갈까. 이정표 있는 이 거리에서 어느 길을 선택할까. 오른쪽으로 가는 길은 선과가 있고 왼쪽으로 가는 길은 악과가 있다. 어디로 가면 맛있는 과일을 먹을 수 있을까. 선과는 무슨 과일이고 악과는 무슨 과일일까. 원숭이가 지키고 있다는 천도복숭아일까 아니면 무화과 아님 홍살구일까.

"너희가 지켜야 할 최고 가치는 생식기야. 그곳은 사랑의 기관이니 반드시 목숨을 걸고 지켜야 돼."

웅남이와 가르치는 대단한 인내심을 발휘하며 살을 꼬집어 가며 들어가 보고 싶은 충동을 억제하며 참아야 했다.

"우리들이 지켜야 할 일이며 너와 나의 책임이지."

가르치는 점점 성숙해지며 성춘기가 되어 아름다움의 극치를 이

태 할배와 궁장

루어서 농익은 천도복숭아처럼 단내가 술술 났다.

"절대로 보지도 말고 만지지도 말고 따먹지 말라."

가슴속에 박혀 있는데도…. 둘은 선문 앞과 악문 앞에서도 놀았다. 악과라는 열매가 더 맛있을까, 선과라는 과일이 더 맛날까? 때로는 들어가 보고 싶은 호기심도 발생했지만 참고 또 참았다. 아름답고 거룩한 동산에서 계명을 어기며 나쁜 짓은 할 수가 없는 것이었다. 참는 자에게 복이 온다는데, 못 참고 실수하면 인류 역사의 사랑판은 파탄 난다.

가르치의 실수

"아니, 어쩌면 저렇게도 아름다울 수가 있나."

가르치의 몸이 점점 갈수록 아름다워서 탐스럽게 익은 과일처럼 달콤한 향내가 났다. 입맛을 다시며 침을 삼키는 나. 애환대장. 내가 왜?

내 것이 아닌 것을 내 것같이 관심을 갖는다는 것은 위험천만이다. 애천세계의 아름다움을 매일 보고 즐기면서도 또 다른 가르치의 아름다운 육체의 매력에 빠져들고 있었다. 애천궁에 있는 심꾼들의 최고 대장이며 애환대장인 내가 뭣에 관심인고… 내가 나를 주체 못 하고, 아차, 하는 순간에 나락으로 떨어져 버릴 수도 있다. 조심, 조심.

천부님께서 인간을 최고의 걸작품이라고 하셨다. 만물보다 꽃보다 아름다운 것이 싱싱한 가르치의 육체였다. 그 아름다움에 나도 모르게 빨려 들어가고 있나.

"이제야 알 것 같은 느낌이다! 천부님의 깊은 뜻을…."

벌과 나비는 자유롭게 꿀을 찾아서 기쁨에 취해서 이 꽃 저 꽃을 분주히 날아다니고 있었다. 햇살은 신선하고 맑고 밝아서 눈이 부시는 그런 황홀한 날이었다.

　"웅남이는 혼자만 재미놀이하고 나는 뭐야? 못난이 바보. 나한테 오면 안 돼? 나보고 같이 놀자고 하면 안 되냐고, 바보 멍청아. 세상에서 제일 못난이. 네 이름은 웅남이가 아니라 바보야. 바보 오빠…. 씨, 재미없어."

　괜스레 투정을 부리고 있는 가르치를 보고.

　"가르치야! 우리도 동산에 꽃구경 갈까?"

　"그래, 좋아요. 아저씨."

　어쩌면 벌써 가 있을까. 마음과 생각은 온통 웅남이뿐.

　"심꾼대장과 가르치가 어디 가는 거야. 수상하게 보여."

　보고심꾼의 눈에는 그렇게 보였다.

　'가르치가 나와 같이 있으니 즐거운 것인가?'

　환장은 가르치에게 더욱 가까이 다가가서.

　"가르치야,

　너는 어여쁘고도 어여쁘다.

　거울같이 투명하고 수정같이 맑은 네 눈동자.

　앵두같이 붉게 물든 네 입술.

　꽃 중에서 제일 아름다운 사람 꽃은 바로 너.

　백합 속에 있는 너의 꿀을 따고 싶구나.

　사랑의 샘이여 영원히 용천하라.

　이 아름다운 동산의 꽃들아 피어나라.

산들바람아 불어라.

농익은 열매를 영글게 하라.

사랑하는 내 님아.

그대의 가슴은 향기로운 꽃밭.

벌이 꿀을 따먹듯이 그대의 품속으로 들어가고 싶소."

환장 아저씨가 어쩌면 이런 멋진 말을 한다니….

내 가슴에 달콤한 색풍을 불게 하다니 망측하게.

마음을 흔들어 놓은 사환장은 가르치를 데리고 동산에서 금기된 그 문을 들어가 보고 싶었다. 선문으로 갈까, 악문으로 들어갈까. 드디어 양 갈래 길 앞에서 고심하다가….

'아니, 저기는 선악과가 있는 금지된 동산인데 아무도 들어가 보지 못한 곳에 들어가려는 것 같아. 수상해….'

선악문으로 들어가려는 그들을 보고심꾼 사환은 숨어서 유심히 지켜보고 있었다.

"가르치야, 넌 어디로 들어가 보고 싶어?"

"부모님께서 아직은 아무 문도 들어가지 말랬는데."

"우리 왼쪽에 있는 악문이라는 저기로 들어가면 맛있는 과일이 있는데 악과라는 그 과일이 더 맛있다는구먼. 지금쯤 주렁주렁 맛있게 열려 있겠지."

"선과든 악과든 안 돼요, 아직은."

"궁금하잖아. 까만 열매일까, 노란 열매일까, 빨간 열매일까. 맛은 최고일 텐데 아직은 아무도 안 먹어 본 것 같아."

가르치도 호기심이 발동했다. 설마.

"가르치야, 이리 와 봐. 이리로 들어가 보자."

"안 되는데. 들어가면 절대로 안 된다고 했었는데…"

"괜찮아. 무슨 일이 있을라고. 괜찮을 거야."

가르치는 사환장에 이끌려 문을 열고 안으로 들어갔다. 그중 먹음직스러운 열매가 눈에 띄었다.

"보기도 좋고 탐스럽고 먹음직스러운 이 열매는 무슨 열매인데 단내가 이렇게 진동을 할까?"

"이 열매가 금단의 열매라는 것이야."

"뭐, 원숭이들이 좋아하는 천도복숭아인데 뱀이 지키고 있다는데 아무도 안 지키고 있잖아."

"따먹지 말라고 그런 풍설이 나돌았겠지. 우리 하나 따먹어볼까. 맛있겠다."

달콤한 향이 코를 자극했다. 가르치는 내키지 않았다.

어느새 심꾼사환장은 금단의 열매를 따서 내밀며 말했다.

"와, 맛있게 익었다. 얼마나 먹음직스럽게 생겼냐?"

"정말 먹어도 될까? 안 될 것 같은데…"

"우리 둘이 동시에 먹어 보자. 못 먹는 자는 바보."

사환장이 먼저 깨물어 맛을 보았다.

"와, 정말 죽이네. 이 맛이야. 자, 너도 먹어 봐."

심꾼보고사환은 이 광경을 보고 안 된다고 신호를 보냈다.

맞아, 먹으면 죽는다고 했으니 죽으면 안 되지.

"아니, 난 안 먹고 싶어."

"한 입만 먹어 봐. 안 먹으면 후회할 거야. 너무 맛있다. 동산에서 이런 맛은 처음이야. 죽이네. 나 봐. 절반이나 먹었는데도 아무렇지도 않잖아. 맛만 좋은데…."

그래도 망설이는 가르치를 보고 말했다.

"안 먹으면 평생 후회할지도 몰라. 자자, 한 입만…."

엉겁결에 가르치도 한 입 깨물어 맛을 봤다. 먹을수록 황홀해진다. 이게 무슨. 내가 왜 이럴까. 기분이 환상적이었다. 안 먹었으면 후회할 뻔했을 아주 달콤한 맛이었다.

"눈 감아 봐. 그러면 내가 보이질 않지?"

순진한 가르치는 자기도 모르게 스르르 눈을 감았다.

"눈을 감으니 내 모습은 안 보이지?"

"눈 감아도 보이는데요."

"그것은 네 마음속에 내가 있기 때문이야."

환장은 가르치의 입술 위에다 자신의 입술을 맞추었다. 황홀했던 가르치는 갑작스러운 환장의 행동이 장난이라고 생각했다. 그러나 환장은 그의 욕구를 강하게 확산시켜 나갔다.

"왜 이래요. 환장 아저씨, 이러지 마요. 이러면 안 돼… 안 된다고요. 아이, 안 돼. 환장하지 말아요. 환장 아저씨."

마음은 그랬다. 이러면 안 되는데. 안 될 줄 알면서…. 소용돌이 속으로 휘감겨 빨려 들어가는 가르치. 거친 숨소리만 아름다운 동산 위를 넘나들다가 어디론가 연무되어 사그라져 날아갔다. 마음은 안 되는데 몸은 순응하고 있는 자신을 발견했다.

가르치의 순결이 굴욕된 날이었다. 이런 치졸한….

생식기를 통해 완성하고자 했던 사랑은 한 방에 고통을 수반한 채 회한을 남기고 곤두박질하며 꼬꾸라졌다. 아아. 가르치의 정조와 순정은 멀리멀리 날아가 버렸다. 그의 넋은 삿된 정열의 불꽃 속에서 시커멓게 탄재가 되어 흑암에 처박혔다. 인류 역사의 첫사랑이 악성으로 무너져 내렸다. 희망이 절망으로 참사랑이 거짓 사랑으로 변절되어 버렸다.

"천주를 뒤엎은 대형 참사가 발생. 첫사랑이 무너졌다."

만물들도 탄식을 하였다.

"가르치가 실수했다. 인류의 참사랑이 무너지다니. 거짓 사랑의 세상이 되겠어. 모순으로 인한 프리섹스와 전쟁과 파괴가 판을 칠 텐데 어쩌나…"

그렇게 아름답던 만물들이 모두가 처량하게 슬퍼하며 흙빛으로 변했다. 나의 마음에 기쁨도 희망도 사랑도 모두 사그라들어 갔다. 죽는다더니 죽어 가는구나.

'아, 아, 아…! 웅남아! 웅남아. 나의 심령이 어두워지고 있어…'

내 순수해야 될 마음과 몸을 웅남이와 같이 합방을 해야 될 첫사랑을…. 아름답고 순백하고 고귀한 내 첫사랑이 이런 비참한 꼴로 변해 버리다니 으아악….

아, 대형 참사가 벌어졌다. 첫사랑을 유린당하다니….

'으하하하 이히히히 커하하.'

사환장은 비열하고 참담한 웃음을 실없이 깔깔거렸다.

거짓의 웃음일까? 진심으로 바라 왔던 욕망을 채운 성취감의 웃음일까? 아니면 그도 애환대장자리에서 추락할 자신을 깨닫고 후회하며 돌아 버린 것일까.

"남의 정조를 유린했으니 환장인 너도 미쳤지."

"그래, 나도 미쳤어. 너만 억울한 게 아니야. 나도 모든 것을 잃었는데 나도 미치고 환장하겠어."

"사마라, 네가 첫사랑을 뭉개 버렸으니 어떻게 할 거야?"

"그래, 그렇게 억울하면 보상할게. 얼마면 돼?"

"미친 사마라야. 남의 신세를 망쳐 놓고 뭐, 얼마면 되냐고? 악당 사마라여, 내 정조값을 묻는 거냐."

"그래, 안 됐지만 그렇게라도 보상해야 한다면…."

"천경 4,046억이야."

"천경. 엄청난 배상금. 까무러칠 금액인데."

"악당 사마라야, 돈으로 사람의 사랑을 살 수는 없는 거야. 천경. 하늘도 천인공노할 짓은 내 영혼을 살육한 억울한 짓이야. 그래서 천경 4,046억이야. 욱살할 놈아."

"이해는 가는구면. 사랑판을 엎은 정조값이 천경 4,046억이라. 뜨아악, 너무한 것 아니야?"

"사랑판을 엎은 이런 육살할 악종 같은 놈아. 그러니 너를 악종 사마라라고 하는 거야. 사랑판을 엎어서 거짓 사랑으로 타락시켰는데 참사랑을 그 돈으로 살 수 있겠느냐?"

"아차, 그래서 따먹지 말라고 했는데 실수했네."

"완전히 미친개에게 물려서 악마의 독이 옮았구면."

괜스레 화가 났다. 여태껏 이런 미운 감정은 한 번도 느껴 본 적이 없었는데, 악성의 성질이란 것이 나에게 발생을 했나. 생각할수록 화가 치밀어 올랐다. 이게 불륜. 타락 때문에 나의 심경에 큰 변화가 온 것일까.

아니, 이런 얄궂은 짓을…. 차라리 비라도 내리지 비라도….

그때, 갑자기 우르르 쾅쾅쾅, 파자자작착착 쿠르릉.

지옥으로 변해 버린 내 몸뚱어리 위로 질타하듯 폭우가 세차게 때렸다. 답답함을 달래 주는 것 같아서 다행이었다.

"웅남아! 웅남아, 보고 싶은 웅남아! 웅남아…."

차라리, 차라리, 꿈이라면, 꿈이라면 좋았을 것 같았다.

그때, 불법을 해서라도 웅남이와 선의 문을 가 봤더라면….

그때, 차라리 거기서 선과를 따먹어 버렸더라면….

그때, 불법을 해서라도 웅남이와 첫사랑을 했더라면….

그때가 차라리 좋을 뻔했는데 원칙을 지키려다가 더 비참한 꼴로 전락해 버렸도다. 악을 알게 하는 것이 악문이고 그 열매가 순결을 잃어서 불륜이 되어 버렸구나. 이런 잘못을 저지르고 실수를 한 후에야 알게 되다니, 멍청이. 바보. 천하에 못된 짓을 해 버린 천치야.

"죽 쒀서 개 줬다."

콧구멍이 둘인 게 다행이었다. 인류사에 첫사랑의 순정을 잃어버린 것은 역사에 큰 과오이며 실수를 넘어 실패였다.

모순.

순모가 될 내가 모순으로 변질되어 선과 악이라는 두 마음을 가진 인류 최초의 변절자가 된 가르치. 순결하고 깨끗한 가르치의 첫사랑은 이렇게 허무하게 무너졌다.

"선생님, 사랑이 인류의 시초 때부터 잘못되었으니 태초 때부터 모순은 혈통을 타고 지금까지 전수되었다니…"

백련도 떨고 있다. 청춘들의 가슴도 미어지며 마치 내가 실수하여 저지른 사고처럼 안타까웠다.

"할아버지, 그 이후에 인간이 모순되게 태어났으니 오늘날 선과 악의 두 마음을 가지고 사는 인간이 되었네요."

"만약에 가르치가 웅남이와 태 할배의 축도를 받고 사랑을 해서 자녀를 낳았더라면 완성된 자녀만 낳았을까요?"

"그럼. 완성된 남녀가 완성된 아들딸만 낳았겠지. 그랬으면 오늘처럼 모순된 인간은 없었겠지."

"그랬더라면 완성된 인간인 성인(聖人)들만 사는 세상이니 자연히 이상세계인 천국이나 극락이 되었겠습니다. 참으로 아쉽고 통탄할 일이었으니 우리 모두 순결 운동으로 정조를 지키는 성혁명을 선도해야 할 것 같습니다."

"악습은 그렇게 가르치의 영혼을 무디게 만들어서 모순으로 쪼개어 육신은 선악으로 갈라놓고 몸뚱어리에 뿌리를 박고 자생하며 혈통을 타고 자자손손 전수되었지. 이것이 인간의 천비여."

그래서 인간들은 남 탓하며 아시타비(我是他非)를 행하는 모순된 존재가 되었다. 천비는 생식기를 잘못 사용한 것이기 때문에 성기가 성물이니 순결을 지켜야 복귀되는 것이로구나. 순결을 지킨다. 이제는 천추의 한을 풀어야지. 역사를 바로 세우는 것은 성혁명이야. 순결은 최고의 인격이다.

악습본성 전가

"지켜야 될 약속을 내가 파기한 대가치고는 엄청난 결과를 초래했어. 멍청이가 되었으니…"

"내가 손짓했잖아. 먹지 말라고."

보고심꾼이 나에게 질책하듯이 나무랐다.

"미안하게 됐구나. 바보같이 정신줄을 놓았었나 봐."

"이제 큰일 났군. 천주가 발칵 뒤집어졌으니…"

"못 본 것으로 해 줘. 비밀이야."

"비밀은 내가 지켜 줄 수 있지만 이미 엎질러진 물이야. 네 양심 옆에 사심이라는 혹이 하나 달려 버렸네. 두 마음을 가진 불륜한 여자가 되어 버렸는데 이 심꾼보고사환이 비밀을 지켜준들 무슨 의미가 있겠어. 난 몰라. 모든 책임은 너한테 있는 거야."

첫사랑을 추하게 만들어 버린 더럽혀진 몸으로 웅남이당신을 생각하는 '나' 자신이 초라하고 통분스럽다. 그래도 선택의 여지가 없는 신세. 얄궂은 운명이 숙명처럼 되어버렸으니 웅남이라도 꼬

서서 동행하는 거야.

"보고 싶은 웅남이 오빠야, 오라버니 어디있어."

윙윙윙.

뻐국, 뻐국, 뻐국. 버꾸, 버꾸, 버꾸. 바보, 바보, 바보….

"못난 가르치. 네가 사랑판을 엎어 버렸으니 우리들도 재수 없는 인간들의 썩음의 종노릇을 하게 생겼구만. 등신 같은 가르치 너 때문에 주객이 전도되었어."

만물의 따까리가 된 지금은 천신님의 심정은 더 모르게 되어 아주 멀어진 느낌만 남았다. 맑던 머리도, 마음도 무거워졌으며 몸도 정상이 아니었다.

"따먹으면 죽으리라."

부모님께서 하신 말씀이 이제야 실감 나는구나. 영적 기능과 정신적 기능이 마비되어 버렸으니 근심, 걱정, 증오, 미움, 시기, 교만, 질투, 분노, 살기, 빼앗고 싶은 욕심과 악의 욕망의 추한 실체가 내 속에 자리 잡았어. 내 허락도 없이 밀고 들어와서 나를 점령해 버렸도다. 시간 끌면 안 돼.

"오빠야, 우리 선문에 들어가 볼까?"

"선문은 왜? 들어가서는 안 될 곳인데."

"오빠야랑 가 보고 싶어. 무슨 일이야 있을라고."

가르치는 웅남이를 끌다시피 선문 앞으로 유인해 갔다.

"안 돼. 출입 금지. 못 들어가. 여기는 금지된 곳이야."

이제 보니 사환들이 화염검을 들고 지키고 있었다. 예전에는 아무도 없었는데 이상하다. 왜 지키고 있지. 내가 악과를 따먹어서 그런 것일까? 맞아, 그런 것 같아.

"그럼, 악과라는 열매가 있는 왼쪽 문으로 가 보자."

둘은 악문 앞에서 문을 힘껏 열었다. 그곳에서 사마라가 가르치에게 추행을 저질렀던 대로 가르치의 적극적인 몸놀림과 회유로 금단의 열매를 먹을 수밖에 없었던 곳이다. 싱그러운 몸뚱어리가 미끼인가. 뱀이 먹이를 감듯이 적극적으로 감으려고 달려드는 가르치의 몸뚱어리에 감겨 들어가는 순진하고 착한 웅남이. 악성이 없고 죄 없던 웅남이의 순결을 동침하여 아작내 버렸다.

이제, 인류사에 참사랑의 희망은 완전히 불이 꺼졌다.

태초에 남녀 한 쌍이 악행을 저지르니 모순된 인간으로 변해 버려서 절망적이었다. 이팔청춘의 아직 어린 나이에 두 남자를 상대하는 불륜을 저지르다니…. 내 배에 두 사내를 태우다니…. 세상에, 참사랑은 작살나 버렸네. 가냘프고 어린 여자인 내가 이런 끔찍한 짓을…. 세상을 엎을 줄이야. 차라리 꿈이고 싶다.

이히히히히, 허허, 낄낄낄. 이런 미친….

"진실한 사랑은 모두가 끝나 버렸어."

앞으로 사랑의 사기꾼들 모사꾼들이 성추행으로 거짓 사랑, 가짜 사랑이 판을 치겠구나. 처음에는 몰랐지만 사마라에게 짓밟히면서 배운 것이라고는 이 짓뿐이었다. 깨끗했던 웅남이도 나와 같이 얼룩얼룩 점박이가 되는 거지 뭐. 모순된 인간이 되었으니 밥 먹듯 불륜과 거짓을 행하겠지.

"왜 그랬어. 너 혼자만 당하면 됐지."

"웅남이마저 놓쳐 버리면 나만 외톨이 될까 봐 그랬지. 안 되는 줄 알면서 선택의 여지가 없었어. 이렇게 하지 않으면 고통 속에서 살아야 할 것 같아서 무서웠지."

"보지도 만지지도 말고 따먹지 말라. 따먹으면 죽으리라 했는데 따먹으면 죽는 것은 생식기, 불륜이었다."

부모님의 언명은 죽는다고 했는데. 그래서 따먹고 내 측이 죽어 버린 것이었구나. 무능하고 어두워진 이유를 알게 됐어. 인간의 최고의 보물을 지키지도 못했어.

선의 어머니, 우주의 어머니, 인류 역사의 성모가 될 순수한 어머니가 될 순모께서 선도 악도 있는 모순된 인간을 낳게 되면서 모순된 인간 세상으로 변질시켜 버린 장본인이 되겠지. 한 번의 실수가 역사를 엎어 버렸다.

둘이 괴로워하는 모습을 바라보는 심꾼사환장.

"웅남아, 웅남이 어디 있어?"

"왜요, 심꾼사환장 아저씨."

'저어, 가르치를 내가 따먹었다…' 말을 할까 말까….

"뭔데요, 아저씨? 혹시…"

"그래, 가르치를 내가 먼저 따먹어 버렸지. 미안하구나, 웅남아. 네 색시 될 사람인데 나도 왜 그랬는지 모르겠어. 우발적인 사건이야. 용서해 줘. 잘못했어."

"이런, 개자식. 심꾼사환장 네 놈이 X 같은 짓을…"

"그래도 너무한 것 아니야? 개자식이 뭐냐. 한때는 사환대장이었는데…. 이제는 후회해도 소용없고 개자식이라 해도 소용없고 파렴치한이라고 해도 소용없는 엎질러진 물이야. 천지의 도수가 엎어져 버렸으니…. 사마라로 변해 버린 이런 나도 미치고 환장하겠어."

"한 여자에게 두 남자가…. 진작 나에게 말이라도 하지 왜 여태까지 가만있다가 모순을 만들어 놓고 이제사…!"

"미안하구나. 천륜을 뒤엎었으니 이제 어쩌나. 그때는 나도 제정신이 아니었어. 이해해다오…."

"이해는 무슨. 꺼져요. 꼴도 보기 싫어. 한 여자에게 둘이 그 짓을 하다니…. 어허, 이런 미친. X 같은 짓을 한 개자식아. 당신은 천하에 둘도 없는 악마가 되었구려. 심꾼애환대장이 천인공노할 짓을 저질러서 사마라가 되다니…."

웅남이는 화가 치밀었다. 아니, 한 번도 이런 일이 없었는데… 내 속에 성질이라니…. 사랑판의 문제는 불륜이었구나. 남의 것을 제 것처럼…. 가르치가 나와 관계를 하고 기분이 좋아야 할 텐데 어쩐지 이상하더라니.

"미안하다. 깨끗한 선의 참된 씨를 가진 너를 보호해 줘야 하는데…. 부모님께 나를 퇴출하고 여자는 다시 만들어서 죄 없는 웅남이와 혼인시켜 선을 상속하도록 해야 되는데, 나의 못된 악습이 너마저 몰락시켰어. 정말 미안해."

후회해도 소용없는 모순을 만든 자. 천신님의 창조의 사랑판을 엎어 버린 나. 내가 열국을 엎어 버렸구나.

으하하하, 흐흐흑.

사랑판을 뒤엎은 가짜 사랑꾼. 진실을 버리고 거짓으로 무장한 가사모대장이 되어 버렸네. 가짜 대장이야.

결국 태 할아버님께서 이 사실을 알고 벼락을 내리신다.

"누가 그런 파렴치한 짓을 해서 천지를 뒤집었어?"

천지가 진동했다. 얼마나 대노하시는지. 만물도 사환들도 모두 숨죽이고 있을 수밖에 없었다.

"이 거룩한 애천성에서 썩 나가거라."

천신님의 통곡 소리가 천주를 뒤흔들었다. 웅남이와 가르치를 애천성에서 쫓아냈다. 먹구름이 몰려오면서 비가 세차게 내리며 바위가 터지고 지축이 흔들렸으며 어둠이 몇 시간이나 깔렸다. 애천성이 한동안 캄캄해졌다. 사마라로 변해 버린 애환대장도 흑암으로 쫓겨났고 웅남이와 가르치도 거룩한 애천성에서 쫓아내고 천신님도 외로웠다.

얼마나 시간이 지났을까. 그토록 정성 들이며 공들이며 애지중지하며 창조한 눈에 넣어도 아프지 않을 자식을 잘못을 저질렀다고 거룩한 애천성에 둘 수 없어서 내쳤던 태 할배의 그 심정은 속이 타고 타고 타서 검정 숯이 될 정도로 애간장이 녹았다. 그런 웅남이와 가르치의 만행. 그들의 실수 한 번이 천주를 엎어 버렸으니 천추의 한을 남기고 사랑은 끝나 버렸어.

"선생님, 가르치가 모순된 자로 변질되어 버렸습니다."

"가르치의 실수가 인간을 파멸의 길로 몰아 버렸네요. 남자들은 사마라를 닮아 남의 것을 따먹고 싶은 그 악성 때문에 성추행이 난무하게 됐네요…. 이제야 알겠습니다."

"가르치가 웅남이마저 모순으로 전락시키고 자식을 낳았었는데 큰아들이 둘째 아들을 살인했을 때 가르치는 사마라에게 정조를 잃었을 때보다 더 큰 충격을 받았어."

그런 설움과 고통 속에서 살아야 했던 가르치와 웅남이의 삭은 피를 받아서 태어난 후손들은 성추행, 프리섹스 등 이루 말할 수 없는 저질스러운 사랑 행위들이 그때부터 이미 시작됐었다. 그 악성의 습관성은 피를 타고 상속되어 왔으니 거짓말, 사기, 사이비, 폭행, 왕따, 비아냥, 교만, 도둑질, 전쟁, 살인까지 행하는 무지하고 추악한 인간으로 전락해 버렸다.

"모습은 인간인데 속에는 시커먼 악마들이 진을 쳤어."

"인류 역사에 최고의 비밀인 천비는 불륜의 사랑이다."

"맞아. 성의 순결을 바로잡는 것이 역사 바로 세우기야. 이제부터 생식기를 최고의 보물인 가치 기준으로 생각하고 살아야 하겠습니다."

"악성이 인간의 핏줄을 타고 내려왔으니…"

"악습은 다 바꿔. 몸에도 안 좋고 마음에도 안 좋은 프리섹스를 싹쓸이해 버려야지. 순결과 정조를 지켜 인격자 되고 만물의 영장이 되는 진사모들이 됩시다."

"나쁜 짓을 해서 거룩한 애천성에서 쫓겨났으니 애천성에 다시 입궁하려면 조건이 있어야 되겠지요."

"경천애인하며 양심적인 사람이 순결을 지키며 구세주로부터 축복받고 몸, 마음이 하나 되고 가정을 완성하고 만물을 주관할 수 있는 사람이 되면 되는 것이지."

"하늘부모님의 성회 속에 천보가정으로 들어가는 것이 까다로운 것 같지만 인생의 답은 오매불망입니다."

"거룩한 곳에는 거룩한 사람들만 들어갈 수 있겠지요."

한번 먹은 마음이 영원히 변치 말기를 고대해 본다.

"가르치로부터 상속받은 사심의 악성품은 총칼보다, 핵보다도 더 무섭지. 세상에서 제일 무서운 것이 생식기."

"악성품의 사심은 남의 것을 탐하는 도둑놈이 됐다."

"따먹어라, 이별해라, 도둑질해라, 사기를 쳐라, 빼앗아라, 거짓말을 해라, 폭력을 해라, 죽여라. 너는 악한 존재, 흑백의 모순된 인간이 되어 온갖 악한 말과 행동들을 자행하는 미완성된 불미한 인간이 되어 버렸네요."

"정성(精誠) 집안에 정성으로 참된 사람이 되는 것이며 도둑놈 집안에 도둑놈이 되는 것이니 악습은 버려야 해."

"정성(精誠) 들이면 인격완성자로서 정승(政丞)이 되어야 좋은 세상의 지도자가 될 수 있을 것입니다."

"선을 행하는 자는 성인인데…. 부족한 인간들끼리 남 탓하는 것이 도를 넘었는데도 누가 바로잡으려고 애를 쓸까."

이런 무지한 중생이 되었으니 남 탓만 하는구나. 애성 일행은 비로소 인류 역사가 망가진 원인을 확실히 알았다.

"제일 가치 있고 귀한 보물은 생식기랍니다."

밝은 태양을 볼 면목이 없었다.

"거기가 최고 보물이라면, 성인을 낳아야 했는데. 성인은 못 낳고 모순된 인간만 낳았으니 무지함은 어쩔 수가 없었다고 반성하면서 우리 모두 효자 되고, 충신 되고, 성인이 되고, 성자가정을 완성하며 삽시다."

"사람다운 짓은 어떤 것인가요?"

"경천애인하며 언행일치. 부부와 생식기 일치한 가정완성자가 되어 천륜을 알고 모든 것에 투명하면서 양심적으로 사는 사람이겠지요."

"최고 보물은 우리가 지니고 있었군요. 생식기."

"귀부인들께서는 보석 좋아하지요?"

동자 샘은 우리들의 목걸이와 귀걸이를 바라보며 물었다.

"네, 좋아합니다."

우리들 네 사람의 패물값을 알면 동자 샘은 기절하겠지.

"보석이 아무리 비싸도 거기서 자식이 만들어집니까? 보석은 진짜 사람만이 걸고 다닐 수 있는 것입니다."

겉치레만 할 줄 아는 당신들이라 생각하니 낯이 뜨거워진다. 앞으로 여자의 자리, 여성의 자리, 부인의 자리, 엄마의 자리, 할머니 자리를 지키는 것이 여자의 일생이란다.

가족도 짝도 못 챙기면서 자기 자랑에 핏대를 올리다니…. 교만인 줄도 모르고 살아가는 육두배. 이제 그만해.

벅구는 말한다. '하늘에서 비가 와요. 그게 천비다.'

밥구는 말한다. '하늘에서 내려온 비밀이 천비이지.'

식구는 말한다. '천비를 알고 사는 자는 성자가정이지.'

벅구보다는 밥구가, 밥구보다는 식구가 훨씬 낫구먼. 밥구 말대로 하늘의 비밀을 육두배 네게 알려 주마. 너도 식구처럼 되어야지. 너 그렇게 살다가는 팽 된다. 팽팽 돌 때가 있을 것이여. 두배

악습본성 전가

시대는 지났고 애성의 때가 왔도다.

　너는 벅구 같고 나는 밥구 같으니 같은 구끼리 식구 되기 위해
사생결단을 해 보자. 기다려라. 육두배야, 내가 나간다.

한을 풀다

'육두배. 너, 까불지 마.'

남편 길들일 것을 결심하니 하늘을 날 듯 기분이 좋았다.

"자식은 좋은데 남편이 미운 것은 모순이지요. 자식이 좋으면 남편도 좋고 자식이 미우면 남편도 미워야지요."

모순이 무엇인지도 모르고 살았다. 다시 다른 사람과 결혼하여 산다면, 행복할 수도 불행할 수도 있겠지만 자식을 낳아 준 아버지이니 다시 한번… 미움은 미움으로 없어지지 않는답니다. 사랑으로만이 미움이 없어지는 것입니다. 밉다. 밉다. 생각하면 자꾸 내 마음에서 그를 더 미워하는 마음이 커집니다. 사랑하는 마음을 가지면 자꾸 사랑하는 마음이 커지니 돈보다야 사람이 더 귀한 존재….

"자식이 죄를 지어 감옥에 가게 되면 부모는 무슨 일을 해서라도 구하고 싶겠지요. 대신 들어가도 좋다는…."

당연히 목숨을 팔아서라도 구하고 싶은 것이 자식이다. 남편은 미워 죽을 판인데 그 미운 인간의 씨를 받은 자식은 예뻐 죽겠으니…. 한쪽은 좋고 한쪽은 미워하니 둘 다 좋아할 수 있는 길은….

"이혼을 하면 좋지 않은 이유는 있습니까?"

"첫째, 태 할아버님과 조상님들이 싫어할 것이고 둘째, 땅에서 맺은 부부가 영원한 부부가 될 것이니 이혼을 하면 같이 살기가 어렵게 될 것이고 셋째, 부모나 형제들에게 충격을 주는 것이고 넷째, 가문에 허물이 될 수 있을지도 모르고 다섯째, 자녀를 칼로 자르는 것과 같은 것이니 애들의 고통이 엄청나게 클 것입니다. 여섯째, 어쩌면 그 인간이 나을지 모르겠지요. 산 넘어 산이라고 하잖아요. 문제를 해결하도록 노력해 보세요."

"예, 나도 모순된 존재이군요. 자식은 예쁜데 남편은 죽이고 싶도록 미운 판이니…. 모순 속에 사는 나."

"다른 사람은 몰라도 애성 씨는 할 수 있습니다."

절대로 이혼 말고 참고 살라고 울먹이며 당부하던 미순이… 돌싱이 됐고 재돌싱이 되었을 때 너무 힘들었으니…. '자식도 있고 1%의 정만 남아 있어도 다시 시작해….'

남편 길들이기 실행에 들어갔다.

"여보, 나 왔어."

남편의 퇴근 인사에 나는 못 본 척, 못 들은 척했다.

"오늘 저녁엔 우리 외식할까? 지난번에 직원들과 같이 가 봤는데, 분위기 좋고 아주 맛있는 식당이 있더라."

"좋다. 아빠, 좋아. 오늘 우리 외식하는 거야."

철없는 어린 것들을… 내 피와 내 살을 받은 내 자식들.

"알았어."

저녁때 식당에서 차린 음식을 보니 맛있게 보여 이것저것 맛을 보니 맛이 있었다. 유달리 잡채를 좋아하는 남의 편인 그 인간이 잡채를 맛있게 집어서 후루룩 쩝쩝거리며 처먹어서 성질이 났다. 아이들이 있어서 뭐라고 말하지는 못하겠고. 어쩌지… 고심하다가.

'잡채만 좋아하니 남의 여자를 잡아채어 가리지 않고 이것저것 꼴리는 대로 처먹다간 체하여 뒈지는 수가 있어.'

문자를 보냈다. 그래도 후루룩 쩝쩝 소리를 내어 가며 열심히 처먹고만 있었다. '깨똑, 깨똑' 거리는데도….

"문자 온 것 같은데 안 봐?"

문자를 보더니 얼굴이 붉으락푸르락하였다.

"저녁에 보자."

"저녁에 뭘 보자고요, 아빠?"

무슨 영문인지 몰라서 궁금한 아이들이 물었다.

"아니, 아니야. 그냥 해 본 말이야."

"아빠는 술도 안 취한 것 같은데 헛소리를 하고 그래…."

먹는 데 몰두하는 두배를 보며 그녀는 다시 문자를 보냈다.

'아이구, 다음에 보자는 놈 안 무섭더라.'

염장을 질러 놓았으니 소주를 몇 잔 들이켜는 것을 보니 속이 타는 모양이다. 집에 와서도 둘은 아무 말이 없었다.

아이들은 자고…. 샤워를 하고 들어오더니 나를 치켜들고 침대 위에 눕혔다.

"왜 이래. 새삼스럽게."

"왜 이러기는. 당신 좋아서 그러지."

"나를 사랑하지도 않으면서 내 몸엔 왜 손을 대."

"무슨 소리야. 우리는 부부며 사랑하지. 이렇게."

혈액이 상승되어 밀착해 들어오는 두배를 바라보며 애성은 '너 오늘 죽었어⋯. 한 방에 가는 거야⋯.'라고 생각했다.

"당신을 사랑한다니까? 오늘따라 당신이 아주 예뻐."

열이 바짝 오른 두배는 마치 들소같이 달려들었다. 그때.

"잠깐, 날 진정 사랑한다면 여기에 사인해야지."

"알았어⋯."

뭔지도 모르고 지장을 찍었다. 도장까지 받은 애성은 아주 기분 좋게 두배를 사랑해 주었다. 치마만 두르면 밝히던 인간 육두배가 완전히 꼬리를 내리게 되었다.

'공중합의서' 거기에는⋯.

최후통첩 공증합의서

1. 오늘 이후로 나 육두배는 내가 달고 다니는 생식기를 부인 구애성의 허락 없이 사용할 수 없다.
2. 다른 데 사용할 시에는 부인 구애성이 다른 남자와 관계를 해도 탓하지 않기로 맹세한다.
3. 전 재산은 부인 것으로 한다. 재산 명의 기준은 오늘 날짜를 기준으로 부인 구애성 명의로 할 것을 육두배는 인정한다.
4. 구애성이 다른 남자와 한눈팔고 육두배를 버리고 가면 모든 재산은 육두배에게 환원한다.
5. 상기 내용과 합의된 것이니 위의 내용을 어길 시 합의 이혼에 동의하는 것으로 간주한다.
6. 자녀들은 아빠인 육두배의 정서적, 인격적 준비가 미흡하므로 엄마인 구애성이 전부 양육한다.
7. 자녀 양육비는 법에서 허락하는 기준 금액으로 매달 부인 구애성에게 지불한다.
8. 절대 법정 투쟁이나 이의제기를 할 수 없다.

XXXX년 11월 13일

합의자 남편 육두배 인

부인 구애성 인

한을 풀다

자기 욕구를 채우고 나니 기분이 좋아 보였다. 폭탄에 사인을 한 줄은 꿈에도 모르고 육욕만 즐겼던 육두배. 마누라가 한이 맺히면 오뉴월에도 서리는 내리는 법.

'성난 마누라 달래는 길은 이게 최고여. 암, 최고지. 그것 때문에 붙어사는 것이지. 여자는 이렇게 다루는 거야. 음하하하.' 혼자 싱글벙글 기분이 아주 좋아 보인다.

"도장 찍은 종이에 뭐가 적혀 있었는지 궁금하지 않아?"

쾌재를 부르는 두배를 보며 번개 투척.

"뭐가 궁금해. 이따가 보지 뭐."

두배는 대수롭지 않게 생각했다. 설마 뭐가 있겠어….

"나중에 보면 후회할지도 모르는데…."

눈이 휘둥그레지며 두배는 도장 찍어 준 종이가 생각났다. 혹시 이 여자가? 노예계약서 같은 것은 아니겠지. 설마….

"아까 당신이 도장 찍고 지장받은 것이 뭔데 그래."

애성이 당당하게 그 종이를 두배 코앞에 내밀었다. 두배는 일어나 밝은 불을 켜고 그것을 읽어 보고 소스라치듯이 놀라서 비명이 저절로 튀어나왔다. 아아악, 이런.

"아이쿠, 당했다. 설마가 사람 잡는다더니 순진하고 착해서 융통성 없는 그녀가 이럴 줄 몰랐어."

잽싸게 종이를 찢으며 으하하하, 차파하핫.

"안 돼, 그걸 왜 찢어?"

놀란 척하며 큰소리로 외쳤다.

두배는 속으로 쾌재를 부르다가 아니지, 겉으로는 성난 마누라를 자극하지 않기 위해 웃음을 멈추고 고분고분했다. 내일은 전쟁 같은 하루가 될지도 모르면서 즐겨 봐라.

"당신, 이것 자세히 읽어 봐."

다음 날 저녁에 애성은 법적으로 완벽하게 갖춘 최후통첩을 보여 주었다. 두배는 아연실색했다.

"어제 찢어 버렸는데…."

"당신 잔머리에 속을 줄 알았지?"

어제 날짜라고 돼 있으니 재산을 빼돌릴 수도 없는 처지였다. 땡감을 먹은 듯 아주 떫었지만 하는 수가 없었다.

"알았어. 알았다니까."

'순한 사람이 성질나면 무서운 거야. 조심했어야지.'

된통 한 방에 깨지는 날…. 한 방에 날아갔다. 단 한 방.

그렇게 의기양양하던 육두배는 비 맞은 강아지처럼 그 꼬리가 사정없이 꺾여 내려갔다. 뱀 같은 사악한 악성은 매몰차게 그를 버리고 떠나갔는지 한동안 조용해졌다. 언제 그 나쁜 버릇이 재발할지 몰라서 다시 더 굳게 악습을 깨끗이 청산해야지. 그래서 콘크리트 옹벽을 쳐야 돼.

축복받은 사람들은

더 넓은 수평선에 햇살에 반짝이는 물빛은 보석이었다.

하얀 거품을 넓게 넓게 만들어 퍼트리며 작은 배들은 점점 멀어져 가고 있었다. 갈매기도 우리 머리 위를 자유롭게 선회하며 끼룩끼룩 울어 대는 바닷가. 아이들과 남편과 나는 좋은 추억을 만들 수 있을 것 같았다. 갯벌에 아이들은 엎어지고 넘어지고 뒹굴고… 마음속에 남아 있던 스트레스가 한 방에 날아갔다. 서산에 해가 넘어가서 씻고 저녁을 먹는데 오늘따라 밥맛이 더욱 좋았다. 잊을 수 없는 밤은 깊어만 갔다.

"오늘 기분 좋았지? 내가 더 기분 좋게 해 줄게."

"당신은 나를 사랑하는 거야, 아직도?"

"그럼. 당연히 난 당신밖에 없어."

하이고, 이 인간 언제 이렇게 변했나?

"여보, 우리 천운천복을 받아 볼까?"

"그게 무슨 말이야."

"당신, 나를 사랑하는 거야?"

"그럼, 당신밖에 없잖아."

"영원한 부부맹세식인 천운천복을 받는다는 축복식에 참여할까? 내가 아는 은혜도 남편과 같이 참석하였는데 너무 금실이 좋아져서 행복하다는데… 우리 사총사 중 삼총사들은 이번에 참석하는데 우리도 같이 참여하자, 응? 여보!"

새삼 부인의 풍만하고 매력 있는 육체를 바라보며 침을 꿀딱 삼켰다. 항상 처녀 같은 몸매를 유지하는 절세의 미인인 부인 앞에서 선뜻 대답하기가 이제는 겁부터 났다.

"하늘에서 내려 주신다는 복 중에서 제일 큰 축복이라는 그것을 안 받으면 평생 한이 될 것 같아, 응? 여보."

다시 한번 재촉하듯이 몸을 더욱 밀착시키며.

"당신과 영원히 행복하게 살고 싶어. 죽어서도 저세상 가서도 같이 살아야지, 응? 나만 그런 건가."

"그거 뭔지는 몰라도 당신이 좋다면 하지 뭐."

"그래, 당신도 아주 좋아하게 될 거야."

여행지에서 추억도 쌓고 약속도 받아 낸 즐거운 날이었다.

"최고의 복이 천운천복을 받는 축복이란다."

오매불망 기다렸던 날이다. 진실하고 양심적이며 행복한 가정을 완성하기 위해 이혼도 바람도 거짓이나 속이거나 해도 안 되며 일부일처로 살아야 한다. 인간을 사랑하며 만물을 주관하는 참된 인격자가 되어 만물의 영장이 되는 길은 이 길뿐일 것 같았다.

"감사하고 고마워요, 여보."

축복받은 사람들은

'내 속에 미움이 있으니 남편도 밉게 보이는 것이다. 결혼사진이나 가족사진을 보며 처음 만났던 그때처럼 즐거웠던 추억을 기억하며 사랑의 마음을 촉발시켜 보세요.'

선생님 말씀이 확실한 명약이었으며 선생님은 인생의 명의였으며 인문학의 결정판이었다. 백날 공부해도 알지 못하고 깨닫지 못한 인간사의 비루함을 이제야 한 방에 해결해 버린 참으로 신통방통한 방법이며 결론이었다.

"천운천복인 축복을 축하드립니다."

모든 사람들이 행복한 가정완성자들이 될 때까지 축복은 진행된단다. 사총사가 빠질 수 없지. 이 귀한 자리에….

최고의 큰 복을 받는 것, 최고의 사랑 챔피언이 되는 것.

최고의 보물 되는 것, 최고의 가정완성자가 되는 것.

가정평화 이루어지면 나라평화 이루어지고 나라평화 이루어지면 세계평화 이루어지는 애천성의 거룩한 그 성업에 우리도 동참자가 된다니….

"참사랑만 잘하면 만사형통입니다."

"축복은 참행복마을과 참사랑가마을에 들어갈 수 있는 과정이며 애천성에 들어갈 수 있는 통과 제의입니다."

두배는 감동을 받았는지 뜨거운 눈물을 흘렸다.

"들러리 입장."

하얀 옷 위에 빨강과 파랑의 긴 조끼는 아름다웠다.

천운천복을 내려 주신다는 주례의 양위 두 분이 나오셨다.

본성환주는 악습을 청산하고 영원히 살 수 있는 참된 사람으로 거듭나는 의식이다. 하늘, 땅, 공중의 열매를 정성 들여서 만들어 주신 것이다.

부인이 반 마시고 남편에게 건넨다. 그다음 성세수식이 있었고 주례 양위분의 말씀과 반지로 예물 교환과 축도 후에 억만세삼창까지 끝났다. 둘은 구름 위에 떠 있는 것 같았다.

사랑하면 행복해지는 것이다. 불행을 물리치면 행복만 남는다고 하던 말씀이 딱 맞았다. 여태까지 한 번도 경험해 보지 못한 것을 가르쳐 준 최고의 선생님이었다.

"인간에게 제일 중요한 세 가지가 뭔 줄 아세요?"

"무엇입니까? 궁금합니다."

"첫째, 태 할아버님. 둘째, 사랑. 셋째, 양심이지요."

이런 기분을 느낄 날이 언제 또 있을까. 기념 촬영도 하며….

"탕감봉행사."

'다시는 환도뼈로 죄짓지 말라'고 3대씩 때렸다.

축복에는 세 부류가 있었다.

일반 축복은 순수한 처녀 총각, 그다음 연애 경험 있는 자. 결혼한 가정이 받는 축복은 기성 축복인데 육두배와 나는 여기에 속했다. 한쪽이 사별했거나 혼자 받는 축복은 독신 축복이다.

'성별'

축복 후에 성별 기간은 예전에는 칠 년 그다음 칠 개월 정도. 시대적 혜택으로 요즈음에는 사십 일을 한다. 한마음이 되어 부부 일심동체가 되어 참된 사랑을 하며 참된 가정을 완성해야 한다.

칠 개월 성별하기 전에 두배는 이렇게 펄쩍 뛰었었다.

"칠 개월 동안을 사랑하지 말라? 그게 말이 돼?"

"태참참축가, 태참참축가, 태참참축가, 염원.

당신도 잘못하고 살았잖아. 인생은 한 번뿐이니 이제부터라도 새롭게 태어났다 생각하고 착하고 인간답게 살아야지. 그까짓 거 칠 개월을 못 한다고 죽겠어? 참아. 수천 년의 타락의 역사를 바로 세운다고 생각해. 나 한 사람과 우리 가정이라도 삿된 악습을 청산한다고 생각해. 육욕의 담을 넘는 거야."

"나, 아무래도 바람피워야 할 것 같아. 칠 개월을 어떻게 참아. 도저히 못 참겠어. 자신이 없어."

"말만 사내가 아니고 진짜 상남자가 되는 거야. 그동안 남의 것을 많이 탐했으니 속죄하는 것이며 영원한 세계에서 살 준비를 하는데 그것도 못 해? 못 하면 졸장부 되니 '폭망'하는 거야."

"나도 진짜 상남자가 되어야지. 까짓거 해 보지 뭐."

그렇게 시작된 칠 개월 동안 두배는 몸부림을 쳤다. 고역 중에 가장 힘든 고역이었다. 일주일 정도 지나니까 밤마다 비명을 지르고 체육관에 가서 샌드백을 치고 노래방에서 고성을 지르고 반미치광이 짓을 했다.

육욕을 마음대로 행하다가 제재를 받으니 참기 힘들어서 싹싹 빌며 사정하고 애원하기도 했던 그 인간 육두배.

참는 자에게 복이 있다더니 7개월을 참아서 성공했다. 그때 쥐 어뜯은 허벅지는 여기저기 멍이 들어 있었다. 육욕을 참는다는 것이 이렇게 힘든 줄 몰랐다.

'축복이 뭐길래.' 참된 사람이 되는 것은 그렇게 고통과 인내를 요구했다. 도인이 되는 길은 험하고도 먼 길이야.

"오늘은 새신랑 새 신부가 되는 거야."

"그래, 이젠 참을 만한데 벌써 사랑해도 돼?"

"허락하는 날이니 삼일 행사는 실수 없이 하세요."

정말 기다려 왔던 날이다.

둘의 밤은 태양이었다. 정말로 뜨거운 사랑을 느낀 황홀하고 기분 좋은 날이었다. 이제야! 진정 사랑하는 사람으로 거듭난 것 같았다. 내가 인격적인 사람되고 만물의 영장이 된 것일까?

"세상에, 참을 수 없는 것을 실천하게 하다니…."

"못 참으면 육욕만 즐기는 난봉꾼 바람둥이 색계이지."

"이제사! 진짜 남자이며 신랑이 되었어. 여보, 나 죽으면 화장을 해 봐. 아마도 사리가 나올지도 몰라."

"당신 잡채 좋아하잖아. 사리 많이 준비해 줄게."

해바라기는 태양만…. 두배 씨도 나만 바라보는 바라기가 되었다. 인생의 산도 첩첩산중 탕감의 고갯길이 있었다.

"칠 일간 식음을 전폐하라고?"

한 끼만 안 먹어도 허기지는 나에게 밥상을 차려 놓고 먹지 말라고 하니 이건 최고난도의 고문이며 형벌이었다.

"참되고 진실한 사람이 되는 길이야. 당신도 한 번 하겠다고 결심했으면 죽을 각오를 하고 해 봐야지. 설마 죽겠어?"

"나 죽으면 다시 시집가려고…. 못된 여편네를 봤나."

"소갈머리는. 잔소리 말고 오늘 자정부터 먹는 것은 일체 먹지 못하되 단 하나, 맹물만은 얼마든지 먹어도 된대."

축복받은 사람들은

"물배만 칠 일간 채우며 살아야겠군. 오차물도 안 돼?"

"당연히 안 돼. 결심이 섰으면 시작하는 기도를 하세요."

"기도는 어떻게 하지?"

"절대 만물은 탐하지 않으며 칠 일간 사생결단으로 아무것도 먹지 않겠습니다. 죽고자 해야 산다고 했으니 죽을 각오를 합니다. 꼭 성공하도록 잘 살펴 주시옵소서."

만물을 놓고 먹지 않는 것은 내 육신과 나의 정신과의 치열한 한판의 전쟁이었다. 고기 굽는 소리는 왜 그리 맛있게 지글거리며 냄새를 피우는 것인가. 수저 놓는 소리만 들어도 몸은 요동을 친다. 배고파서 죽을 맛이었다.

"나쁜 짓 하던 당신은 죽어야지. 새롭게 태어나는 거야. 그러니 산고의 고통이 따르듯이 힘들어. 참아야 돼."

내 속은 똥구더기보다도 악취가 심했다. 3일째가 고비.

"만물의 영장은 아무나 되는 줄 알아. 네가 이제야 진짜 사람이 되려고 몸부림치는구나."

육 일째 되는 날 귀에 들렸던 말이다. 확실히 보이지 않는 세계가 있었다. 칠 일간 식음을 전폐했던 금식은 무사히 끝나고 기도하고 죽을 오륙 일 동안 먹으면서 위를 달랬다. 지금은 삼 일 금식을 한다. 다음에는 완전한 자유가 될지.

"육두배는 한 방에 성공했어."

실수한 사람들은 실수해서 다시 하고 다시 했단다.

언제 우리는 악마의 조건에서 완전히 벗어나서 선 편이 되어 완성된 사람이 되어 직접 주관권속에서 참된 자녀로서 살 수 있을까? 아니면 아직 끝나지 않은 것인가….

"유혹과 시련."

그럴 즈음에 영육적 사랑 시험도 통과했다. 죽음과 맞바꾸는 고통과 시험이었다. 인류 역사상 가장 힘든 시험.

"네가 신이냐…? 그래, 네가 이제 신이 되고 싶었구나."

…

시험이 끝난 것인가.

그리고 갑자기 밝아지면서 아름다운 꽃동산이 끝없이 펼쳐졌다. 황금색 집들이 즐비해 있었다. 밝은 태양 아래 더욱 찬란하게 빛나고 있었다. 이 애천성에서 영원히 살게 되었어. 금대문 집에 들어섰다. 오매불망 그리워하던 곳이었다. 선악의 투쟁에서 비로소 승리했어.

"여기가 내가 살아야 할 내 집이야. 애천성에 있는 내 집이야. 내가 살 집이라고…."

"여보, 일어나 봐. 웬 잠꼬대야…."

흔드는 바람에 눈을 떴다. 꿈이라.

생시와 다름없는 생생한 꿈이었다. 이제 시험에서 이겼나. 통과되었다니…. 탕감복귀는 십 대의 시험이며 남녀 간의 사랑 시험이었다. 그게 마지막 시험이었나.

"여보, 내가 합격했대…."

기뻐서 춤을 추고 싶었다. 부인을 와락 끌어안았다.

"무슨 말이야. 오밤중에 합격이라니…."

"우리가 살 집을 보았어. 애천성에 합격했어."

"웬 합격…"

"물로, 불로, 과거는 완전히 털었어. 천지가 개벽했지."

마음은 열 번, 백 번, 천 번, 만 번이라도 참는 자가 이긴다.

"과거에 여성들 모두가 탐욕 대상으로 보였던 게 사마라의 습성 때문이었어. 지금은 사랑스러운 여자로 보일 뿐이야. 이제는 완전 해방되었어. 정말 감사해요, 여보."

"다행이야. 선한 인간으로 회귀하니 내가 감사합니다."

우리 사총사 친구들도 말을 보탰다.

"그래, 네 신랑은 말 잘 들어."

"응, 그 방법이 아주 탁월했어. 선생님이 진짜 샘이야."

"맞아. 어쩜 그렇게도 순한 양들이 되어 버렸을까."

"신의 한 수를 사용했더니 우리 모두 성공했구먼. 부부가 하나 되는 제일의 방법은 진리인 참사랑법이었어."

"바람, 성추행, 성폭력이라는 추잡한 단어들은 지구촌에서 영원 히 사라져 없어지면 깨끗한 세상이 될 것 같아."

부인들의 희망이 하늘까지 도달해서 기뻤다.

"이제야 살맛 난다."

기분이 좋아서 입이 귀에 걸려 있는 두배에게 말했다.

"너무 흥분할 것은 없어. 이것이 마지막의 조건이 될지 아직 몰라."

"이만하면 만물의 영장이요, 인격자가 되었다고 생각했었는데 아직 해야 될 의무인 책임 분담이 있다는 말이야?"

"죽고자 해야 인격자 되고 만물의 영장이 되는 거야."

"무엇을 더 하면 되지? 해야 될 것이 무엇인데?"

"하사금이라고 하는 것인데."

"그게 뭔데?"

"감사금. 모든 만물은 천신님이 만들었으니 주인에게 감사하는 것이지. 하나밖에 없는 님을 사랑하는 하사금으로 어려운 사람들에게 빛과 소금의 역할을 해야지."

"그러지. 좋은 일 하는데 아까울 일은 없겠지."

"하늘을 공경하고 경외하면서 감사하는 마음으로 해."

그래도 시간을 끌고 뭉그적거리다가 회사에 사고가 나서 사람이 죽었다. 장례를 치르고 보상도 하면서 생각해 봤다. 회사의 명예도 추락했다. 내가 하사금을 내지 않으니 결국 사람 잃고 돈 잃고. 그런 일이 일어나는구면. 자기 재물이 아깝지 않은 사람은 세상에 단 한 명도 없을 것이다.

"세상에 사람의 목숨보다 귀한 것은 없다."

마누라가 이혼하자고 했을 때 이혼했더라면 나의 재산 절반은 날아가 버렸고 자식들한테는 마음의 상처를 주었을 것이다. 지금은 마누라 때문에 오히려 많은 이득을 보며 행복을 찾은 게 사실이다. 빈손으로 태어나서 이만큼 사는 것도 하늘에 감사할 일인데 우리 가정 건전하고 많은 재물 모아서 살아왔으니 감사하며 하사금 열납하리다.

"나의 양심과 영인체의 주인은 태 할아버님이십니다."

"이제야 네가 이 신님을 경외할 줄 아는도다."

"네, 감사하옵나이다. 명심하고 순천하며 살겠나이다."

욕심 많은 육두배도 몸, 마음이 하나 되고 가정을 완성했고 만물을 주관하는 경지까지 도달했으니 하늘 편으로 회귀한 착한 사람으로 애천성 백성이 될 것 같았다.

"나는 애천성에 갈 수 있는 선 편인 하늘 편이야."

삼 분만 숨 쉬지 않으면 죽을 3분짜리 목숨을 가진 인간에서 진실로 깨닫고 참된 사람 되고 가정완성자가 되었다.

"숨, 마음, 영인체는 무형실체이며 주체이다."

왜 숨을 쉬는지 모르고 숨 쉬는 존재가 사람이었던가. 공기가 우리들의 최고 양식이며 공기의 주인은 태 할아버님이시니 주인님께 감사하며 살아야 인간이라고 할 수 있다.

"신은 왜 인간들의 악행을 보고 그냥 두는 것이며 착한 사람들도 제 명에 살지 못하고 죽던데. 왜 그래?"

"만약에 태 할아버님께서 당신에게 벌을 줄려고 하면 당신은 엄청 큰 고통을 받을 것이고 그런 일이 일어나지 않을 때 회개하고 착한 사람이 되라는 시간을 주는 것인 줄 깨달아야지. 이 불쌍하고 미련한 중생아."

목숨보다 더 귀한 것이 만물이라는 착각은 하지 말기를….

"인품은 만물에서 나오는 것이 아니라 양심에서 나온다."

"참 좋은 명언이다. 악습은 버리고 선습으로 살면 될까?"

"신인관계는 부자관계라고 했으니 천문이 샘이 태 할아버지라고 했다며 나도 그렇게 부를까? 좋을 것 같아."

"당신이 천문이 선생처럼 신과 일문일답을 할 수 있어?"

"진정한 사내는 두 번 말하지 않는다. 당신 남편인 육두배도 진정한 상남자라고. 이제야 좀 알아주소."

"믿는 도끼에 한 번은 찍혀 봤으니 두 번 찍지는 마소서."

"남아일언은 중천금. 일구이언은 하지 않겠소. 이제부터 '정신일도 하사불성' 하겠으니 제발 믿어 주세요."

하사금으로 사업도 잘되니 마누라를 업고 살자. 진정한 남편으로 애들 아버지로 돌아와서 아주 좋았다. 우리들의 마음도 영혼도 아주 깨끗하고 맑아졌다.

이제야! 진짜 인간 같아서 만물의 영장답다.

"태 할배와 궁장."

그거참 신기하네.

신과 인간은 부자관계이며 육신 벗으면 신이 되는 존재가 인간이다. 최고로 깨끗한 사람, 가정완성자인 만물의 영장들이 사는 참행복마을과 참사랑가마을이 기다려진다.

세상에 자격 미달이라니

"인생 성적표."

몸 안인지 몸 밖인지 모르는 생애의 실적 평가라고.

"너는 학벌 부족."

"그다음 너는 재물 부족."

"그다음 너는 권력 부족."

"여긴 어디인데 이런 기준으로 심사를 한단 말입니까?"

"사애천국이야."

"무슨 이런 개 같은 경우가 있단 말인가."

개가 지나가면서 비웃었다. 개팔자 상팔자라더니 개한테도 무시
당하는 개 같은 꼴. 인간 취급 못 받는 게 서럽다.

"방귀 뀐 놈이 뭐 한다고 하더니. 돈이 구세주며 인격이고 가치
기준이라고 생각하며 애먼 만물만 축내고 살아온 너의 생의 결과
인데 웬 푸대접 받는다고 난리냐."

"육신의 세상에서는 어쩔 수 없습니다. 돈이 신이지요."

"만물의 따까리도 못 되는 중생들이 돈이 구세주라고? 세상을 태 할아버님께서 전부 공짜로 다 주었느니라."

"뭐가 공짜입니까? 전부 돈 주고 사야 하는데요."

"뭣이? 태 할아버님의 은덕을 모르는 불쌍하고 미련한 중생들아. 태양도, 달도, 공기도, 물도, 바람도, 흙도, 만물도, 사람도 전부 다 공짜야."

"목구멍이 포도청인지라."

"한 달은 안 먹어도 죽지는 않아. 삼 분짜리 인생아."

"그럼 누구 것입니까?"

"피조세계는 태 할아버님이 주인이야. 주인 허락 없이 사용하면 뭐라고 하는지 알어? 알지?"

"도둑놈."

"알기는 아는구먼. 그렇지. 뿌린 대로 거두는 법이지."

"노력해서 땀의 대가로 먹고살았는데요."

"신께서 만들어 놓은 모든 것을 이용하면서 언제 대가를 지불해 봤어? 남의 것을 마음대로 사용하는 자는 도둑이지. 모든 피조만물은 태 할아버님의 것인데 너희 마음대로 사용하고 살았으니 나쁜 도적(盜賊)놈들이지. 밥만 축내고 사는 식충이들이 되지 말고 진정한 도적(道積)이 되기를 바란다."

"잘못된 가치관으로 무장된 반식꾼들, 한심한 밥그릇 차지는 싸워서 쟁취하는 투쟁만이 정답이라는데요."

"모든 만물들이 투쟁하면서 열리는 것이 아니고 원리의 자율성과 주관성의 법칙 속에서 순응하며 위하여 존재하는 것이지."

"송구합니다."

"너희들 돈 좋아하지? 물 한 병 몇백 원 정도 할 텐데 물은 삼일 안 먹어도 죽지 않지만 공기는 삼 분이야. 공깃값은 물값보다비싸니 넌 평생 다 못 갚을 빚쟁이야. 남의 것을 떼먹은 빚쟁이는흑암세계인 지옥행 열차를 타야 돼."

"회개하고 반성합니다. 기회를 한 번 주십시오."

"그럼, 불쌍해서 한 번은 기회를 주지. 두 번은 없어."

어두운 곳으로 떨어져서 놀라서 눈을 떠 보니….

차라리 꿈인 게 다행이었다.

예전에는 생생하게 팔딱거리며 물오른 생선 같았는데…. 으스대고 자랑도 하고 잘난 척 뻐기기도 했었지.

"여보세요?"

"나 이명주야. 천문아, 보고 싶었다."

"그래, 네가 이명주라고? 하여간 반갑다."

천문이 할아버지 집에 갔을 때 천문이한테 철순이 아버지는 그날 완전히 물먹었지. 그 후에 가는 세월의 벽시계는 째깍 째깍 째깍, 버꾸 버꾸 버꾸, 바보 바보 바보….

명주도 부모님 덕분에 유학까지 마치고 왔단다. 만물 속에 살다보니 약간 부정적인 마음으로 변해 있었다. 우리들의 희망은 좋은차, 좋은 집, 기타 등등. 만물이 최고.

그러니 내 인생에서 제외되었던 천문이었다.

그런데 이 시대의 지도자감으로 최고가 될 것 같다. 잘 자라 준나의 친구 박천문은 될성부른 생명 나무였다.

"약속은 칼 같아야 한다. 성인군자는 아무나 되나?"

어릴 때는 의분결의했지만 사정만 생기면 변절하는 게 인간들의 마음이듯이 그들도 예외는 아니었다.

"어떻게 내 아버지에게 그렇게 모진 말을 할 수 있나."

철순이도 아버지 때문에 천문이라면 이를 갈았다.

외국 유학까지 마치고 정치까지 손을 뻗치며 권모와 술수에 능해야 정치판에서 살아남는 것이라는 철순이는 확 돌변했다. 순결을 강조한다는 천문이가 믿는 양성평등이 싫어서 철순이는 더욱 백성들을 위하는 척 인기주의에 목매달았다. 표만 된다면 무엇이든 어떤 짓이든 행하고 만다. 양심이 밥 먹여 줘? 수단과 방법이면 돼.

"정도의 양심인과 인격자만 정치를 하는 게 아니야."

세상이야 망하든 말든 나와 무슨 상관. 나만 잘 먹고 잘살면 되는 것을⋯. 내 몸뚱어리 가지고 내 맘대로 못 해? 말은 대중을 섬기는데 이론과 행동은 무책임을 그대로 드러내는 아니면 말고 식의 가치관으로 물들어 있었다.

저러다가⋯ 패가망신할지도⋯.

준비학당 때 껄렁이 남육남이와 한패가 되었던 철순이. 학당 뒤 소각장근처에서 아이를 폭행하다가 발각됐다. 육남이는 개자식이라고 욕하며 천문이에게 폭력을 행사하려다가 된통 깨졌다. 부모와 자식을 동시에 비하하는 욕을 함부로 사용하는 무지한 아이들에게 그때 했던 욕설이 얼마나 나쁜 욕인지 천문이는 가르쳐 주었다.

남육남이도 철순이도 뜨끔하였다. 아빠의 바람 때문에 엄마가 괴로워하는 모습을 여러 번 봤고 그런 아빠가 이해가 안 되었는데 이런 무지한 욕을 하다니…. 그때 학당에서 폭력이 없어지는 계기가 되어 남육남이를 따라다니던 껄렁한 헛바람잡이들은 자진 해산되었다.

"이상하다. 누군가 나를 붙잡으며 태클을 거는 것 같아. 참으로 희한한 일이야."

남육남이는 혼자 중얼거리며 이해를 못 하고 있었다.

그 후에 당실에서 앉아 있는데 천문이를 뒤에서 면도날로 등을 그었던 남육남. 다행히 깊게 들어가지는 않았다.

"피다 피. 빨리 병원 가야지."

그 일로 학당에서 난리가 났고 경찰도 왔었다. 그들은 아주 거친 악동들인데 폭력적이었으며 피를 보려는 악마들이었다. 마귀 자식은 어쩔 수 없는 인성 미달자들.

"다시는 욕하지 말고 폭력을 하지 않는다."

기록하고 동영상까지 찍었다. 천문이는 그들을 용서해 주었다. 그 후에 남육남이도 천문이를 대장으로 인정하고 잘 따랐다. 학당에서는 욕설과 왕따와 비아냥거림은 사라졌고 천문이는 생명 나무였으며 우리들은 될성부른 나무로 성장하였다.

철순이는 마음 한가운데 열등감이 생겨서 천문이를 더욱 미워했다. 인간이 만물에서 나왔다는 만물론자로 변하였고 양성평등을 부정하며 선거에서도 이기자, 강한 자가 살아남는다. 그러니 수단과 방법이 필요했다.

"걔는 참으로 불쌍해. 이번에 떨어질걸…."

당선되기 위해 수단과 방법을 가리지 않는 철순이었는데 떨어진

다니…. 희망을 가졌지만 몇십 표 차로 떨어졌다.

어떻게 알았을까. 암튼 나는 천문이가 두려웠다.

"오늘 좋은 말씀이 있어. 같이 가 보자."

강사님의 강의가 시작되었다.

"이 세상이 좋은 세상입니까, 나쁜 세상입니까?"

"나쁜 세상입니다."

"나쁜 세상에서 사는 나는 좋은 사람이요, 나쁜 사람이요?"

"허허허허, 그러네…. 나쁜 사람이란 말이네."

"여러분은 이 세상에 뭐 하려고 태어났습니까?"

"네, 죽으려고요."

누군가 몇 사람이 대답을 하였다.

"그럼 빨리 죽으세요. 단, 내 강의 시간에는 죽지 마시고 집에 돌아가서는 맘대로 하세요. 죽든지 살든지."

허허, 어허. 사람들은 한바탕 크게 웃었다.

"인간은 누구나 죽는데 죽어서 애천성이라는 곳에 들어가려면 자격 조건이 매우 까다롭고 어렵습니다. 첫째, 재산은 백억 이상 이라야 되고."

설마. 귀가 번쩍 뜨였다. 동시에 눈도 동그랗게 놀란 토끼 눈이 되었다…. 백억이라고.

"둘째, 학력은 박사 자격을 갖춰야 되고."

뭐야, 이것은…. 놀라지 않을 수 없었다. 박사.

"셋째, 권력은 국회의원 정도는 되어야 그곳에 들어갈 수가 있다 면, 여기에 모인 여러분은 몇 사람이나 애천성에 들어갈 수 있을

세상에 자격 미달이라니

것 같아요?"

웬 생시냐, 꿈이냐. 박사, 백억, 국회의원이라니. 며칠 전에 꾸었던 꿈의 내용과 똑같지 않은가. 우연이겠지.

"다행히 신께서는 아주 공평하신 분이시기에 누구든지 재물이 있든 없든 학력이 있든 없든 권력이 있든 없든 양심을 중심하고 신을 잘 받들어 모시며 사람을 사랑할 줄 알고 만물을 소중하게 여기는 양심적인 사람은 애천성에 갈 수 있겠지요."

나의 귀를 의심했다. 여기는 어떤 곳이기에…. 아니, 저분은 어떻게 알았을까? 기절초풍하겠구먼.

"그런데, 불행하게도 죽었지요. 단 한 방에 죽었어요. 인류 역사를 한 방에 말아먹은 것은 뒤에 나오니 잘 들어 보시고 인생에서 여러분은 성공하고 싶지요?"

"네."

"한 사람도 실패하지 않고 성공률 백 프로는 어머니 배 속에서 나오면서 출세했으니 성공했고 살다가 늙어서 반드시 죽을 것이니 성공률 백 프로입니다."

"허허허, 그러네…."

"누구도 피해갈 수 없고 돌아갈 수 없고 빠질 수 없는 필연이 죽음입니다. 첫째는 인간은 반드시 죽는다. 둘째는 인간은 혼자 죽는다. 셋째는 빈손으로 죽는다. 넷째는 육신은 다시 살지 못한다는 것입니다.

인생은 3생애를 사는 것이 천륜입니다. 이해를 돕기 위해 엄마와 아기의 심각하고 재미있는 대화를 들어 보겠습니다."

배 속 아기가 엄마에게 물었다.

"엄마, 여기가 어디야?"

"엄마 배 속인 물속이야."

"물속, 나는 어떻게 숨을 쉬어?"

"엄마 탯줄이 지금 너의 입이야."

"입으로도 콧구멍으로도 물이 안 들어오는 것을 보면 참 신기해."

"그렇지. 신기하고 신비한 일이지."

"나의 몸뚱이를 볼 때마다 신비해."

"네 몸뚱이에는 눈도 생기고 코도 생기고 귀도 생기고 입도 생기고 손가락과 발가락도 다섯 개씩 만들어지니 참으로 신비하지. 인간의 존엄이지."

"하루하루 달라지는 내 모습을 보며 나도 놀라."

"그게 만들어진 법이야."

"누가 이렇게 되도록 만들었을까?"

"누구긴, 너의 엄마 아빠이지."

"엄마 아빠는 누가 만들었어?"

"할아버지 할머니, 거슬러 올라가면 태 할아버님이지."

"그분이 누구신데?"

"최고의 신이시며 모든 피조물을 만든 주인이신 인간들의 태초 할아버님이야."

"최고의 신. 나도 만들어졌어?"

"너도 만들어졌지. 물 밖 세상인 공기로 숨 쉬는 육신의 세상이 있어. 거기에서 살기 위해 엄마 배 속에서 준비하는 중이야."

"물 밖의 세상이 있어?"

"육신으로 살기 위해 눈, 코, 입, 귀, 손과 발을 여기서 다 만드는 거야."

"엄마, 그럼 나도 나가야 돼. 계속 여기서 살아야 돼."

"때가 되면 나가야 돼."

"빨리 나갔으면 좋겠다. 여기는 너무 비좁아. 언제 나가는 거야? 답답해 죽겠는데…."

"이제 다 만들어졌으니 나갈 때가 다 된 것 같아. 양수가 터지는 걸 보면. 암튼 축하한다."

진통 끝에 아기는 태어났다. 시간은 쉼 없이 제 할 일을….

째깍 째깍 째깍, 진실 진실 진실.

인생. 그게 무엇인지 엄마에게 물어봐야지….

"엄마, 인생이 뭐야?"

"인생, 그게 궁금하니?"

"궁금하지. 지금 살고 있는 이게 인생인가, 엄마?"

"육신이 사는 지금 인생의 한 부분을 살고 있는 거야."

"어떤 세상인데?"

"공기로 숨 쉬며 만물을 먹으며 사는 세상이지."

"만물을 많이 먹으면 빨리 늙어서 죽는 거야? 만물도, 나이도 할아버지 할머니가 많이 먹어서 죽었어? 다른 세상이 있어?"

"응, 있지."

"그게 어딘데?"

"영혼인 영인체가 가서 영원히 사는 세상."

"엄마는 언제 그 세상에 가는 거야?"

"응. 때가 되면 가는 거지."

"나도 거기에 가야 돼?"

"응. 너도 나이가 많아져서 때가 되면 가야 돼."

"내가 배 속에 있을 때도 때가 되면 나간다고 하더니 때가 되면 나도 죽는 거야…? 죽기는 싫은데…."

"응. 한 번은 죽어야지. 유형실체세계인 육신은 허물이며 껍데기이니 한 번 벗는 것이야. 그게 죽음이지. 영인체는 무형실체이니 그 세계에 다시 태어나는 것이고 거기는 죽음이 없는 영원한 세상이야."

"그래? 그러면 거기서는 영원히 살 수 있어?"

"그럼, 영원히 사는 세상이지."

"영원히 살아? 사람들은 모르던데 엄마는 어떻게 알아?"

"인간은 삼 생애를 살게 만들어졌거든."

"삼 생애를 사는 게 법이네. 3이라."

"그렇지. 두 번 죽고 세 번 사는 거야."

"삼 생애를 사는 게 인간이 사는 법이라면 모든 사람이… 그러면 엄마도 나도 영원히 살겠네?"

"그렇지. 그렇게 사는 것이 인간의 사는 법이야."

"그러면 우리는 지금 두 번째 세상에서 살고 있는데, 삼 생애인 저 하늘나라에 가면 할아버지, 할머니도 만날 수 있겠네?"

"당연히 만날 수 있지."

"와, 신난다. 나도 신이 되고 싶다."

"육신만 벗으면 무형실체인 신이 되는 것이지."

"그래, 신이 되면 영원히 살 수 있구나. 아이 좋아라. 신이 되면 좋겠다…. 빨리 신이 되어야겠다."

"그렇게 좋아? 하지만 육신이 있을 때 영인체를 완성해야지. 육신이 있는 사람을 신이라고는 하지 않으니 너도 육신을 벗으면 신이 되는 것이지."

"암튼, 아이 좋아라. 나도 신이 된다니…."

"좋아하기는 일러. 너는 아직 청춘이니까 더 커서 어른이 되면 결혼해서 자식도 낳아야지. 사는 동안 양심적으로 살면서 선신이 될 준비를 잘해야지. 실수하여 나쁜 짓 하지 말고…."

"이제야, 사는 맛이 나는군. 잘 준비해서 신이 되어야지."

"그럼, 그게 사는 창조법이지. 인간은 3번 사는 거야."

"나는 기필코 신이 되어 영원히 살고 싶어."

"알았으니 너도 신이 될 것 같아."

"아이 좋아라. 그런데 같은 신끼리는 뭐라고 불러?"

….

"아기와 엄마의 대화를 잘 이해를 하셨지요? 영인체인 생령체로 완성한 사람이 되어야 애천성에 들어갈 수 있습니다. 영계인 세 번째 생애에서 살 수 있는 준비를 잘한 사람이 사람다운 사람이 되는 것이며 최고의 공부요, 인격자가 되며 만물의 영장이 되어서 영생할 것입니다. 영원히 살 준비를 잘하시기를 바라면서 강의를

태 할배와 궁장

마치겠습니다."

짝짝짝….

'어린 물고기가 삼 생애를 잘 모른다.'

대단한 말씀을 들었다. 그러나 육신 안에 영인체를 가지고 사는 만물의 영장인 인간이 삼 생애를 잘 모른다면 크나큰 착각일 것이다. 깨닫는 것은 쉽지 않은 것이며 안다는 것 역시 만만찮은 것이다. 그러나 알고 살아야 만물의 영장다운 삶이란다.

"천문아, 강의하신 분은 어떤 분이야?"

"응, 우리 아버님이셔."

"부전자전이구먼. 네 할아버님도 굉장하시더니…."

어느 선생도 교수도 나를 이렇게 흥분되게 못 했는데 나를 진리의 화살로 정확하게 명중시킨 선생 중의 선생님이다.

"진짜 인간이 되고 싶다. 영인체를 완성한 진짜 인간."

맹세를 하며 인격적인 인간, 완성된 인간이 되겠다고 다짐했으나 철순이를 만나면 내 속에서 다짐했던 깊은 생명의 말씀과 신뢰가 중심을 잃고 술 취한 듯이 비틀거리기 시작했다.

"짜식아, 우리는 공부도 할 만큼 했는데 누구 말을 신봉해. 정신 차리라고. 내 몸뚱이 가지고 내 맘대로 하는 것이 지성인이지."

그러다가 천문이를 만나면 또다시 희망이 생기고 내 마음에 더욱 용솟음치며 인간다운 인간이 되는 것 같아서 양심이 기쁘고 좋았다. 내 친구 대부분은 철순이와 같이 만물의 따까리로 학력 지상주의에 논문 표절에 스펙 쌓기를 하며 최고의 지식인이 되어

세상에 자격 미달이라니

도 으스대면서 거짓말을 밥 먹듯이 한다. 게다가 주색을 탐하고 황금을 돌같이 보지 못하며 갑질하고 살아가는 주객이 전도된 현실의 허세로 갑질하는 자들이 대부분이다.

최고의 지식도, 권력도, 재력도, 양심 한 방에, 성추행 한 방에 물거품이 되어 버린다. 양심을 사고파는 세상의 인격. 최고를 자랑하는 이들도 이런 거짓 사슬에 걸려 살고 있다. 많고 적고의 차이일 뿐인데 나도 이런 두 마음속에서 갈등하고 살고 있다.

"만물이 최고, 육신 최우선, 사람 제일론자들 뿐."

떠들어 대는 철순이는 한술 더 떠서 인간 중심이라며 양성평등을 질타하는 무서운 생각을 가졌다. 사심의 심보를 그대로 드러내는 입살. 아니, 독살이었다. 그런 그도 자식은 입양한다는 것이다. 자기가 양성결혼하여 낳으면 되지. 동성연애를 하니 노후에 외로우면 자식을 입양한단다. 논리의 모순이라고 말해도 귀가 있어도 그의 귀는 들을 줄을 모른다.

"양심적인 좋은 친구는 적고 나쁜 친구는 많다."

선의 생활을 할 것이냐 모순되게 이래도 좋고 저래도 좋고 만수산 드렁칡이 얽히듯이 그렇게 될 대로 살 것이냐. 나에게 있는 양심이 잣대라고 했으니 천문이를 따라가는 것이 인격적 가치를 가진 참된 사람이 될 것 같았다.

그 이후에 철순이는 나에게도 독설을 퍼부었다.

"너도 친구들을 버린 배신자. 인생은 한때이지. 늙어 죽어 나가는 것이 육신인데 착하게 살아서 뭐 하게. 네가 부처가 되겠어, 예수가 되겠어, 공자가 되겠어, 참부모가 되겠어. 그냥 즐기고 살자.

태 할배와 궁장

친구들의 등쌀을 잊을 수 없을걸. 못된 놈이라고 너를 성토하고 변절자라고 욕하고 맛이 갔다고 난리들을 할 텐데 그래도 좋다는 것이냐?"

"어릴 때 우리 셋이 맹세했잖아."

"어릴 때는 철없어서 그랬고. 어른이 되어서 그런 비난을 왜 명주니가 받아야 되지? 뭐가 부족해서 그래."

"도를 닦아서 성인 반열에 들려고 그런다. 됐냐?"

철순이는 말문이 막혀서 한동안 말이 없더니….

으하하하, 키키킥. 썩은 웃음질을 하고 나더니….

"그래, 성인이 되어 봐라. 네 허물을 우리들도 다 알고 있는데 쓰레기통에 들어갈 성인이 되겠구나."

"그래도 나는 만물의 영장이 될 것이야. 너희가 뜻을 같이해 주면 아주 좋겠구나."

"성인군자 나셨구먼. 그래, 잘 해 봐라. 성인 될 사람이 술도 마시고 담배도 피우고 연애도 하고 거짓말도 한 삿된 성인이 되겠구먼."

"과거에 그랬던 것도 맞아. 그러나 나쁜 짓하던 나는 죽었어. 이제부터 선하고 착하게 양심적으로 살아야지. 그래야 성인이 되겠지. 너도 나와 같이 해 볼래? 친구 좋다는 게 뭐니. 우리 어렸을 때 천문이를 대장으로 모시고 살자고 맹세했잖아."

"역시 천문이 그놈의 수작에 또 넘어갔구먼."

"말을 조심해야지. 친구 중에 솔직히 천문이보다 훌륭한 마음을 가지고 고결하게 사는 애가 있더냐?"

"천문이가 고결해? 그도 이중인격자가 아닌가. 자기 맘에 안 들면 묘하게 난도질하는 그 버릇을 어쩔 건데."

"그건 오해야. 네 아버지 일은…."

"너마저도 우리 아버지를 나쁜 사람으로…. 실망이다."

"너는 친족주의자야. 부모라도 잘못했으면 감옥 가야지. 인류사의 모순이며 오류야."

"오류, 내 몸뚱어리 가지고 내 맘대로 하고 살아야지. 누구의 간섭을 받는다니. 성인(成人)이 되어 가지고…."

"남자끼리 여자끼리 연애를 한다면, 백 년 안에 인간은 멸종할 것인데 그래도 좋다는 말이냐?"

"참, 이런 놈도 있고 저런 놈도 있는 것이지. 하여간 나는 최고의 자유를 누리련다. 누구의 간섭을 안 받고 싶어."

"간섭받기 싫다고 하면서 남에겐 웬 관심인고…."

"사람이 하나 정도는 사상이 있어야지."

"쓸데없는 잡사 때문에 수많은 사람이 고통받는데…."

"잡사든 정사든 우리들이 이길걸?"

"간섭받기 싫다면서 신호는 왜 지켜."

"사고를 방지하기 위함이지."

"그래, 맞아. 순리는 법을 지키는 것이지. 간섭을 받는 것이 아니고 서로의 자유와 행복을 위한 것이니 양성평등이야말로 순리이며 진리이지. 안 그래?"

"악법이라도 좋다. 내 몸 가지고 내 맘대로 하니 좋아."

"잘못된 것은 네 혼자 하지 남에게 선동은 왜 해? 넌 남의 간섭을 받기 싫다면서 남에게 잡사를 주입시키는 거야."

"녀석, 넌 그러고 살아라. 난 이렇게 사는 것이 좋아. 친구를 배신하는 인간이 착하다고 하기에는 그렇잖아."

천문이 할아버지 집에서 철순이 아버지에게 오만 원을 받아 가지고 줄행랑을 칠 때 천문이는 우리들의 뒷모습을 보고 뒤뚱거리는 오리 같다고 했는데… 오늘 철순이의 뒷모습이 그때 그 모습하고 똑같아. 아이고, 불쌍한 친구야.

그들은 맨날 술이야. 맨날 섹스에 관심이 최고이며. 맨날 돈타령이야. 맨날 출세야. 맨날 오락이야. 맨날 퍼 주기를 선호하는 정치를 해야 한다면서 정작 자기들의 허물은 벗을 줄을 모르니 맨날 남 탓밖에는 모르는 남타령주의자.

"한모불사들. 그놈의 입살이 독살이야. 밉다 미워…"

철순이는 동네방네 아는 사람마다 떠들고 다녔다.

"너희들도 몸뚱어리만 성인(成人)이 아닌 성인(聖人)이 되어야지. 그래야 진실한 인간이 된다."

도(道)란 일상생활 속에서 양심을 중심하고 선으로 주관하며 사위기대를 완성해 가는 것이다. 즉, 머리를 받드는 것이니 태 할아버님의 심정을 알려고 노력하여 신성한 사람으로 거듭나는 것이 도를 닦는 거다.

그러나 모순된 내 속의 악습은 버리고 선습으로 인격을 완성해 가는 것이 이렇게 힘들 줄이야. 죽고자 해야 산다는 역설적 논리로 말해 준 천문이 그는 역시 천륜을 꿰뚫고 있는 것 같았다.

"무서운 것은 타락성의 습성으로 변명이 앞서는 인간."

인간끼리 원수가 되어 형제끼리, 같은 하늘 아래서 같은 공기로

세상에 자격 미달이라니

숨 쉬고 살면서 한 나라 안에서 같은 민족끼리 도둑질하고 싸우고 죽이는 인간들 세상을 만들었을까?

고생(苦生)을 많이 할수록 고생(高生)이 보장되는 것이었다. 천문은 우리가 어릴 때 맹세했던 영원한 대장으로 모실 만큼 모범 되고 그 능력 또한 탁월해서 혀를 내두를 지경이었다.

"완성된 사람이 되어야지."

"영인체를 완성하면 살아 있는 신이 된단다."

나의 희망은 오직 그것뿐이었다.

나에게 배필이 필요했다. 용선이를 보자마자 나도 발랄한 성격에 마음이 출렁거렸다. 천문이의 주선으로 만나서 우리 둘은 한 쌍이 되어 축복을 받을 것이다.

꿈나라에서 표시되었던 3이라는 숫자가 뭣일까 궁금했는데 이제야 풀리는군. 인생은 세 번 산다. 만들어진 법대로 살면 만물의 영장이 되어서 신성한 사람이 된다.

인간의 삶의 목적은 영원히 사는 것이다. 뭘로.

무형의 실체인 영인체로 영원히 살 수 있는 신이 된다.

황금이냐 진리냐

"돈이 구세주야. 황금이 나의 인생 목표."

나의 좌우명을 그렇게 정하고 사는 나. 전억만. 장자로 태어난 나는 부모님들의 사랑을 많이 받았다. 어릴 때부터 부족함이 없이 살았지만 태어나고 보니 금수저도 흙수저도 아닌 나무수저였다. 부모님의 품 안에서 밥 먹고 사는 데는 큰 문제가 없었다. 5남매 중에 장남이어서 동생들 뒷바라지를 하려면 돈을 벌어야지. 돈, 돈, 돈이 최고야.

이 세상에서는 황금만이 절대권력이야. 부자.

그의 골상이 부자상인가. 땅땅한 체격에 얼굴은 사각이면서도 둥글고 손발이 통통하고 키는 보통 정도이며 매력적인 남자다운 사람으로 보이며 볼에는 욕심이 다닥다닥 붙어 있었고 그의 눈매는 날카로우면서도 음흉한 데가 있어 보인다. 고등학교를 졸업하고 대학 시험에 합격했다. 부모가 주는 등록금을 가지고 장사부터 시작하였다. 그의 부모는 길길이 날뛰었다. 자식이 대학에 붙었다고 자랑을 하고 다녔는데…. 그런 전억만이는 학업도 포기하고 돈이 최고인 이유는 간단했다.

"대학 졸업해도 돈은 벌어야 하니까."

누군가의 지휘 아래서 지시를 받으면서 일해야 월급을 받는다. 결국은 돈 때문에 누군가의 밑에서 따까리로 살 바에는 차라리…. 하여간 오직 돈벌이에만 집착하련다.

등록금으로 개인 일부터 시작하여 조그마한 가내공업으로 점점 사업이 확장되었다. 지금은 수출도 하여서 제법 큰 중소기업으로 성장, 발전시켰다. 부동산에 투자했더니 도시가 커지면서 땅은 역시 배신하지 않고 엄청난 수익금을 불려 주었다. 자본주의의 모순적 병폐인 수단과 방법에 편승해서 엄청난 이익을 창출해 냈다. 역시 돈 놓고 돈 먹는 세상이야. 돈 못 버는 자 바보 아닌감. 이리 쉬운걸.

"돈에도 눈이 있다."

단돈 십만 원을 꾸어 주어도 이자를 꼬박꼬박 날수를 계산하여 받는 돈에 강한 집착을 가진 수전노였다.

결국 그의 생각대로 되었다. 회사에 박사 출신과 대졸 출신을 고용하는 사람이 되었으니 경제로는 아주 대성공자였다.

그러나 살아 있어야 할 사람이 하루아침에 없어지니 허탈하기 이루 말할 수 없었다. 나도 언젠가는 죽을 텐데…. 나이가 들어 가니 점점 몸도 옛날 같지 않았다.

"인간은 죽는 것이 만들어진 법일까 자연현상일까."

아버지의 장례를 치르고 숨 가쁜 며칠이 지났다. 모처럼 기분 좋게 나들이를 나갔다. 사람들이 모여 있었다.

"사람 나고 돈 났나? 돈 나고 사람 났나?"

카랑카랑한 목소리로 반항하는 여인이었다.

"돈 나고 사람 났든 사람 나고 돈 났든 왜 내 돈 빨리 안 갚아?
이 망할 년이…."

"조금만 시간을 더 달라고 하지 않았소?"

"무슨 소리야. 기일이 지난 지가 언젠데. 잔소리 말고 오늘 중으
로 갚으라고."

툭툭 차고 뺨도 때리고, 지나가던 사람들은 불구경하듯이 보고
만 있었다. 여자의 머리는 이미 산발이 되어 있고 얼마나 맞았는
지 뺨이 벌겋다. 차인 다리가 아픈지 절뚝거리면서 사정사정해도
상대는 봐줄 기미가 전혀 없어 보인다.

그의 머리에서 전광석화처럼 번득이며 스치는 것이….

"옳지, 이때가 기회야."

신정언을 불러냈다.

"신 선생, 저 여인이 왜 저렇게 굴욕을 당하는지 아시오? 저 꼴
을 눈이 있으면 좀 보시오."

정언은 상황을 보니 안 들어 봐도 알 것 같았다.

"돈 때문에 사람을 저렇게 수치를 주고 폭행을 해도 돼? 사람 나
고 돈 났지, 돈 나고 사람 났냐."

"대신 갚아 줄 것이 아니면 안타까워할 것도 없어."

"그래도 길거리에서 폭력을 행하면 되겠소?"

"당신들 일이 아니면 꺼지시오."

힘 좋게 생긴 사내들이 눈깔을 휘둘리며 째려보는 통에 사람들은 겁에 질려 더 이상 참견도 못 하고 있었다. 경찰이 오니 그들은 도망을 가 버렸다. 폭력죄로 넣고 싶어도 보복이 두려워서 여자는 포기했다. 경찰서를 나온 그녀는 집으로 가면서 하소연과 통곡을 했다.

"언제 좋은 세상, 눈물 없는 아름다운 세상이 오려나. 흙수저인 우리들은 금수저들의 따까리로 영원히 살아야 할 운명인가? 아님 숙명인가? 하늘도 무심한 것 같아. 누가 우리들을 구해 주랴. 나를 구해서 해방시켜 줄 사람 누구 없소?"

할 수 있는 것은 자신에 대한 원망이요, 통곡밖에 없었다.

전 사장은 정언이가 사이비 종교에 빠진 것이 안타까웠고 돈이 제일이라는 황금만능주의자인 자기와 뜻이 안 맞게 사는 것에 신물 나서 골탕 먹여야겠다는 심산도 많이 있었다.

"잠깐만 여기를 봐 주세요."

"뭔데, 무엇 때문인데?"

"여러분, 아까 저 여인을 봤지요? 아마도 사채를 쓴 것 같은데 돈 없으면 저런 창피를 당합니다. 진리 좋아하는 사람은 여기 신 선생 가방 뒤에 줄을 서고 돈이 좋다고 생각하면 여기 돈 가방 뒤에 줄을 서시오. 여기 일억이 들어 있는 돈 가방입니다."

사람들은 어리둥절하여서 눈만 말똥말똥했다. 한동안 무슨 뚱딴지같은 소리여. 이해가 안 돼 바라만 보고 있었다. 의심하는 사람들에게 가방을 열어서 보여 주었다. 그때서야 사람들은 하나씩 줄을 선다. 의심의 눈초리로 경계를 하면서… 동작은 엄청 빨랐다.

"그 돈 우리에게 주려고 하는 것은 좋은데, 왜 그런 비참한 꼴을 당하는 그 여인을 도와주지 않았소?"

"맞아. 왜 안 주었소? 그 여인에게 좀 보태 주지…."

"남의 돈을 빌려 썼으면 갚아야지요. 거래는 공정하고 정당해야 되는 것 아니겠어요?"

"그래도 사람이라면 인정머리가 있어야지…."

"내가 그 여자를 도와줄 수도 있지만 나는 그런 짓은 하고 싶지 않았소. 그래서 돈이 소중하다는 것을 알리기 위해서 이 신생과 내기를 하였소. 신 선생은 맨날 진리 타령이고 나는 맨날 돈타령 하고 살지요."

사람들은 서로 눈치를 보면서 빠르게 줄을 서고 있었다.

"그래, 그럴 것 같기도 해."

지켜보고 있던 사람이 정언이 집에 연락을 했다.

연락을 받은 가족들은 분주했다. 바쁠 때는 택시도 없다. 숨을 할딱거리며 그곳에 도착하였다. 아니, 웬 사람들이 이렇게 많이 모였지. 저기 민병철 선생도 보이고 손비나 씨 일행도….

"자자, 한 번만 더 기회를 드리겠소. 바꾸고 싶은 사람은 바꾸시오. 없어요…? 없나 본데. 게임은 끝났어요."

정언이 가족들은 숨을 헐떡거리며 속을 태우며 발을 동동 구르면서도 그냥 바라보고만 있을 수밖에 없었다.

"아빠, 힘내세요."

"나는 살아 있는 신인데도 자신을 모르고 사니 만물의 영장은 언제 될까요. 양심이 있다면 진리를 선택하십시오. 당신들은 살아 있는 신이 아닌가요."

정언은 아무리 외쳐도 그들에겐 소귀에 경 읽기였다.

"아이구, 뭐라고 씨부려샀네… 진리가 밥 먹여 줘? 잘났다, 정말. 돈 없이 살 수 있어? 재주도 좋구먼."

"자고 나면 집이 몇억씩 오른다는데 우리들은 일거리도 없고 집세 주랴 똥세, 물세에 자식들 등록금에 먹고살기가 팍팍한 정도가 아니라 신물 날 판인데 그놈의 돈이 원수야."

"돈이 원수이긴 한데 정치를 잘못한 탓에 우리들만 피폭당하듯이 쓰라림을 겪고 사는 것이지. 염병할 세상."

"존심이고 뭐고 챙길 여유가 없어. 목구멍이 포도청."

뒤쪽은 더욱 시끌벅적 와글와글 떠들어 댄다.

"고위직에 앉은 나리들은 수십억씩 지니고 산다는데 도대체 뭐가 잘나서 그런 많은 재물을 가지고 산다더냐. 우리보다 잘난 것이 무엇이길래."

"잘나 봤자 공기도 햇빛도 바람도 냉장고에 저장하고 살 수는 없는 것이 인간인데 왜 재물만 탐하며 저장하고 살까. 그러니 인간은 만물의 따까리라는 것이지."

"전 사장도 사기를 치는지 우리를 우롱하는지 모르지. 우리 이러다가 기생충 되는 것 아니야?"

양심에 가책이 되는지….

쑥스러워하며 목을 움츠리고 서 있는 사람.

모자를 푹 눌러쓰고 서 있는 사람.

얼마나 조바심이 나는지 발을 동동 굴리며 서 있는 사람.

앞사람의 등 뒤에 바짝 붙어 서 있는 사람.

양심이 흔들리는지 초조하게 서성거리는 사람.

"한모불사한 인간들이야. 언제 사람이 될 것이냐. 3분만 숨 쉬지 않으면 죽을 인생들이 불쌍한지고…."

진리 앞에 줄을 선 그 사람이 한마디 던지고 진리책이 들어 있는 가방을 들고 황급하게 사라져 버렸다.

"옳소, 옳소."

민 선생의 목소리가 어찌나 큰지 모두 그쪽을 바라보았다.

"이보시오. 잠깐만요. 가방은 주고 가야지요."

"저 사람은 돈 때문에 상처를 많이 받은 것 같소."

"아니, 저분은 S 사의 이전만 회장 아닙니까? 아주 수전노라고 할 정도로 아끼고 아끼면서 많은 재물을 모았다던데요."

그는 호리호리한 체격에 코는 잘생긴 편이며 눈은 작고 눈 속에 지혜가 있는 것 같았다. 매사에 끊고 맺는 것이 분명하게 보였다. 자식들이 돈 때문에 싸우는 꼴을 보면서 비로소 후회를 많이 했다는 이전만 회장.

"맞아요. 어쩐지. 돈을 싫다고 하더라니…."

"돈 때문에 상처받은 사람들은 돈이 지긋지긋하다더니."

그 후에 정언은 이전만 회장님으로부터 좋은 가방을 선물로 받았다. 물론 이 회장님도 사모님과 같이 정언의 뜻에 동참해 주어서 아주 좋은 역할을 해 주는 의인이었다.

"암요. 돈, 돈, 돈. 돌아도 좋으니 돈이나 얼른 주시오."

"오늘 돈벼락이라도 실컷 맞아 봤으면 소원이 없겠다. 그치? 당신도 그렇게 생각 안 해?"

모두의 바람은 하나였다. 오직 돈, 돈, 돈이 최고야.

"돈 백억을 가질래요. 공기 한 통을 받을래요?"

"뭐라고 씨부려? 당장 죽어도 좋으니 돈이 제일이야."

"이유야 어찌됐건 더 이상 할 말이 있어요? 없지요? 누가 사이비 종교를 믿겠어요? 정도라면 또 몰라도…."

남들이 사이비라고 하니 더욱 정언이가 하는 일에는 반감이 들어서 주는 것 없이 미웠던 것이다.

"저 양반은 무얼 먹고 산다냐."

"살기가 고달파. 부인은 남의 집에 일하러 다닌대…."

"맞아요. 맹신자들 때문에 문제라니까. 코로나도 그렇고…. 그러니 정도를 믿어야지. 이번 기회에 정언 씨도 우리가 믿는 것으로 따라와요. 진짜를 믿어야지 사이비는 왜 믿어 생고생을 하누."

"무슨 소리요? 우리가 믿는 종교에서는 아무런 문제가 없었고 우리도 몇 주 아니 몇 달을 예배를 못 본 피해자인데 왜 우리들도 싸잡아서 같이 취급하고 오해하며 비난하는 겁니까?"

"아니면 말고. 같은 부류 아니야? 거기서 거기지, 뭐."

"우리는 지난해 전 세계 전현직 최고 지도자들을 비롯하여 수만 명이 모여서 일주일간 행사를 했는데도 한 명도 안 걸렸는데 무슨 소리요? 삼 분만 숨 쉬지 않으면 사망할 인생들이 신의 경고를 모른단 말입니까?"

"암튼 우리는 돈 주고 믿으라고 빌고 빌어도 안 믿어요. 이단 사이비를 누가 믿겠어. 잘 해 보슈."

"얼마나 큰 고통을 맛보아야 깨닫게 될는지."

"뭐라고 씨부러쌌네. 왜 사이비들을 확 쓸어가지 않지? 신께서 좀 쓸어가 버리면 고소하고 좋을 텐데…."

"소인의 눈에는 진리나 성인을 알아보기가 어렵겠지. 뜻은 더 모르는 게 당연한데 모르면 배우기라도 해야지."

"자네 소리는 시끄러워. 전 사장님, 빨리 돈이나 줘요."

악담을 퍼붓는 사소인. 마른 편에 성깔이 있게 보이며 독선과 아집이 온통 몸을 꿰차고 있을 듯한 모습이다. 눈에는 언제나 독기가 서려 있는 조정내가 더욱 염장 지르는 소리를 해댄다. 무턱대고 사이비 이단이라고 결론을 내리는 몰지각한 중생들이 널렸으니 어찌한담. 콘크리트처럼 단단히 굳은 인간들의 억하심정인 사심의 속내를 어떻게 바꾸나. 천지개벽이 일어나도 못 버릴 인간들의 사심과 편견을… 핵이나 미사일이나 대포나 총이나 칼로도 파괴 못 하는 것이 인간의 사심이며 편견이며 오만한 악심의 삿된 마음인데 어쩌나.

"진짜와 가짜도 구분 못 하는 사람들이 무슨 남의 것을 사이비라고. 사이비가 무슨 뜻인지 알기나 합니까?"

"지나가는 사람들에게 다 물어봐. 당신이 믿는 것이 모두가 이단이라고 성토를 하는데 도대체가 무슨 맘으로 가짜를 믿는 것이여…."

"가짜가 진짜 보고 가짜라고… 주객이 전도되었군. 지구가 둥근데 모든 사람은 왜 네모라고 생각을 했을까?"

"그야… 인식 부족이거나 군중 심리이겠지."

"지금 여러분이 옛날 지구가 네모졌다고 생각하는 사람들 같은데 아닌가요? 맞는 것 같지만 아닌 것이 사이비지. 그걸 보고 '똥 묻은 개가 겨 묻은 개를 나무란다.'라고 하는 것이지요."

"뭣이? 우리가 똥 묻은 개라는 말이야? 저놈을 그냥 확."

열받은 조가였다. 주먹을 불끈 쥐고 폭행이라도 할 듯.

"자자, 그만 진정들 하세요."

사람들은 큰소리로 만류하니 좀 조용해졌다.

"그래요. 전 사장님은 공기보다 돈이 제일이겠지요."

정언은 의기양양한 전 사장에게 일침을 더했다.

"돈이 최고야. 전 사장님이 이겼습니다. 전 사장님 만세."

조가는 전 사장님의 손을 번쩍 들어서 이겼다고 선언을 하며 군중들의 박수를 유도했다. 짝, 짝, 짝.

"전 사장님 만세. 돈이 최고야."

이렇게 될 것이라 것은 애초에 정해진 예정 같았다. 그래도 한 사람은 건졌구먼…. 아니, 몇몇 의인들이 있구먼….

"내가 이겼소. 돈이 사이비 진리를 이겼소. 돈이 최고."

"이 세상에 돈이 없으면 무슨 재미로…."

사람들은 손가마를 태우며 조가를 따라 떼창을 했다.

"고맙소. 나를 이렇게 지지해 줘서…."

인사를 하고 전 사장은 가방을 열어서 줄을 선 사람들에게 그날 최고 비싼 일당을 지불했다. 사람들은 말했다.

"살다 보니 해가 서쪽에서 뜨려나? 줄 서고 내 생애 최고의 일당을 받았네. 전 사장이 우리들의 구세주야."

"오늘 횡재했구먼. 재수대통이야. 날마다 이러면 얼마나 좋을까? 나라가 망해도 인기 정책이 더 좋아. 이렇게 공돈 주니 환장하겠구먼. 전 사장을 국회로 보냅시다, 여러분."

"복 많이 받을 것이요. 이렇게 좋은 일을 하니…"

모두 한마디씩 하고 백만 원씩을 받아 도망가듯이 사라졌다. 먼저 받은 약삭빠른 인간이 슬그머니 뒤에 가서 다시 줄을 섰다.

"아니, 저 인간은 양심도 없나. 돈 받아 가지고 다시 줄을 서다니…"

사람들이 그것을 보고 아우성이었다.

"내가 지금 와서 줄을 섰는데 무슨 소리여."

잡아떼는 그 인간 넉살이 좋은 것인지, 양심이 없는 것인지.

"그게 사실이야."

흥분한 사람들이 그의 호주머니를 뒤지니 백만 원 돈이 여기저기서 쏟아져 나왔다. 심지어 팬티 안에서도….

"이런 사기꾼 같으니라고, 욕심부릴 게 따로 있지…"

그 인간은 눈썹이 실낱같이 얇고 생긴 것은 퉁퉁한 편으로, 재물복은 있어 보이나 욕심은 얼굴에 더덕더덕 붙어 있고 눈은 옆으로 찢어진 듯이 음흉스러운 상이었다.

"저런 비양심적인 인간들이 있으니 도둑보다 더한 날강도 같구먼."

"그러게. 공짜 바라는 우리는 괜찮은가?"

그렇게 시끄러운 상황 중에 웅성거리고 난리가 났다.

"사람이 쓰러졌다. 빨리빨리."

급하게 울어 대는 앰뷸런스의 웽웽거리는 소리는 점점 가까워지고 있었다. 사람들의 급한 마음처럼…

"쓰러진 사람이 누구야?"

"송 씨라는 것 같은데…"

알고 보니 송도헌이 역시 전 사장이 이겼다고 흥분하더니 뒷목을 잡고 쓰러졌던 것이었다. 평소에 소갈머리가 좁은 사람이다. 외모는 살집이 붙어서 편한 모습었으나 생긴 것하고는 전혀 다른 사람이다. 눈은 음흉하고 사리 분별없는 간사함에 쩔어 있었다. 부화뇌동을 잘하는 전형적인 사소인 기질을 가졌으며 수명복에 문제가 있어 보이는데. 별일 없어야 할 텐데…

"사람이야 쓰러지든지 말든지. 하이구, 모르겠다."

행여라도 내 돈 도로 달랄까 봐서 줄행랑. 도망가면서도…

"빨리 가세. 우리 부르는 것은 아니지? 무효라고 하는 것은 아니지? 다시 돌려 달라고 하는 것은 아니지?"

어떤 이는 신발이 벗겨졌는데도 주울 생각도 않고 내달린다. 신발이야 한 켤레 다시 사면 되는 것이고…

시끄럽던 사람들이 어느새 썰물처럼 빠져나갔다.

"나무아미타불 관세음보살"

한마디 남기고 군중과 함께 어디론가 사라진 법장스님은 박명중, 민병철과 격의 없이 지내는 사이였다.

"괜한 짓을 했나? 오기인가, 자존심인가. 허영심의 극치."

전 사장은 속이 쓰러 온다. 한편으로는 사이비 종교를 믿는 맹신자를 이겨서 좋고, 한편으로는 고래힘줄 같은 돈 일억으로 승리

해서 좋았다. 그러나 기쁘지 않은 승리였다. 내 돈 아까워 죽을 맛이었지만 태연한 척했을 뿐이었다.

전 사장이 마음이 쓰리고 아플 거야.

호기를 부린 대가치고는 엄청나겠지. 저러다가 속 쓰려서 위장 병 걸리는 것은 아니겠지? 미우나 고우나 오랫동안 알고 지낸 전 사장인데.

쪼르륵, 쪼르륵.

뱃골의 시계는 정확한 것인지 염치가 없는 것인지….

전 사장의 식사하러 가자는 제의를 뿌리쳤다. 식사하러 가는 전 사장 일행의 뒷모습을 바라보면서 왠지 발이 떨어지지 않아 그대 로 서 있는 그의 모습도 처량해 보이기는 마찬가지였다. 정언의 허 전해하는 모습을 바라보고 있던 비나는 그의 앞으로 다가가며 한 마디 했다.

"당당하신 신 선생님의 그 인품을 보았습니다."

악수를 청하는 그 손이 여자 손처럼 부드러웠다.

"저는 손비나라고 합니다."

"네, 좋게 봐주셔서 감사합니다. 신정언입니다."

서로 명함을 주고받고 인사를 했다.

정언이는 그의 품행이 바르고 깔끔한 것을 보면 필시 유능하고 고상한 인품을 지닌 것 같았다. 민 선생은 그런 광경을 보고 입술 을 다시 한번 지그시 깨물었다.

"박 선생이 좋은 씨를 뿌려 놨구먼."

희망을 보았다. 박명중 선생에게로 향하는 가수 못지않은 그의 콧노래가 듣기에 아주 좋았다.

손비나 씨의 간절한 간청을 정언은 저버릴 수 없어서 식사를 하러 식당에 들렀다. 밥이 나올 동안 일비는 술 생각이 나서 한 병을 주문하고 정언에게도 한 잔을 권하였다.

"저는 술을 못 합니다."

"쓰라림의 고통을 맛본 이런 때에 소주 한잔에 시름을 달래야 하는데⋯. 신 선생은 왜 술을 안 마십니까?"

"참된 인간이 되어 보려고요."

어느새 한잔을 입에 털어 넣은 일비는 "아, 이렇게 좋은 것을 왜 안 마십니까?"라며 입맛을 다시고 또 다시며 홀짝, 홀짝⋯.

"술이란 것이 이성을 마비시키니까 안 마시는 것이고 남에게 본의 아니게 실수도 할 수 있고 취하면 기분은 좋을지 모르나 추하게 보일 수도 있고, 무엇보다 하늘에 계신 주인님께서 원치 않는 것이니 마시면 아니 되지요."

"술이란 것은 인간들이 좋아서 만들어서 기분 풀이로 사용하는 것이다. 뭐 그런 말인가? 허허. 얼마나 감칠맛 나고 맛있는 건데 술도 못 마시고 대장부가 될까요?"

고양이 눈처럼 날카로우며 몸집이 좋고 성격 또한 빈정거리는 말투에 체격만큼 주량도 대단한 일비였다.

"집에서 아이들이 술을 마시는 모양입니다."

"아니, 무슨 말도 안 되는 소릴? 우리 집 애들은 술은 절대로 못 마시게 할 것인데. 절대로 안 되지. 안 되고말고⋯."

"그럼 어른은 마셔도 되고 아이들은 안 된다면 맛있는 것은 어른은 먹어도 되고 아이는 먹으면 안 되겠군요."

"그건 상황이 다르잖아요…. 누가 내 어린 자식에게 독한 술을 먹고 마시게 하겠어? 말도 안 돼."

"어른이 먹어도 좋으면 아이가 먹어도 좋다는 것인데…. 아이가 마시면 안 된다는 술을 어른은 왜 마셔야 한답니까?"

"하여간 신생의 논리가 딱 맞는구려. 할 말이 없구만. 그래도 우리는 마셔야 하지. 앞으로는 권하지 않을 테니…. 자, 자. 우리끼리 한잔 더 합시다."

'괜한 심술을 부려 가지고 망신살이 더….'

구시렁거리며 벌컥벌컥 들이키는 일비였다.

신 선생이 술을 안 마시니 일비 보고 절제할 것을 권하는 비나. 일비는 시무룩해졌다.

"쳇, 맛있는 술도 못 마시게 하고, 형님도 참."

답답한 마음에 담배 한 대를 끄집어내서 불을 붙이고 한 모금을 빨고 후우 하고 연기를 뿜어 냈다. 정언이는 담배 연기가 싫어 죽을 판인데 일비는 연신 빨아 댄다. 그놈의 담배 연기를….

"댁의 자녀들은 담배를 피우는군요."

"말도 안 되는 소리를 왜 하슈."

"댁의 어린 자녀에게 독한 담배 연기를 뿜어 보시지요."

아니, 술과 담배를 아이들이 하면 안 된다는 것을 모르는 사람은 없는데 어른이 마시고 피우는 것을 아이는 안 된다. 같은 논리 군…. 하긴 집에서도 눈총받는 담배를 나는 왜 피우는 걸까.

"안 피울게요. 끊으라는 말보다 더 무서운 말이군."

구시렁거리면서 급하게 몇 모금 빨아들이더니 불을 끄고 열불이 나니 소주를 다시 벌컥벌컥 마셨다.

"미안하게 되었소. 다음엔 유념하겠소."

속은 언짢았으나 말은 그렇게 뱉어낸 일비였다.

'이젠 담배도 내 마음대로 못 피우게 되었군.'

일비는 체념한 듯 천정만 바라보며 안주만 잘근잘근 씹고 있었다. 그의 턱이 발달한 것도 이유가 있었다.

"그래라, 동생. 다음에는 아무 데서나 피우고 마시면 안 되는 것이야. 이참에 우리도 술, 담배를 끊어 버리자."

"이 좋은 술도, 담배도 안 하면 뭘 한단 말입니까? 도박이라도 해야 하나. 아니면 바람이라도 피워야 합니까? 그래, 여자라도 탐하는 재미가 있어야겠군."

심드렁한 일비를 째려보던 비나는 송구스러운 마음으로 말했다.

"암튼, 신 선생님. 다음에는 우리도 달라진 모습을 보이겠습니다. 오늘은 송구했습니다."

"별말씀을…."

일행은 헤어졌다.

"아이든 어른이든 좋은 것은 누구에게나 좋은 것."

나쁜 것은 당연히 모든 사람에게 나쁘다는 말이다. 혁명을 해보겠다는 우리들이 그런 것도 모르고 혁명을 하겠다니…. 어허허허…. 한심한 내가 혁명을 하겠다니. 혁명은 '나'와 '우리'부터 해야겠군….

한편, 돈이 이겼다고 그렇게 좋아하던 그날 쓰러졌던 도헌이는 끝내 사경을 헤매다 생을 마감했다. 받은 돈뭉치를 손에 꼭 쥐고 숨이 멎었다는 것이다. 돈이 그렇게도 좋다고 하더니 겨우….

아무리 신정언이 미워도 그렇지. 후에 사람들은 말했다.

"어떻게 이런 일이 일어났을까?"

"정말로 신이 있는 것일까?"

"하늘을 반대해서 벌 받은 것일까? 우연의 일치겠지."

"정언을 사이비라고 그렇게 매도하고 미워하더니."

"우연이라니까?"

"정언이가 믿는 것이 진짜라면…. 암튼 무섭구나."

"우연이니 걱정 붙들어 매시고 일상으로 돌아갑시다."

인간은 망각의 존재. 안타까움과 슬픔은 그때뿐.

매일 사람들은 수없이 사고 나고 쓰러지고 죽어 가고 망하고 싸우고 미워하고 전쟁 아닌 전쟁 같은 하루하루를 살면서도 하늘에 대한 경각심이나 관심은 멀기만 할 뿐. 역병이 창궐할 때마다 수없는 고통을 겪어도 그때뿐이고 신종코로나 때문에 엄청난 고통을 겪었으면서도 태 할아버지에게는 무관심이다. 이러다가 또 무슨 형벌을 받을지도 모르는데 무지하고도 미련한 존재가 사람인가. 다 잃고 나면 비로소 땅을 치고 통곡하며 후회를 하면서도 각성이 안 되는가….

"불쌍한 인생. 죽어 보면 후회할 수밖에 없을 텐데…."

"그때는 너무 늦어. 후회하지 않게 살아야 사람이지."

인간다운 사람 되기는 아직도 천 리 먼 길.

우리 아빠 최고

"인간은 만물의 육장이다."

영장이 아니고 왜 육장인가. 몸뚱어리만 생각하니 육장이 맞을 것 같다. 유형실체는 우리의 육신으로 감지가 되는 것이다. 부모의 피와 살과 뼈를 상속받아 태어났는데 육신이 잘못을 저지르는 것은 육신에 나타나지 않는다.

머리의 지식은 부모가 박사라고 해도 그 부모가 알고 있는 지식은 자식에게 상속이 안 되므로 이어받지 못한다. 자식은 다시 공부를 해서 지식을 습득해야 알게 되는 것이다. 왜 지식은 유전이 안 될까. 거참. 모를 일인가.

고등 동물이라는 인간의 육신은 유형실체이다. 그런데 그 육신의 기능인 다리는 치타보다 빠르지 못하고, 수명은 해면동물이나 장수거북이보다 짧고, 귀는 박쥐보다 더 잘 못 듣고, 시야는 매나 타조보다 못하며 후각은 개보다도 못한 육신의 기능을 가지고 사는 인간을 만물의 영장이라 할까.

"글자인 지식은 머리에서 저장되나 상속은 안 되고 악습은 육신이 저질러 마음 위의 영인체에 저장된다."

육신의 나쁜 행위는 육신에 나타나지 않고 그의 마음인 영인체에 기록된다. 만물의 영장은 영적 기능이 만물보다 월등하기 때문에 영장이라고 부를 것이다. 인생이 미완성이라고 하는데, 육신은 완성되었으나 영인체는 미완성되었기 때문에 인간을 미완성이라 한다.

"살면서 영인체를 완성하면 인간은 완성자가 된다."

완성된 영인체를 가지면 앞에서 말한 동물들의 그 능력보다도 뛰어난 영적 사람이 되어 완성한 사람이 된 인간은 인격자이며 만물의 영장이라 할 수 있을 것이다.

"인생은 삼 분짜리다."

무형의 산소가 주에너지이다. 단, 3분만 숨 쉬지 않으면 황천길로 가는 존재가 사람이다. 보이는 것은 잘 아는데 보이지 않는 무형실체에는 무관심이다. 보이지 않는 공기로 숨 쉬고 사는 인간이 보이는 것에만 관심이 '따따블'이니 언제 인격자가 되어 만물의 영장이 될 수 있을까.

유형실체인 음식은 십여 일은 먹지 않아도 살 수 있을 것이다. 그러나 보이지 않는 무형실체인 공기는 단 3분만 숨 쉬지 않으면 죽는다. 그렇다면 공기의 주인은 누구일까?

"세상에서 제일 귀한 것은 전부 공짜."

만인을 사랑하시는 태 할아버님께서는 제일 귀한 것일수록 누구라도 공유하고 마음대로 행할 수 있는 사용권을 주었다는 사실이다. 귀한 것을 터부시하니 태 할아버지께서 무지한 인간들의 마음과 생각을 어떻게 바로잡을 것인가 고심하고 계신다. 인간은 뭐로 깨달을까?

"제일 대접을 받아야 할 진리가 중생들에게는 만물에 깔려서 푸대접을 받고 있는 게 현실이다."

진실하게 사는 정언이는 전 사장에게 쓰라린 패배의 맛을 보고 집으로 터덜터덜 맥없이 돌아왔다. 유형실체가 무형실체를 제압한다고 생각하는 중생들. 의인을 찾는 것은 바닷가 모래사장에 바늘 찾는 것 같다. 바늘은 자석을 갖다 대면 빨려 오는데 타락하여 모순된 인간은 무얼 갖다 대면 끌려올까? 진리도 안 통하니 만물로는 통하기는 하는데 깨닫지를 못하니 오호라 통재로다.

"우리 아빠가 언제 들어올까?"

불 꺼진 캄캄한 방에서 아빠의 고군분투하던 현장을 애간장을 태우며 그냥 바라만 볼 수밖에 없었던 가족들.

"힘내세요. 우리 아빠, 힘내세요. 우리가 있잖아요. 아빠 사랑해요. 우리 아빠 최고예요. 최고."

아빠가 들어오자마자 불을 환하게 켜며 온 가족이 아빠에게 엉겨 붙는다. 그런 가족이 있기에 정언도 힘이 난다. 사람에게 상처받고 물질적으로 힘들고 진리를 따르는 인생살이가 그냥 팍팍한 게 아니지만 하늘을 향한 믿음만은 절대적이었다.

"하이구, 내 사랑하는 팬들이며 힘의 원천인 우리 예쁜이들. 내 새끼들. 세상에서 제일 귀한 내 자식들…"

착한 아이들이 고마워서 아이들을 힘껏 껴안았다.

"아파요, 아빠. 살살 좀 해. 살살."

선아는 엄살을 부렸다. 괜히 좋으면서도….

"태 할아버님이시여. 이렇게 좋은 가족을 만들어 주심에 감사드립니다. 열심히 살겠습니다. 진리를 위하여, 뜻을 위하여…."

사랑심의 희열이 입으로, 코로, 눈으로 밀고 올라오니 눈물이 난다. 나의 힘의 원천이며 삶의 근원이다. 하늘부모님께서도 기쁨을 느끼시려고 피조세계를 만들어 주셨던 신의 심정을 비로소 느낄 수 있었습니다.

사랑!

'사랑이 무어냐고 물으신다면 내 가슴속에서 불꽃처럼 일어나는 희열이라고 말하겠어요. 아름답고 위대한 것은 사랑이라고 하셨는데 이게 사랑이옵나이다. 내 속에 잠재해 있는 이 아름다운 체. 세상 모든 존재물은 사랑체이며 사랑으로 존재하시도록 만들어 주신 태 할아버님께 진심으로 감사를 드리옵나이다.'

"예쁜 선화를 대스타로 키울 테니 허락해 주십시오."

"그냥 평범하게 살겠으니 양지해 주세요. 미안합니다."

아역 배우로 발탁하고 싶어서 거액을 제시하였지만 선화의 가족들은 반대했다. 사랑하는 사이가 아닌데 작품이라는 명목으로 키스를 하다니….

"남과 입을 맞추는 게 작품이라고…."

흠잡을 데 없이 착하고 성실하게 살아온 집안이다.

"아빠는 통닭을 좋아하잖아요."

"아니지. 우리 아들딸이 제일 좋아하고 그다음 당신이 좋아하잖

아. 자기들이 먹으려고 이 아빠 핑계를 대는구만. 요, 요, 요, 깍쟁이들."

딸아이에게 꿀밤을 살짝 주었다.

"아, 아파요. 동네 사람들, 우리 아빠가 사랑하는 딸에게 꿀밤을 주며 못살게 굴어요."

"뭐라? 요, 요, 요, 예쁜이."

도망가는 선화를 잡아 꼭 안아 주었다.

"우리 아빠 최고! 이게 치맥이야."

즐거운 맘으로 먹는 치킨과 탄산음료가 최고였다. 엄지손가락을 치켜올리며 통닭 한 마리에 온 가족이 즐거웠다. 사실, 비싼 소고기나 돼지고기 한번 제대로 못 사 주는 형편이다. 통닭도 평소에는 잘 못 사 먹는 형편인데 오늘은 아빠의 마음을 달래 주려고 큰 맘 먹고 통닭을 샀다. 부모로서 자녀들에게 미안해서 돌아서 눈물 흘리는 것이 한두 번이 아니었다. 제대로 된 옷 한 벌 음식 한 번 못 해 주는 부모의 마음은 참으로 참담했다. 그러나 무엇보다 아이들이 불평 없이 건강하게 자라 주는 것에 감사하며 진리를 알고 사는 것이 기쁘고 좋았다. 주위 사람들의 따가운 편견이 가난보다도 더 불편하고 힘들었을 뿐.

"빨리 참행복마을을 만들어야겠군."

"아빠, 아까도 참행복마을이라고 하더니 그게 뭔데요?"

"글자 그대로 행복하게 사는 마을이라는 것이지."

"응, 알 것 같아. 참행복마을이 이루어지기를 꿈꿀게."

"참행복마을에 최고의 관심자는 천문이더라."

"아이, 아빠도. 몰라요."

솜 같은 주먹으로 아빠를 때렸다. 그래도 좋았다.

"아야야."

엄살을 부리며 딸애를 꼭 안아 주었다. 아이들은 놀렸다.

"얼레리 꼴레리, 선화와 천문이가, 얼레리 꼴레리."

"이것들이? 조그마한 너희들이 뭘 알아."

"우리도 알거든? 선화와 천문이가, 얼레리 꼴레리."

"까불면 너희 국물도 없어."

"흥, 흥이다. 국물은 싫어. 건더기를 주세요."

"이것들이…"

"얘들아, 이제는 자야지."

"잘 주무세요. 아빠, 엄마."

"응. 너희들도 잘 자거라. 좋은 꿈 꾸고…."

"네."

모두가 각자 방으로 들어갔다. 남편을 꼭 끌어안으면서 말했다.

"여보, 당신이야말로 이 시대의 최고 남자지. 아들딸을 사랑해 주고 모든 사람에게 '바르고 참되게 거짓 없이 진실되게 살자. 하늘을 알고 살자. 순천자는 흥하는 법.'이라고 오직 하늘뜻을 위해 외치고 다니는 당신이야말로 진짜 상남자야. 하늘에서 내려온 진실한 남자야."

"아니야. 당신이 고생이 많지. 가족들을 먹여 살리느라고 힘들지?"

"나는 육신은 힘들어도 마음은 편하답니다."

"이 무능한 남편 만나서 고생이 말이 아니지요."

"고생은 무슨. 체력이 강했더라면 하는 것뿐입니다."

정언이도 빵집을 부인과 같이 운영했다. 처음에는 장사가 좀 되었는데 조정내와 조주식, 송도헌, 전 사장까지 작당을 해서 빵 속에 벌레를 집어넣어서 사진을 찍고 위생불량이라고 동네방네 소문을 내고 이단이라고 소문을 내서 장사를 접을 수밖에 없었다. 동조자들이 모두 정언이네가 잘되는 꼴은 보기가 싫었다. 핍박을 모질게 받은 셈이다. 생활고에 견디다 못해 아내는 식당에 취직을 했으나 신앙의 편견 때문에 쫓겨나다시피 여러 곳을 전전했다. 아내는 남의 집 식당 일을 내 일같이 잘하는 사람이다. 하필 오늘은 쉬는 날이어서 남편의 자존심을 지키려는 모습도 보였다. 참으로 심지가 굳은 내 낭군이다. 모순을 가지고 사는 사람들이 진리를 알아본다는 것은 하늘의 별 따기만큼 어려울지도 모른다. 둘은 꼭 껴안았다. 체온이 상승하며 사랑의 온도는 올라가고 있었다.

동생들이 자는 것을 보고 선화도 누워서 천문이와 뽀뽀하는 장면을 휴대전화로 보면서 황홀한 마음으로 보고 싶은 그 얼굴을 그리워하고 있었다. 가족들에게 놀림을 받아도 행복하고 좋았다. 아니, 자꾸자꾸 놀려 주기를 은근히 바랐다. 이게 무슨 맘일까. 사랑이라는 것이겠지.

좋은 꿈 꾸자. 천문이 오빠야도 좋은 꿈….

드르렁드르렁… 고요한 밤중에….

중대한 결심

육신의 즐거움이 최고야.

식욕, 성욕, 잠욕, 물욕 등이다.

날마다 육신의 즐거움을 찾아서 헤맨다. 아버지의 죽음 이후 육신의 삶이 허망한 인생살이란 것을 깨달았다. 돈도, 명예도 죽으면 그뿐인 것을, 인생이 별거 있나 늙으면 못 노나니 젊어서 노세. 한 잔 술에 인생을 의지하며 황금만능의 위력을 여지없이 발산하는 곳. 돈 몇 푼에 어디를 가도 자존심이 살아나고 환대를 받는다. 몸뚱어리가 즐기는 환락의 세계에서 더욱 빛을 발하는 것은 오직 황금뿐.

오직 돈이 구세주였다.

"한 잔 술에 인생을 담아 즐기며 사는 거야."

새벽녘이면 피곤하여 지친 몸으로 잠자리를 찾아 들어와서 이내 곯아떨어졌다. 늙어 가니 목구멍에 힘이 없어서 그런지 술이 술술 잘도 넘어가다 보니 몸뚱어리는 술에 빨리 쩔어 간다.

부러움 없이 사는 나. 전억만.

"네 죄상을 모르는구만. 너는 저 밑창으로 가야 될걸."

벌써 세 번째니 이번이 마지막이란다. 왜 이런 놀라운 꿈만 꿀까. 황금만이 최고인 줄 알고 돈에 있어서는 성공했는데 보이지 않는 세상이 있다는 것이다. 나의 문제는 내가 그 세계를 잘 모른다는 것이었다. 종교.

어느 것이 진짜고 어느 것이 가짜란 말이냐.

모두가 자기가 믿는 것이 진짜요 최고라고 항변할 텐데….

자문을 받기 위해 하루 관광으로 서로의 몸과 마음을 공유해 볼까. 환경의 변화에서 아이디어를 찾을 수 있을까.

관광 갑니다

기간: 1일

경비: 없음

참여 자격: 누구나

즐겁고 기쁜 마음으로 모두가 관광차에 올랐다. 온다는 사람들을 체크해 보니 대부분 동참해 주었다. 차에서 말했다.

"여러분, 이렇게 초대에 응해 주심에 먼저 감사를 드립니다. 오늘은 여행을 마음껏 즐기는 하루가 되기를 바랍니다."

준비한 떡과 과일, 과자, 음료, 물 등 먹거리와 좌석마다 꽉 찬 사람들로 차는 무거웠다. 그럼에도 버스는 미끄러지듯이 도로 위를 질주한다.

"그동안 대접을 못 했습니다. 오늘 모든 경비는 제가 부담합니다. 좋은 경관을 마음껏 즐기고 식사도 맛있게 하시면 좋겠습니다. 지금부터 오늘의 오운사를 뽑겠습니다."

"오운사가 뭐래요."

"'오늘 운수 대통한 사람'을 줄여서…. 그럼 뽑겠습니다. 방법은 간단합니다. 부정 없는 게임 중에 가장 공평한 게임. 옆의 분과 동시에 가위바위보를 하겠습니다. 단판입니다. 단, 결승은 삼 선승제로 하겠습니다."

모두 손가락을 접었다 폈다 하면서 풀어 본다.

"제가 가위, 바위, 보 하면 동시에 내야 합니다."

"네."

"가위, 바위, 보."

"아이구, 아까워라."

…

"마지막 결승전이 남았습니다. 결승전은 삼 승입니다."

운명의 장난인지 신 선생과 조 사장이 결승에서 맞붙었다.

"조 사장 이겨라."

대부분은 조 사장 편이었다. 아니, 전부가 그랬다.

'태참참축가, 태참참축가, 태참참축가.' 기도하고.

"가위, 바위, 보." 긴장된 순간이었다.

"2대 2에서 마지막 판을 신 선생이 이겼습니다. 승자는 백만 원짜리 상품권, 준우승자는 삼십만 원짜리입니다."

정언의 운빨이 좋은 것인가. 우리들이 매일 사이비라고 생각하는 정언이 운세가 좋은 것일까? 운이 있어야 이기지.

한바탕 시끌벅적 떠들고 소란스러웠다. 잠시 후에.

"에, 특별히 오늘은 재미있는 토론을 좀 해 볼까 합니다. 여러분의 고명한 의견을 부탁드립니다."

"전 사장님, 무슨 일 있습니까?"

"아버님의 장례 이후에 꿈을 꾸었지요. 사후 세계, 저 영계라는 것을 생각해 보았습니다. 물질은 평정했는데 종교는 잘 모릅니다. 좋은 고견이 있으시면 한마디씩 부탁을 드리겠습니다."

"우리 해수교를, 우리 석만교를, 우리 공신자교를, 우리 마리모교를, 우리 왕조회를, 우리 신교를, 우리 다전교를, 우리 칠원파를, 우리 새 둥지를 믿으면 구원을 받습니다."

모두들 자기 것이 최고라고 자랑했다.

"그냥 하던 대로 하고 사세요. 돈이 제일 아닙니까?"

"인두겁을 쓰고도 사람답지 않은 인간도 많잖아."

이러다가는 괜스레 분란만 날 것 같았다. 무엇을 선택한단 말인가. 이렇게 어렵고 복잡한 세계가 종교인가.

그때까지 정언은 아무 말 없이 그저 듣기만 하였다.

"잠깐 쉬었다 가겠습니다. 화장실 다녀오세요."

휴게소에서 정겹게 들리는 트로트의 음율이 기분을 한층 상승시켜 주어서 어깨가 들썩거리며 흥이 난다.

"안 온 사람 손 들어 보세요."

"안 온 사람이 어떻게 손을 드냐?"

모두가 한바탕 웃었다. 차는 출발하여 어디론지 질주했다.

"네, 감사합니다. 몇 가지 논리가 나왔습니다. 그렇다면 여러분이 믿고 있는 종교가 좋다는 가장 큰 이유 몇 가지를 질문하겠습니다. 비서, 한 장씩 나누어 주세요. 여러분의 종이와 볼펜까지 드릴 테니 적어서 일주일 후에 우리 회의실에서 만납시다. 단, 다섯 장이내로 적어야 합니다. 책 한 권을 가져오시든지 장문으로 적어오시면 곤란합니다."

"그렇게까지야 하겠어요?"

어느새 목적지에 도착해서 차에서 내리니 갯내음이 확 밀려온다. 미리 예약해 둔 횟집에서 아주 싱싱한 회와 매운탕에 밥을 먹고 몇 군데 더 구경했다.

"아니, 전 사장님이 언제부터 신앙에 관심을 가졌어요?"

"며칠 전만 해도 전혀 관심 없는 것처럼 보였는데…."

"하여간 잘 부탁합니다."

'전 사장을 잡아야 돼. 내 편으로 만들어야지. 우리 종교가 최고일 테니까.'

모든 이들의 생각은 한결같았다. 오직 전 사장을 우리 편으로….

각박한 생활에서 하루를 즐겁게 지냈다. 귀가하면서 노래를 부르는데, 못하는 사람이 없었다. 모두가 가수처럼 노래를 부르고 춤도 추며 즐거운 하루를 보냈다.

'정치' 말만 나오면 편이 갈라져서 지지고 볶고 난리다. '종교' 말만 나오면 편이 갈라지고 우리 것은 정단이요, 당신이 믿는 것이 사이비라며 심드렁한 질투심을 드러내는 이유는 뭘까. 우리들은 편견으로 편 가르기 좋아하고 사는 세상에서 충돌하다가 언젠가

폭발할지도 모른다.

"촌음으로 숨 쉬고, 먹고, 마시고, 살면서도 그 가치를 모르고 존재 목적도 모르고 동물적 개념으로 살아가니 진리에는 당연히 무관심이다. 이제는 깨달아야 할 때입니다."

정언은 수없이 외치고 싶었으나 참았다.

"이렇게 좋은 하루를 제공해 주신 전 사장님께 우리 뜨거운 박수로 감사 인사를 하겠습니다."

짝짝짝.

"고맙습니다."

다른 것은 이단이거나 사이비가 틀림없을 것이니 믿을 수 없는 것이여. 오직 내가 믿는 것만이 진짜야. 전 사장을 잡아야 해. 그래야 우리 체면도 세우고 능력 있는 자라고….

"모순된 네가 하늘의 뜻을 알아?"

신앙을 하면서 하늘의 뜻과 심정과 신성을 잘 모르고 내가 믿는 것이 최고라는 고집은 점점 더 늘었나. 비우면 채워지는 법인데 믿음의 고집은 눈처럼 쌓여서 모순의 산이 되었다. 하늘도 땅도 알 일을 잘 모르고 살면서 편견과 고집만 늘었다. 언제 깨달을까. 아마 죽어서….

선택해야 할 때

정언도 일목요연하게 문항에 맞게 잘 정리해서 냈다.

며칠 후에 전 사장은….

"일평생 살면서 이렇게 심각한 고민을 해 본 적이 없습니다. 아버지가 돌아가신 이후 죽음이라는 것을 생각해 보았습니다. 허무한 것이 인생인가. 사람은 죽어야만 하는가. 신은 정말 계실까? 나는 왜 태어났으며 나는 누구이며 무엇 하는 인생이며 부모와 자식은 무슨 관계. 천륜인가. 돈 벌기는 쉬운데 인생 문제가 어려웠으며 종교는 더 복잡했지요. 제가 모르는 영계라는 그 세계를 알기위해 여러분에게 이런 설문지도 만들어서 고견을 들어 보고 결정하려고 했습니다. 여러분의 성원에 감사를 드립니다. 꼭 당부드릴것은 제가 어느 것을 선택하더라도 이 시간 이전처럼 여러분과 한결같은 맘으로 잘 지내고 싶습니다. 우리 가족들이 심사숙고하여결정했으니 존중해 주세요."

"누구 것입니까?"

성질 급한 사람들이 다급하게 물었다.

"먼저 축하의 박수를 보내 주세요."

영문도 모르고 누구일까 궁금해하면서 박수를 쳤다.

"빨리 공개하세요. 궁금해서 죽겠습니다."

"에, 그것은 바로 신정언 선생이 제출한 것입니다. 먼저 신 선생 축하드립니다. 환영의 박수를 보내 주십시오."

사람들은 귀를 의심하였다. 설마… 설마가 사람을 잡았다.

모두는 어리둥절해하며 짝짝짝, 박수를 치면서도 머릿속은 번개보다도 더 빠르게 움직이고 있었다.

무엇 때문인고….

이단 사이비라고 그렇게 반대하고 야단하더니…. 정언이가 미워서 돈 일억까지 걸었는데 그것이 그렇게도 좋았단 말인가요. 무슨 이유로…. 그게 진리란 말인가. 아니면 착각. 귀신에 홀렸나.

"말도 안 돼. 전 사장이 미친 것 아닙니까?"

"전 사장이 돌아 버렸다. 확실히 미쳤어."

반발이 심할 줄은 예상했지만…. 이해할 수가 없었다. 전 사장의 심경에 대단한 변화가 생긴 것인가. 아니면 진짜로 미쳤는가. 아니면 콩깍지가 씌었는지 알 수가 없었다.

"자, 자, 조용히 해 주십시오. 여러분의 맘은 알겠습니다. 저도 이전에는 사이비를 믿는 신 선생이 미워서 돈 일억도 걸어 봤습니다. 그때까지 저의 짧은 생각은 신 선생이 이단이고 사이비였습니다. 그러나 그 논리를 보고 놀랐으니 여러분도 이참에 마음의 회개를 하시고 새로운 선택을 하셔서 하늘에 한 점 부끄러움이 없는 삶을 사시길 바라며 신 선생에게는 일억 원의 상금을 드리겠습니다."

"선택 상금이 일억 원이라니…"

"지난번 저의 무지와 모자라는 식견으로 오판을 해서 내걸었던 일억으로 신 선생의 믿음을 왜곡하고 상처를 드렸으니 당연히 포상금 일억 원을 드립니다. 오히려 적어서 미안합니다."

조 사장은 놀라서 입술이 새파랗게 질렸다. 이 일을 어쩌나. 이런 빌어먹을…. 아무리 생각해도 이해가 안 되었다.

"아니, 제가 무슨. 안 받아도 됩니다. 내 것을 선택해 준 것만 해도 감사하고 고마운 일인데 상금까지는…."

"신 선생, 저의 성의입니다. 받아 주세요."

"나가요, 얼른. 안 받으면 나 주세요."

"그동안에 불미하고 쌓였던 모든 것을 삭제하는 의미에서 한턱 쏘겠습니다. 전 사장님, 감사드립니다."

짝짝짝. 천지가 개벽했다. 쥐구멍에 볕 들었네….

"허 참, 오래 살다 보니 별별 일이 다 있네."

"그동안 진짜가 아닌 것을 진짜라고 생각하고 믿었단 말인가. 그러면서 신 선생을 이단이라고 미워했다니 이런."

"그 내용을 복사해서 가져왔으니 한 장씩 가져가시고 여러분이 제출한 것과 무엇이 어떻게 다른 것인지 참고하여서 분석, 검토해 보시기를 바라면서 본인의 뜻을 밝혀 둡니다. 관심 가져 주심에 감사드리며 수고하셨습니다."

"최고. 전 사장님을 위해서 박수를 보내드립시다."

짝짝짝. 모두는 진심으로 박수를 보냈다.

"감사합니다. 정말 감사드립니다. 이렇게 저를 성원해 주시다니 황송할 따름입니다. 앞으로 잘하겠습니다."

"전 사장님은 이 시대의 의인이며 하늘의 생명록에 등록될 은총을 입은 가문이 되고 가정이 될 것입니다."

정언은 그를 당당하게 인정해 주며 감사했다. 제출한 사람 전부는 자기 것이 선택되지 않아 못내 서운한 마음뿐이었다. 모든 사람이 볼멘소리였다. 꿈인가, 현실인가.

"말도 안 돼. 천지가 지천으로 개벽해 버렸어."

"내가 믿는 것을 좀 선택해 주지. 신도 수는 우리 종교가 최고 많은데 말이야. 진작 알았더라면 손을 쓰는 건데."

"어떤 내용이었기에 사이비 종교라는 신정언이 것을 선택했을까. 아, 정말로 궁금하다. 무슨 내용이기에…."

"전 사장이 미치지 않고서야 어찌하여 사이비를 선택한단 말인가. 아무리 생각해도 믿을 수 없고 이해가 안 돼."

"우리가 그동안 편견으로 살았나. 아니면…."

한결같이 아니길 바랐다.

전 사장의 마음을 사로잡은 내용들이 그렇게 논리적인가? 진리를 알아보지 못하는 게 인간일 텐데 어떻게 진리인 줄 알아봤다는 것인가.

"신정언 선생의 천비의 내용이 가장 논리적이며 합당한 것 같아서 선택을 했습니다. 여러분도 한 부씩 가져가서도 좋습니다. 채택되지 못하신 분들도 이해해 주시기를 부탁드리며 이렇게 귀한 하늘의 천비라고 하는 것을 밝혀서 우리에게 알려 주신 신정언 선생께 깊은 감사를 드립시다. 어제 제 불찰로 선생의 인격과 그분이 믿는 종교를 이단시했던 저의 불미함과 경솔함에 진심으로 사죄드립니다.

지나온 저의 부족하고 버릇없었던 점을 깨끗이 털어 버리고 싶습니다. 그래서 저도 이제부터는 영인체를 완성하기 위해 몸마음이 하나 되고 가정을 완성하고 만물을 주관하는 삶을 살겠습니다. 여러분도 동참하여 우리 다 같이 함께 행복하고 자유롭게 사는 만물의 영장이 되도록 사생결단하고 삽시다."

"네."

절반 이상은 대답을 한 것 같았다.

불편하지 않게 모일 수 있는 공간에 일주일에 한 번씩은 꼭 오셔서 생소를 먹도록 했다. 전 사장이야말로 가장 많이 변화되었다. 그의 사업장이 여러 군데 있었는데 그 종업원들에게 단단히 지침을 내렸다. 강요하는 것 같아서 회사에 사직서를 내고 떠나가는 사람들도 있었다. 그러다가 며칠 지나고 몇 달이 지나서 다시 회사로 들어오면서 그 지침대로 살면 유익할 것 같다는 것이었다. 취직도 어려운 세상에 그렇게 사는 것도 나쁘지 않을 것이라는 것이 복직의 이유였다.

'천비'라는 신정언이 제출한 것을 읽어 보고 모두 까무러칠 뻔했다. 자기들의 믿음에 비해 월등히 논리적이며 과학적인 내용에 모두가 정신 줄을 놓을 정도였다.

"신정언을 따라가, 말아?"

갈등이로다. 이제는 선택해야 하나. 고민이 쌓여 간다.

"물건이 좋은 것을 바꾸는 것은 쉬운데 진리를 아는 것은 무디다더니 우리들은 귀와 눈과 마음의 문을 닫고 살았네. 내 것만이 제일이라는 착각을 하고…."

신정언의 것이 아무리 천비라 하더라도 쉽게 받아들이는 것은 아주 어려운 것이 사실이었다. 이런 내가 모순된 존재이다 보니 진리를 깨닫기에는 내가 가진 악습이 두껍다는 것을 알았다. 믿음은 무엇인가.

째깍 째깍 째깍, 바꿔 바꿔 바꿔, 진짜 진짜 진짜.

전 사장은 종업원들이 변화된 삶을 간증하는 시간을 배려해 주었다. 많은 분들이 모인 가운데 한 사람씩 변화된 삶의 생활을 발표했다. 아주 감동적이고 은혜스러웠다.

"사실 나는 부인 옷 한 벌 제대로 못 사 준 가장이었습니다. 부인 옷도 사 주고 아이들 장난감도 사 주니 집안이 훨씬 행복해졌습니다. 저는 제가 제일 좋아하는 술을 끊었고 동시에 담배도 절연했습니다. 그 고충은 말 못 합니다. 끊어 본 사람들은 저의 심정을 알 것입니다. 나 자신이 가족들의 행복을 위해 좀 희생하며 사랑하고 살기로 했습니다. 그게 사랑이라는 것을 이제야 깨닫게 되었습니다. 전 사장님께 감사드립니다. 우리들을 이렇게 행복하게 해 주었으니 그 은혜로 더 열심히 일하겠습니다. 전 사장님께 뜨거운 박수를 보내 드리면 좋겠습니다."

장내는 우레와 같은 박수가 이어졌다. 짝짝짝짝짝.

"실장으로서 한마디 드리면 우리 실의 실적이 많이 올랐습니다.

예전보다도 더욱 열심히 최선을 다해서 일해 주는 직원들 덕분입니다. 매주 한 번씩 진리 교육을 하는 덕분입니다. 말씀의 생소를 많이 먹고 은혜를 받다 보니 감사하는 마음과 책임성이 부여되어서 더 열성적으로 일하다 보니 좋은 제품이 생산되고 매출도 많이 올랐습니다."

"사장으로서 한마디 하면 우리 회사에 노조가 없어졌습니다. 더 받으려고 했던 월급을 이제는 동결해 달라는 청원서가 올라옵니다. 회사에서도 이윤이 남으면 복지라든지 상여금을 많이 드립니다. 그러니 스스로 노조를 해체해 버렸습니다. 나라가 있어야 회사도 존재하고 회사가 있어야 우리 가정도 존재하고 가정이 있어야 나의 행복도 있다고 생각하며 위하여 살려고 한답니다. 코가 눈이, 입이 귀가, 손발이 몸 전체를 위해서 존재해야 몸이 건강한 제 기능을 다해 주는 것입니다.

만약에 코가 데모를 하여 이제부터 숨 쉬는 일을 하지 않겠다고 선언을 하여 파직하면 사람의 몸은 3분 안에 죽을 것입니다. 하기 싫어도 몸을 위해서 숨을 쉬어 주는 것이 코의 할 일입니다. 그런 것처럼 우리도 회사를 위해 열심히 하겠다는 것입니다. 암튼 여러분이 정신적으로나 육체적으로 내 일같이 내 회사같이 생각하고 일을 하니 이런 좋은 결과를 만들어 냈습니다. 위하여 사는 것이 으뜸 사상입니다. 개체는 전체를 위합니다. 이 모든 것은 다 여러분의 공로요, 업적임을 다시 한번 치하를 드리며 감사하고 고맙습니다. 우리는 한 식구입니다."

바람, 술, 담배, 고집, 폭행, 폭언, 낭비, 무절제, 사상, 종교, 정치, 잡생각 등 많은 부분이 제대로 잡혀서 아주 행복하다는 간증들이었다. 부부가 한마음이 되니 이렇게 행복하고 좋을 수가 없다는 것이다. 평화와 행복은 역시 내 가정에 있었지요. 참으로 감사하고 또 감사합니다.

"사내에 짝을 맺어 줍니다."

회사에서 가장 아름다운 일은 임자 찾기였다. 젊은이들은 짝을 맺어 주어서 결혼을 하는 축복을 받았다. 우리 가정은 더욱 풍요로워졌으며 돈독한 가족의 사랑으로 행복해졌으며 회사 일도 내 회사처럼 생각하여 생산성과 질 좋은 제품을 만드니 기분이 아주 좋았다.

"의인이 있었습니다."

정언은 전 사장님을 명중 선생과 진사 어른께 보고를 했다.

명중 선생과 정언은 전 사장이 제공해 준 곳에 생소의 말씀을 전하는 선임 대언자가 되었다. 회사도 예전보다 매출이 신장되고 분위기 좋고 잘 돌아갔다.

"이제야 진짜로 사람이 되어 가고 있는 것 같아. 그전에는 돈벌레밖에는 안 되었는데 이제 사는 맛이 무엇인지 알 것 같습니다. 하늘에 계신 태 할아버님께 감사드립니다."

불행을 물리치니 행복만 남았다.

"아, 그러면 우리들도 참행복마을, 참사랑가마을에 들어갈 수 있을까? 더 노력해 봐야겠다."

나야말로 사람다운, 완성된 인격적인 사람이 되기 위해 누구보다도 뼈를 깎는 인내와 고통의 날들을 보냈다. 조식 금식도 해 보면서 만물의 소중함도 육신의 참의미도 깨닫게 되었다.

"전억만. 비로소 네가 사람다운 인간이 되어 인격자 되고 만물의 영장이 되었구나."

하늘의 진리 말씀인 생소가 밥보다 더 맛있었다. 우리가 말씀으로 사랑의 심정을 알고 선한 사람으로 변하였다. 관심을 가지니 비로소 알게 되었다.

돌아가셨다

"사람은 반드시 죽는다."

인간의 최고의 슬픔은 바로 죽음이며 누구나 한 번은 치러야 할 통과제의 과정이다. 영원히 살 수 있는 것은 물질이 아니라 무형실체인 영인체이다. 이것의 신의 창조법이었으니 인간은 법대로 살 수밖에 없었다.

"죽음은 새로운 영원한 세계에 태어나는 것이다."

태 할아버님의 걸작품은 바로 인간이고 사람의 영인체는 영원히 살기 위해 다시 태어나는 것이다. 죽음이 슬퍼할 일이 아니라 축하할 일이었다. 육신이 늙어 가는 시간성의 한계의 범주를 벗어날 수 없었던 것은 우리 어머님에게도 그대로 적용되었다. 나에게는 이런 슬픔이 오지 않을 줄 알았는데…

영인체가 이탈하여 떠나가니 숨이 떨어졌다. 순식간에 온몸은 굳어서 차가운 시체로 변하였다. 아무것도 할 수 없는 무능 상태인 육신. 이제부터 이별이라니 만날 수도 없고 볼 수도 없이 이별이라니 조금 전에도 살아 있었던 어머니가 없어진다니…. 이렇게 슬프고 슬픈 일이 또 있을까.

시신을 붙들고 울어도 하소연하여도 어머니는 살아 돌아올 수 없는 차가운 시체일 뿐이었다. 시체를 두고 살 수 없기에 장례를 하는데, 특별한 애천성화식을 결심하였다.

나의 동생들도 내가 그렇게 살펴 주었는데도 종교가 달라서 반대를 했다. 말다툼으로 해결 기미는 없었다. 다른 집안에서도 이런 일로 싸우고 서로 원망하고 한동안 말도 안 한다더니 내게도 이런 일이…. 하지만 밀어붙이지 않고는 안 되어서 결정했다.

애천성화식(愛天聖和式).

성화식장에는 화려한 꽃들로 채워졌다.

검은색보다는 화려한 색의 꽃으로 장식된 빈소가 보기에도 기분이 좋았다. 장례식(葬禮式)장과 비교해 보니 우선 밝고 화려하니 더욱 좋아 보였다. 이렇게 해 드리는 것이 신순모 어머님에 대한 자식 된 도리요, 배려였다. 형제와 친척들이 이해를 못 해서 잡음도 있었다. 그런데 애천성화식을 치룬 후에 모두들 좋다고 공감하였다.

그때 말씀해 주신 대사자셨던 진사 박창태 선생님의 애천성화사가 너무 감동적이고 인상 깊어서 전 사장은 늘 훈독하여 읽어 보며 자랑하고 다녔다.

애천성화사

다 이루었도다. 나는 알파와 오메가요 처음과 나중이라.

돌아가셨다

내가 생명수 샘물로 목마른 자에게 값없이 주리니 이기는 자는 이것들을 유업으로 얻으리라. 그 성은 해나 달의 비춤이 쓸데없으니 이는 태 할아버님의 영광이 비추고 어린양이 그 등이 되심이라. 만국이 그 빛 가운데로 다니고 거기는 밤이 없음이라. 속된 것이나 가증한 일 또는 거짓말하는 자는 결코 그리로 들어오지 못하되 오직 어린양의 생명책에 기록된 자들뿐이라.

우리 인간은 어차피 영계로부터 태어났습니다.

생명을 주신 곳인 영계로 들어가야 하는 것은 영인체입니다. 사람이 죽으면 돌아가셨다고 합니다. 돌아간다는 말은 어디로 돌아가겠습니까. 공동묘지로 돌아가는 것이 아닙니다. 육신은 흙으로 만들었으니 흙으로 돌아가는 곳은 산소입니다. 그러나 무형실체인 영인체는 생명을 만들어 주신 신이 계시는 본향으로 돌아가야 합니다.

사람이 무엇 때문에 이 땅에서 태어났겠습니까? 육신이 있을 때 영인체를 완성하고 육신을 벗고 영원한 세계에서 영원히 살 것을 바라시면서 지음해 주신 것입니다. 태 할아버님의 사랑과 심정이었으며 신성의 뜻으로 지음해 주신 것입니다.

본향은 출발했던 본거지로 돌아가는 곳입니다.

죽음이라는 단어를 사용하는 이유는 삶의 뜻을 알기 위해서입니다. 영계가 얼마나 광대무변한 세계인지 우리는 상상해 봐야 합니다. 220억 광년 이상 되는 곳이 우주입니다. 이게 얼마나 크냐하면, 빛이 1초 동안에 3억 미터, 1초 동안에 지구를 일곱 바퀴 반을 돌 수 있는 속도로 1년 동안 간 거리를 1광년이라고 하는데, 그

것이 220억 년 걸린다는 겁니다. 그러니 우주가 얼마나 크겠습니까. 그것이 전부 다 우리의 활동 무대, 영들의 활동 무대라는 것입니다.

'영계가 어떤 세계냐?' 하면, 태 할아버님의 심정과 동급에 설 수 있는 심정을 가지면 무엇이든지 가능한 그런 장소인 것입니다. 수천만 명이 되어도 '오! 너희들 전부 다 이런 새 옷으로 갈아입고 어디로 오라.' 하여 나타난 거기에 테이블은 금장식, 은장식으로 오색찬란하게 꾸며지고 거기에 앉은 모든 사람들은 환희에, 기쁨에, 사랑에 취해서 천년을 춤춰도 기쁠 수 있는 곳입니다. 몇억만 리의 거리에 있는 세계의 사람이라도 사랑의 마음이 강해서 '보고 싶다.' 하면 척 나타나는 것입니다. 거리를 초월하는 것입니다.

우주가 내 활동 기지입니다. 그런데 땅에 육신을 가지고 사는 사람들은 그 세계에 없는 물질 가지고 목을 매고 있지요? 육신의 세계에서는 돈, 지식, 권력이 필요하지만 그것 때문에 싸웁니다. 욕심내지 않고 골고루 나눠서 혜택을 보면 얼마나 좋겠습니까.

그러나 영계에서는 그런 것이 전혀 필요 없습니다.

영계는 남자. 여자가 하나의 큰 사람같이 보인다는 것입니다. 사람들은 하나의 세포와 같은 것이 됩니다. 사람들은 태 할아버님의 세포와 마찬가지이므로 한 몸같이 되어 있는 것입니다. 언제나 쨍쨍하게 맑은 날만 있게 되면 지루할 겁니다. 거기에 안개도 끼고 달무리도 진다는 것입니다. 변화무쌍한 기후를 볼 때 얼마나 예술적입니까? 하나의 미술 세계요, 예술 세계입니다.

사랑으로 그 모든 다양한 감응권을 만들 수 있는 특성을 지닌,

돌아가셨다

그런 인간이 될 수 있다는 겁니다. 영계에 있는 신들은 시공을 초월해서 사는 분이십니다.

영계는 마음으로 먹지 않고 자지 않고 살 수 있습니다. 눈으로 어떤 것을 한 번 보고 '좋다'고 기억하면 천년만년까지 잊히지 않는다는 것입니다. 영계는 언제나 낮이며 밤이 없고 지구성도 통할 수 있고, 물질세계도 마음대로 통할 수 있고 물속에도 갈 수 있고 땅을 수직으로 통할 수 있는 겁니다.

사랑으로 삽니다.

사랑의 속도가 빛보다 빠릅니다. 우주에 별들이 무수히 많지만 참사랑의 상대로서 태 할아버님의 사랑을 가지고 가는 데는 길이 뻥뻥 다 뚫린다는 것입니다. 사랑의 버튼을 한 번 누르면 이 불이 완전히 켜질 수 있는 곳이 천상의 애천성입니다.

참행복마을이나 참사랑가마을에 살다가 오는 사람들은 자연히 그곳에 갈 수 있다는 것입니다. 땅에서 나쁜 짓 하면 하늘에서도 나쁜 세계에서 살고 땅에서 풀면 하늘에서도 풀려서 애천성에서 영생한다는 말입니다.

사랑이란 무한대이며 영원한 것이므로 사랑의 마음만 품고, 사랑의 줄만 당기면, 다 끌려간다는 것입니다. 마음대로 되는 자동적인 세상입니다. 영계에서 태 할아버님이 볼 때, 마음이 공감된 깊은 자리에 들어가게 되면 이 빛은 오색찬란하다는 겁니다. 태 할아버님의 눈에는 다이아몬드 빛보다 더 아름답게 보인다는 겁니다. 그 빛 가운데는 맛이 있어서 볼수록 취해 버립니다. 그것이 태 할아버님의 사랑입니다.

여러분 마음에 사랑의 종을 울리면 하늘땅을 움직이고, 모든 만민을 움직이게 되면 태 할아버님도 '아!' 하며 움직일 수 있다 하는 걸 알아야 됩니다. 사랑의 눈물을 얼마나 흘렸느냐, 사랑의 애달픔을 얼마나 가졌느냐, 사랑하며 양심적으로 사는 것이 우리 인간들의 재산이라는 것입니다.

저 나라는 사랑의 공기로 꽉 찬 세계입니다.

몸과 마음이 이런 지상에서 사랑의 감촉을 받아 가지고 화할 수 있는 체휼권을 만들어 놓게 되면 그냥 그대로 안 통한다는 데가 없다는 겁니다. 태 할아버님이 기뻐하는 걸 자연히 내가 느끼는 자유천지이며 일체불가분의 관계이므로 사랑을 꽃피울 수 있는 그 본향에는 청춘 시절의 제일 아름답고 젊은 20대의 청춘의 모습으로 돌아가는 것입니다.

영계에 가면 공부할 필요가 없습니다.

태 할아버님의 사랑의 세계이므로 일주일 내에 모든 것을 아는 겁니다. 말을 하기 전에 마음속으로 생각하는 것을 전부 압니다. 사랑의 공기를 맡는 세계입니다. 생명이 꽉 차 있습니다. 혈연적인 인연으로 묶여 있습니다.

태 할아버님의 핏줄이기 때문에 태 할아버님이 슬퍼하는 그런 무엇이 있으면 온 영계가 한 세포와 같이 한 몸뚱이같이 슬픔을 느끼는 것입니다. 그래서 육신을 벗고 태 할아버님이 생명을 주신 곳으로 돌아가야 하는데, 그곳이 영계입니다.

신순모님은 하늘나라로 가신 부군이신 전성완님과 결혼하여 3남 2녀를 두고 열심히 사셨습니다. 다섯 자녀 중에 장남인 전억만은 사업을 하여 재물을 많이 쌓았습니다. 물질인 재물이 제일이라고 생각하고 오직 돈이 구세주라고 믿었던 전 사장님도 이제는 진리를 알고 많이 변했습니다. 하늘의 뜻을 알고 부모님을 그 세계로 인도하여 주셨습니다.

육신이 있을 때 신순모님도 축복을 받았기에 오늘 애천성화식을 하게 되었습니다. 남은 여생도 축복을 받은 이후에 오직 뜻길에서 하늘의 뜻대로 살다가 이렇게 하늘나라로 가게 되었습니다. 이 거룩하신 삶을 살아오신 신순모님에게 뜨거운 감사의 마음을 보내주시길 바랍니다. 때가 되면 한평생을 동고동락하며 함께 살아왔던 정든 육신과 이별하게 되어 있습니다.

몸과 마음이 하나인 것 같으면서도 때로는 마음이 아플 때도, 몸이 아플 때도 있었습니다. 길다면 긴 시간을 살아오면서 오늘날과 같은 이런 일은 누구나 다 치러야 될 통과 과정입니다.

이제 껍데기이며 허물인 육신을 벗었습니다.

육신의 힘들고 길고 길었던 인생길. 험난하고 고달팠던 육신의 삶을 벗었으니 이제는 무형실체세계에서 훨훨 날아다니시길 기원드립니다. 오늘 이런 거룩한 애천성화식은 신순모님이 하늘나라에 잘 갈 수 있도록 성원해 주며 찬송해 주는 의식입니다. 육신이 살아 있는 기간에 '찐부모'로부터 축복을 받으면 태 할아버님의 주관 권속으로 편입해 들어갈 수 있는 것입니다. 축복의 가치가 그만큼 크다는 것입니다.

태 할아버님의 사랑을 상속받을 아들딸을 5명이나 두고 양육해 오다가 불가피하게 육신의 삶을 마감하게 되었습니다. 생명을 주신 분도 주인이요, 거두어 가시는 분도 태 할아버님이시니 신순모님이 가는 길이 고운 길이 되시고 아름다운 길이 될 수 있도록 찬송해 주고 축하해 주는 식이 애천성화식입니다. 여기 계신 모든 분도 그렇게 해 주시겠습니까?

"네."

모든 분이 그렇게 되기를 소망하고 있습니다.

태 할아버님께서 천군천사를 동원하서서 아름답고 거룩한 애천권의 생명권 내로 들어갈 수 있도록 인도해 주시고 역사해 주실 것입니다. 보내는 유족이나 일가친척과 지인 등 식구분들의 공로와 심정의 정성을 받아 주시기를 간절히 바라는 애천성화식이며, 애천성화식이 끝나고 장지에 도착하여 마지막으로 육신이 영면하는 곳이 환토원입니다. 환토원식에도 많은 정성과 참여와 은혜가 있길 바라면서 애천성화사를 마치겠습니다. 감사합니다.

환토원식

여기 이 땅의 흙이 너무 부드럽고 좋습니다.

신순모님의 육신이 영원히 영면하실 곳입니다.

태 할아버님께서 인간을 물과 흙과 공기로 만드시고 그 코에 생기를 불어넣으시니 생령이 되었습니다. 그 생령이 육신을 빠져나가면 인간의 육신은 그 기능을 유지할 수 없습니다. 그 상태를 우리는 시신, 시체, 송장이라고 하며 사망했다, 죽었다, 돌아가셨다고 하는데 흙으로 돌아가는 이식을 환토원식이라고 합니다.

신순모님도 육신은 그 기능을 다하였기에 육신을 벗을 수밖에 없었습니다. 태 할아버님께서 흙으로 빚으셨기 때문에 본래대로 돌아가게 되었습니다. 우리 인간은 애천성본원성지인 영계로부터 태어났기 때문에 영계로 들어가지 않을 수 없는 것입니다.

그래서 사람이 죽으면 '돌아가셨다.'라고 하는 것입니다. 신순모님도 아기로 태어났다가 장성하여 결혼하면서 아들딸을 낳고 시간이 지나서 육신을 떠날 수밖에 없는 때가 되어서 그 육신을 남겨 두고 영인체는 천상의 애천성으로 갈 준비를 한 것입니다. 모든 인생의 희로애락을 이제는 멀리하고 생리적 기능인 육신도 그 사명을 다하고 이곳 경치 좋은 마을 뒷산인 이 땅에 육신을 안장해야 하는 것입니다.

여기 이곳 양지바른 곳.

어쩌면 평소에 살아오실 때의 마음처럼 흙이 참으로 부드럽고 곱습니다. 이런 좋은 흙으로 반죽을 해서 다시 육신을 빚어서 생기를 불어넣으시면 살아날 수 있는데 제게는 그런 능력이 없습니다. 그러니 태 할아버님의 뜻대로 육신에 있던 영인체가 떠났기에 육신은 다시 흙으로 돌아와 이곳에 영면하게 되었습니다.

오늘 우리는 신순모님께서는 고달픈 육신의 삶을 다 내려놓고 이 좋은 곳에 영면하시길 모두가 성원합니다. 육신으로 힘들었던 삶의 무게인 자녀 걱정, 세상이 어떻게 될 것인지, 기타 모든 근심 걱정을 넘어서 이곳에 편히 쉬시길 바랍니다.

영인체는 하늘나라 천상의 최고 아름다운 애천성으로 가시기를 원합니다. 육신은 흙으로 만들어졌기에 흙으로 돌아가는 것이 환토원식이라고 하는 것입니다. 영인체는 육신을 떠나 천상으로 돌아가는 것을 귀환식이라고 합니다. 가족과 친지들에 의해 천상으로 올라가는 영혼을 위해 거행되는 애천성화식을 모두 마치고 마지막으로 육신이 본원으로 자리 잡는 환토원식에 이르렀습니다. 육신은 여기에서 고이 잠드시옵고 영인체는 무형세계인 애천성으로 가시기를 우리 모두 기원드립니다.

힘들고 고달팠던 육신을 이곳에서 편안히 영면하시기를 기원합니다. 영인체는 천군천사와 더불어 무형실체세계에서 영생하며 육신은 여기 이곳에서 영면하실 것입니다. 고단했던 육신은 여기에서 편안히 영면하시기를 우리 모두 성원드리며 신순모님의 환토원식을 마치겠습니다. 감사합니다.

"태 할아버님, 감사드리옵니다."

예전에는 육신이 잘 먹고 잘 살아야 하는 것이 최고이며 제일이었는데 지금은 육신보다 제1이 영인체 성장에 전력하며 살아가고 있는 나 전억만. 습관성을 바꾼다는 것이 이렇게 고통스러운 일인 줄 미처 몰랐다. 고통의 끝은 즐거움일 것이다. 이다음에 애천성에서 뵈어요.

나의 사랑하는 어머니.

혁명할 때

꼭 한번 만나 뵙고 싶은 분이 있다.

상큼하고 따뜻한 햇살이 눈부시던 날. 큰맘 먹고 손비나는 동생들을 대동하고 길을 나섰다. 산중턱을 돌아 암자가 보이는 집 앞에 주차를 하고 조금 돌아서 올라갔다. 위에서 폭포가 쏟아지고 있는 아름답고 신비로운 곳이었다. 바늘을 꼿꼿이 세워서 하늘에 충절과 충성심을 나타내는 나무답게 이 집을 호위라도 하는 듯이 당당하게 서 있는 소나무들이 장엄하게 그 위용을 자랑하는 듯했다. 빽빽하게 들어서 있는 소나무들이 군락지를 이루고 있었다. 쏟아지는 햇볕이 따가울 정도로 양지바른 곳이었다. 하얀 도포 자락을 휘날리며 도사님이 나타날 것 같은 기운이 서린 분위기였다. 가까이 가서 보니 제법 잘 꾸며진 집이었다. 돌계단을 몇 개 올라서 낮은 사릿문 앞에 서서 물었다.

"계십니까? 계세요?"

아무리 불러도 대답은 없었다. 집 주위를 둘러보니 저쪽에서 무슨 소리가 들렸다. 일행은 가까이 다가가서 보니 무술 기본 동작인지 신비로운 춤사위 같은 동작을 하는 세 분이 보였다.

"아니, 저 운동은 천명단용천이라는 것인가?"

주만우는 탄식하듯 중얼거렸다.

"아니, 뭐라는 거요? 천명이 어쨌다고요?"

일비는 궁금하다 못해 다급하게 물었다.

"아우, 그게 무슨 말씀이신가?"

"천명단용천이라는 것은 인체를 잘 운용하고 관리하는 것인데 고명하신 분들만 한다는 건강 비법 운동이랍니다."

"그래, 그게 그렇게도 좋은 건강 운동법이라는 것인가?"

"예, 형님. 그렇다나 봐요."

"그리 좋으면 우리도 한번 배워 봅시다."

일비는 금방이라도 해 볼 듯이 동작을 취한다.

"나중에 청하여 보지. 조용히 잘 보고 있기나 하서."

잠시 묵념에 드는 듯하더니 이내 동작을 마치고….

"혹시나 방해가 되지는 않았는지 모르겠습니다."

"아, 괜찮습니다. 제 할 일을 했을 뿐입니다."

"항상 이렇게 하십니까?"

"몸과 마음이 편안해지며 건강해집니다. 그나저나 어떻게 오시었소? 이 누추한 곳까지. 자, 들어가십시다."

"선생을 좀 뵙고 싶어서 왔습니다. 오다 보니 너무나도 풍광이 뛰어나서 감탄했습니다."

"하여간 잘 오셨습니다."

"아니, 송법장스님과 민병철 선생님을 여기서 뵙네요."

손비나가 먼저 인사를 건넸다. 예전에 뵌 적이 있었다.

"여기 이분은 홍기용 목사입니다."

"하나님의 은사로 만나서 반갑습니다."

"지금 하신 운동은 무슨 운동법입니까?"

"천명단용천 신성건강법이라는 이름을 붙였습니다."

"배워 보고 싶습니다."

"그렇게 원하신다면 최고의 건강법이라는 천명단용천 신성건강법을 소개하겠습니다."

천명단용천 건강법

건강하기 위해서 좋은 약을 먹는 것도 중요하지만 보고, 듣고, 느끼고, 사는 감성들이 참사랑하는 마음으로 살면 건강하게 살수 있다. 참사랑은 만병통치의 원약이다. 죽음을 이기며 사는 것은 참사랑하는 것이다. 약이라는 것은 삼라만상의 풀과 나무가 약이다. 병이 나서 죽겠다고 하면 죽는 것이다.

병난 것은 나에게 복을 갖다주며 더 건강하게 해 주기 위해서이니 병자는 더 좋은 것을 동경하고 그리워하고 자신감을 가지라는 것이다. 사랑이나 생명이나 혈통은 순환 운동을 하고 있다. 몸이 수수작용권의 균형을 잃어서 상대 기준이 없어서 찌그러질 때 병이 생기는 것이다. 이런 상태가 되면 천운의 보호권에서 밀려났기 때문이다.

인간이 소우주적인 실체이기 때문에 마음은 하늘과 인연을 맺고 몸은 땅과 인연을 맺는 것이다. 몸에는 오관과 여러 기관이 있다. 혈관계와 신경관계가 잘 조화를 이루어야 한다. 두 기관이 생명과 연결되어 있다. 사랑이나 생명이나 혈통은 순환하고 있다.

주체와 대상의 순환운동으로 힘이 발생하는 것이다. 그 길이 막혀 버리면 병이 나는 것이다. 약은 그것을 작동시켜서 뚫어 주는 것이다. 아프다는 것은 우주가 공존의 원칙 기준에서 불합격자라고 몰아내서 상대 기준이 없어져서 찌그러진 것이다. 치료 방법은 음식을 맛있게 잘 먹고 잠 잘 자고 대소변을 잘 누면 해결될 것이다.

여자들보다 남자들이 장수를 못 하는 것은 사랑의 질서를 어기기 때문이다. 사람의 육신은 시간이 갈수록 늙어 가지만 반대로 마음과 영인체는 최고의 원숙한 사람이 되어 간다. 건강에 중요한 4대 요소인 태양, 공기, 물, 흙에 감사하고 사랑하며 살면 성인 반열에 들어 건강하게 살 수 있다.

우리가 먹는 밥보다 더 절실한 게 공기인데 삼 분만 숨 쉬지 않으면 죽을 존재가 욕심은 왜 부리는지…. 그러니 매일 기뻐하며 감사하고 사랑에 취해 살면 건강하게 평생을 살 수 있는 것이다.

만물은 사랑의 열매이니 감사하고 먹으면 건강해집니다. 신토불이는 마음과 몸이 하나이기에 마음이 좋아하는 음식을 매일 약을 먹는다고 생각하며 먹고 살면 건강하다. 건강의 제일은 참사랑을 하는 것이다. 그다음이 음식을 맛있게 적당하게 먹는 것이고 그다음 몸의 건강을 위해서 인체 기운을 위한 운동을 행하면 더욱 좋다.

1. 원형 외공법

준비 운동으로 몸을 두드린다. 몸의 긴장을 풀고 혈액순환이 잘 되도록 한다. 머리, 얼굴, 목, 가슴, 배, 등, 복부, 사타구니, 허벅지, 다리, 팔을 차례대로 가볍게 두드린다. 강약은 본인에 맞게 조절한다.

1) 합장. 제일 먼저 인간은 하늘로부터 소명을 받고 태어났다. 하늘에 감사하는 심정으로 양손을 합장한다. 나는 신성한 사람이며 만물의 영장이다.

2) 양팔을 합장한 상태에서 쭉 위로 민 다음에 위에서 아래로 원을 그리며 다시 합장한다. 동작을 반복한다.

3) 다음은 아래에서 위로 원을 그린다.

4) 양손을 앞쪽으로 뻗었다가 벌렸다가 다시 손을 마주하기를 반복한다.

5) 오른손 올리고 왼손 올리고 원을 그리며 반복한다. 다음은 밑에서 위로 한 바퀴 돌린다.

6) 손바닥 밀기. 다시 손등은 바깥을 향하며 멀리 밀어낸다. 천천히 양 손바닥이 안으로 향한 상태에서 기를 모아서 닿을 정도로 가까이 접근했다가 서로 힘껏 민다. 이때 호흡은 숨을 들이마신 채로 숨을 멈춘다. 합장된 손은 떨게 되어 있다. 한참 떨다가 진정한다.

7) 손 잡아당기기. 양손을 깍지를 끼듯이 잡고 서로 힘껏 잡아당긴다.

2. 숨길 내공법

- 공기 불어넣기: 숨을 크게 들이마시고 입안에서 볼을 팽창시킨다. 천천히 뱉어낸다. 다시 들이마셨다가 눈과 귀와 입에 동시에 불어넣는다. 숨을 천천히 토해내고 다시 반복한다.

- 힘주기: 숨을 한껏 들이쉬었다가 가슴으로 끌어내리고 단전으로 끌어내려서 항문도 조이고 허벅지 장딴지도 힘을 주고 발끝도 힘을 주고 가슴, 목, 얼굴, 눈, 머리까지 온몸에 기가 돌아가도록 힘을 준다. 천천히 뱉어낸다. 동작을 반복한다.

3. 육신 소통법

- 눈 운동: 눈동자 돌리기. 좌우상하 자유롭게 돌린다.
- 귀 집중: 귀에 신경을 집중한다. 작은 소리도 들리게.
- 혀 운동: 혀를 입안 아래위로 치아 밖과 안을 좌우로 돌린다. 치아를 아래위로 껌 씹듯이 가볍게 마찰한다.
- 목 운동: 아래위, 좌우로 반복한다. 위로 끝까지 아래로 턱을 당길 때도 끝까지 좌우도 마찬가지로 반복한다.
- 단전: 배꼽과 단전을 가볍게 두드린다.
- 발 마사지: 앉아서 허리에서부터 주무르면서 발끝까지 앞으로 나간다. 발을 당겨서 모든 발가락을 지압한다. 엄지발가락 끝쪽을 꾹꾹 눌러 준다. 발바닥 용천을 눌러 주고 발가락과 발바닥을 문질러 준다. 세게 눌러도 좋다.
- 발힘: 양발바닥을 서로 마주 보게 하고 힘껏 민다. 쉽지는 않지만 힘껏 밀기를 다섯 번 반복한다. 그다음 양발을 앞으로

쭉 뻗은 상태에서 한 발은 앞으로 밀고 한 발은 몸쪽으로 당
긴다. 발끼리 서로 밀고 당기기를 다섯 번 반복한다. 발을 교
대해서 밀당을 한다. 앞차기, 옆차기, 돌려차기 등.

4. 위하여

1) 서로 비슷한 사람끼리 마주 보고 선다. 손가락을 서로 걸어
서 힘껏 잡아당긴다. 다음은 반대로 손바닥을 서로 맞대고
힘껏 민다. 잡아당기고 밀고를 반복한다.

2) 서로 등을 맞대고 선 다음 등으로 업어 준다. 한 번, 두 번,
세 번. 다음에 교대로 한다.

3) 마음 맞추기: 두 명이 가위바위보를 한다. 몇 번 하고 4명이
나 5명이 한 조가 되어 구령에 맞추어 가위바위보를 한다. 서
로 하나로 통일될 때까지 한다.

4) 오늘의 운사 선정: 두 명이 한 조가 되어 가위바위보를 한다.
탈락된 사람은 뒤로 물러나고 그다음 계속한다. 마지막 두 명
이 남으면 3전 2선승제로 오늘의 운수대통인 사람을 가려서
마지막 승리한 사람에게 '오늘 운사(운 좋은 사람)가 되셨습니
다. 축하드립니다.' 박수를 보내 준다.

"좋은 건강 비법을 배웠습니다. 감사드립니다."

"동작은 쉬우면서도 아주 온몸에 기가 도는 것 같이 시원해집
니다."

"네, 매일 그렇게 하십시오."

"아주 감사합니다. 오늘 좋은 것을 배웠습니다."

집안 분위기는 붓글씨와 동양화인 한국화와 시 등의 액자와 족자가 걸려 있었고 묵향의 고풍스러운 분위기였다.

"드십시오. 입맛에 맞을런지 모르겠습니다."

"아니, 무슨 차입니까? 아주 맛과 향이 특이합니다."

"산향차라고 이름 지었지요. 산에서 나는 꽃잎과 열매와 더덕과 기타 귀한 약재들이 들어갔으니 보약이나 다름없지요."

"귀한 것을 주시다니 너무 감사하고 고맙습니다."

"원, 별말씀을. 고맙다는 인사는 태 할아버님께 하시면 좋을 것입니다. 재료는 내가 만들 수도 없으니…."

"태 할아버님께 감사하라고요? 그러시면 하늘법을…."

"안다기보다 조금 느끼고 있을 뿐이지요. 댁들이 오신 것도 감사할 뿐이니까요."

"지금 세상이 혼탁하고 부정과 수단과 방법이 판을 치며 정도는 사라진 지 오래되었습니다. 우리 형제들이 의기투합하여서 잘못된 세상의 판을 바꿔 볼까 합니다."

"비뚤어진 세상을 우리가 혁명할 것입니다."

일비가 끼어들며 혁명이라 말했다.

'혁명가 손비나' 명함을 보고 놀랐다.

"손 선생은 어떤 세상이 되기를 바라는 것입니까?"

"모든 백성이 골고루 잘 살며 서로 존중하는 평화로운 세상이 되기를 바랍니다. 소위 자유천지의 이상적인 세상이 되기를 바라지요. 종교인들이 말하는 천국이나 극락의 세상을 만들어 볼까 합니다."

"손 선생은 무슨 종교를 믿습니까?"

"저는 특별한 종교는 없는데 어찌하여 무슨 정치적인 문제가 아니라 종교를 물어보십니까?"

"정치는 길어야 몇 년, 독재자도 몇십 년 하기가 어렵지만 종교는 그 수명이 길죠. 그리고 신을 알아야 인생 문제를 풀 수 있지 정치적으로는 풀기가 어렵겠지요."

"그러면 선생님도 거룩하신 신의 뜻을 잘 아십니까?"

"손 선생은 몸과 마음이 하나 되었습니까?"

"그게 무슨 뜻입니까?"

"아니, 하나 안 되어 있는데 어떻게 살아 있겠수. 만약에 하나 안 되어 있으면 죽은 사람이지요. 고장 났거나…. 하나 되어 있으니 이렇게 살아서 찾아온 것이 아니겠소?"

심사가 약간 뒤틀린 일비는 퉁명스럽게 말했다.

"강 선생은 하나 됐으니 살아 있는 사람이라 생각하지요. 개체는 하나인데 마음과 몸이 따로 놀고 있기 때문에 싸우는 것인데 강 선생은 몸과 마음이 따로 놀고 있는 것 같소."

"나는 몸마음이 하나 되어 있고 살아 있기 때문에 여기까지 온 것이지요. 그렇게 생각 안 하시나 보지요. 선생은?"

"허어, 몸과 마음이 하나 된 사람은 만물의 영장이 되었으므로 인격자가 되어 싸울 줄을 모른답니다."

"사람을 놀리는 것입니까? 참 말이 안 통하네."

"아따, 형님. 이 손 놓으세요. 이제는 가만있을게요."

일비는 만우의 손을 뿌리친다. 잠시 동안 침묵이 흐르고.

"몸마음이 하나 되었냐고 물었는데, 무슨 뜻입니까?"

"손 선생이 혁명을 한다고 하니 물어본 것입니다."

"혁명하고 몸마음하고 무슨 관계가 있습니까?"

"나 자신의 몸마음 혁명이 첫째 혁명이며 그다음 가정 혁명. 그다음 사회 혁명, 그다음 나라 혁명, 그다음 세계 혁명이 저절로 이루어지게 되겠지요."

"그래서 물어보셨군요. 거기까지 생각 안 해 봤습니다."

"혁명은 오직 예수님뿐이라고 생각합니다. 오직 예수님만 믿으면 될 터인데 왜 사람들은 예수님을 안 믿을까요."

홍 목사의 생각일 뿐.

"역시 고명하신 성찰이십니다. 노력을 해 보겠습니다."

진정한 혁명의 뜻을 이제야 알 것 같았다.

"아니, 혁명의 기본이 고작 몸마음이 하나 되는 것이라니요? 뭐 거창한 나라 살리는 방법이라든지 평화를 이루는 방법이라든지 뭐, 그런 것이어야 되는 것 아닙니까?"

일비는 이해가 안 되기 때문에 끼어들었다.

"지도자들의 성추행, 거짓말. 그들은 편협되고 이권만 밝히고, 시커먼 양심 가지고 선량하고 양심적으로 사는 착한 백성을 우롱하고 무시하는 꼴인데…"

"그건 그렇소만…"

"능력도 있어야 하지만 더 중요한 것은 양심이 맑고, 밝고, 깨끗한 인격적인 지도자라야 자격이 있다는 것입니다."

"지도자는 거룩하고 청렴 정직해야 되겠지요."

"그러면 좋은 나라를 만들기 위한 다섯 가지만을 꼽는다면 손 선생은 무엇이라고 생각하십니까?"

잠시 생각하는 듯 망설이다가….

"저는 제1은 군사력, 제2는 경제, 제3은 지도자의 카리스마, 제4는 지식, 제5는 외교력이라고 생각합니다."

"그중에 하나를 버리라고 한다면 무엇을 버릴 수 있겠소."

잠시 고심하다가.

"외교력을 버릴 수 있습니다."

"왜지요?"

"백성이 하나 되면 튼튼한 나라가 될 테니까요."

"그다음 또 하나를 버리라고 하면 무엇을 버립니까?"

…

"모두 버리고 하나 남았습니다. 힘인 군사력이 제일 중요하다는 말씀이시군요. 왜 그렇게 생각하십니까?"

"인류의 역사를 보아도 나라가 힘이 없으면 짓밟히거나 망했기 때문에 강한 국방력만이 나라를 지킬 수 있지요."

"평화는 어떻게 할 때 이루어진다고 생각하십니까?"

"힘의 균형을 이룰 때만 지킬 수 있는 것 아닙니까?"

"국방의 힘인 군사력이 제일이라고 하셨군요. 그러나 역사적으로 볼 때도 강한 힘을 가진 나라들도 망했으니 군사력인 힘이 제일이 될 수 없지 않겠습니까?"

"신 선생께서는 가장 중요한 것은 무엇입니까?"

명중 선생은 잠시 망설이시더니….

"내 말을 오해 없이 들어 줄 수 있겠습니까?"

손 선생을 바라보다가….

"지당하신 말씀이겠지만, 평화란? 남녀의 균형을 이루는 절대적 사랑관계에서만이 이루어질 수 있지요."

"힘의 균형이 아니고 남녀의 사랑에서 이루어진다고요?"

손비나는 아주 놀랐다. 혁명이 사랑이라고….

"예수님의 사랑으로 세상은 하나 될 수 있겠지요."

"예수를 믿는 사람들이 얼마나 많은데, 네다섯 명 중의 한 명은 십자가를 믿는데 왜 나라가 이 모양 이 꼴인가요?"

"목사인 나는 예수님만 믿으면 통일된 나라가 되어 천국이 될 줄 알고 있습니다만, 여러분은 안 그렇습니까?"

"교인들의 독선으로는 통일이 힘들 것입니다."

"무슨 약한 놈은 맨날 얻어맞고 나라도 힘이 약하면 망하는 것인데 어떻게 남녀의 사랑 따위가 나라를 유지할 수 있어요? 형님, 갑시다. 순 사이비들 아니요? 나 참, 휘이."

헛기침을 하며 일어서려는 일비를 향해….

"이름이 강일비라고 했던가요?"

"그렇소만."

편견과 악성의 심산이 부풀어 올랐으니 대답은 퉁명스럽다.

"강 선생은 그 성질 때문에 잘될 것이요."

갑자기 희색이 만연이다. '나를 칭찬을 하다니 나 참.' 벌어진 입이 다물어지기도 전에 다음 말이 신경선을 자극하여 그를 곤혹케

했다. 말 한마디에 천당 가고 지옥 간다더니….

"그러나 급한 성격 때문에 일을 그르칠 수 있어요."

"뭣이요?"

흙빛으로 변한 그의 얼굴에는 노기가 서렸다. 더 이상 참지 못하고 자리를 박차고 밖으로 나가려는 일비를 향해….

"그 성질머리는 어디에 있기에 그렇게 화를 내십니까?"

"내가 언제 성질을 냈다고. 약간 심사가 뒤틀렸을 뿐."

"강 선생 속에서 성질이 올라왔다 내려갔다 하잖아요."

"무슨 온도계도 아닌데 뭘 올라간다는 것입니까? 남의 염장을 질러서 긁어 놓고는. 암튼 됐소."

문을 확 열고 나가 버렸다. 급한 성질을 여지없이 드러낸다.

'저런 소인배가 무엇을 안다고 나 참, 형님도….'

내가 봐도 너무 자주 성질이 나는 것을 어쩌란 말이냐. 성질에도 머리가 있어서 올라갔다가 내려갔다가 한다더니. 맞아, 그 명중이라는 양반 말이 맞기는 맞네. 올라갔다 내려갔다. 그 참, 요상하네.

"저런, 저런. 성질머리하고는…."

역시 선생님의 말이 맞구나. 성질머리 때문에 여러 사람에게 폐를 끼치는구나. 나도 몇 번이나 사과를 했으니….

"소갈머리가 좁아서 그러지요. 말 한마디에 기분 좋아하고 말 한마디에 기분 나빠하는 게 속인들 아니겠소? 그래서 말귀를 알아듣는다는 것이 쉽지 않다는 것입니다."

"네, 죄송스럽습니다. 거듭 사죄를 드립니다."

조직이라는 것은 내가 아무리 잘해도 주위 동료들이 중요하다는 것을 깨달았다. 한통속으로 보기 때문이다.

"아니, 그럴 것까지는 없습니다."

"손 선생님, 처음에는 불도저처럼 선동이나 밀어붙이기를 잘 하겠지만…. 시간이 지나면 그 성격 때문에 여러 사람에게 상처를 주어서 같은 조직원들이 힘들어할 것이고, 그 사람이 보기 싫어서 손 선생 곁을 떠나는 사람들이 생길 것입니다."

"네, 송구합니다. 다시 한번 죄송하게 되었으니 마음에 두지 마시기를 부탁드리며 고명한 성찰 명심하겠습니다."

"괜찮소만, 선생의 앞날에 누가 될까 그러지요."

"네. 염려해 주심에 감사를 드립니다."

"그래서 제일 중요한 골자는 눈에 보이는 물질보다 안 보이는 것이 훨씬 중요하다는 것입니까?"

"밥 안 먹으면 죽지요. 하루에 세 그릇씩…. 그런데 숨 안 쉬는 날 있어요? 3분만 숨 쉬지 않으면 죽지 않을까요?"

"중요한 것보다는 중요하지 않은 것에 목숨 걸고 피 터지게 싸우며 삽니다. 소갈머리가 좁아서는 안 됩니다."

민 선생이 큰 목소리로 말했다.

"힘든 중생들의 인생살이는 쓸데없는 것에 집착하고 살아가지요. 대중 구제에 관심 가지고 살아가면 좋겠고, 사심을 버리고 자아를 찾아 도에 정진하면, 아미타불…."

법장스님의 한마디에 모두가 숙연해진다.

"피조만물은 창조주의 법에 있으며 모든 것은 근원인 씨로 만물이 만들어졌으며 인간 역시 남녀의 결혼으로 종족 번식이 되니 씨의 근원은 태 할아버님의 사랑심이시지요."

천륜의 근원적인 박 선생의 말씀이시었다.

"법으로 만들어진 세상에 법으로 왔다가 법으로 가는 것이 법이지요. 참고 또 참을 수 있으면 성불하겠지요. 아불."

"예수님만이 구원을 하시는데…. 암튼 우리 모두가 서로 합심하여 하나님이 바라시는 세상을 만들어 봅시다."

"같은 하나님을 믿고 같은 예수님을 믿는 사람들도 글자 하나 가지고 파가 나뉘어서 서로 반목하고 서로 이단시하던데 상대를 인정치 않는 고집으로만 믿습니까?"

"굴레를 초월하여 박 선생, 법장스님, 민 선생도 만나는 것입니다. 세상을 두루 사랑하는 뜻에서…."

"목사님도 예수님의 뜻이나 잘 받들면 되지 왜 남의 종교와 같이 가려는지 모르겠다고 한마디 들었고 스님도 결이 완전히 다른데 어쩌려고 그러느냐는 소리를 들었답니다."

"종교가 하나 되는 것은 하늘의 별 따기만큼 어렵겠지요."

"진리의 가르침은 참되고 완성된 인간이 되는 것인데…."

"이야, 대단한 논리입니다. 네 분의 말씀이 마치 다른 것 같은데도 하나인 것같이 느껴집니다."

"종교도 같은 것을 지향하는데 약간의 방법은 다를 수 있겠고 민주주의는 다수결에 문제가 있습니다."

"그렇다면 앞으로 무슨 주의가 나와야 합니까?"

"부모주의정치. 좌우를 다스릴 수 있는 머리가 중심인 두익사상으로 신통을 해야 제대로 된 정치가 되겠지요."

"누가 만들어 가며, 선거는 어떤 방식으로 합니까?"

"유능하고 능력 있으며 양심적인 분을 기명으로 적어 내면 취합하여 제일 득표가 많은 사람을 선정하면 됩니다."

"여당, 야당도 필요 없고 많은 비용도 들지 않겠네요."

"선택된 분은 한마음 한뜻으로 책임감을 가지고 하지요."

"직원들의 손에 의해서 좌지우지될 수도 있겠네요."

"그런 잘못된 행위나 소홀함은 없을 것입니다."

"선거의 혁명이다. 돈 들지 않고, 네가 옳으니 내가 옳으니 할 것도 없고, 같은 동네에서도 원수 질 일도 없습니다."

"양심법을 양심 컴퓨터로 체크하면 간단히 해결됩니다."

"여야가 필요 없는 정치. 그게 제대로 된 통치입니다. 왜 서로 반대하고 감시하고 견제해야만 된다고 생각할까요."

"당연히 지도자들이 편 가르고 비인격적으로 일을 하니 국민들이 믿지 못하고 감시하고 견제하는 야당이 있어야 한다는 논리가 성립되는 것 아니겠습니까."

"참행복마을의 사랑정치인 신성통치. 게임 끝이군요."

"'정사통' 하는 것이지요."

"그게 무슨…"

"정성 들이고 사랑하면 통하는 것입니다. 성인을 넘어서면 한 분이시고 사랑도 자비도 한뜻이니 우리는 한 하늘 아래 같은 공기로 같은 코를 가지고 숨 쉬며 같은 만물을 먹고 살면서 하나가 되지 못하면 우리는 신을 왜곡하고 불편하게 하는 것이니 만물의 영장이 되지 못하고 만물의 따까리밖에는 안 되겠지요."

"역시 박 선생님의 대단하신 사랑법입니다. 새롭게 하나 된 것 같은데 그것을 밝혀 주시면 안 되겠습니까?"

"역시 손 선생은 탁월한 예시적인 감각이 있습니다."

"경배를 하고 기도와 정성을 드리는 것은 같겠지요. 식사도 만물을 먹는 것은 같고 몸마음이 하나 되고 가정을 완성하여 자녀를 잘 양육하여 만물을 주관하고 절대적인 신을 섬기며 사는 삶이면 최고이겠지요."

"기도할 때 예불이나 기도가 목사님과 스님과 박 선생님이 다른 줄 아는데 어떻게 하십니까?"

"가정맹세나 십계명이나 불공드릴 때나 스님이 독경을 하시고 모두가 같이 하면 됩니다."

"필요한 것들은 같이 하면서 하나로 지향해 나가는 것이군요. 통일되어 가는 것 같습니다. 신통방통합니다."

"문화나 풍습은 존중하며 성인님들도 우리 모두가 존경하니 태할아버님께서도 아주 좋아하시는 것입니다."

"테스 형에게 인생 문제를 물어봤는데 답이 없다고 하던데 사랑 문제, 경제 문제, 정치 문제, 인생 문제의 해결은 바로 신성통치를 통해서 완성해 나갈 것입니다."

"자신이 누군지를 알면 신의 경지이며 모르니 공부를 하여서 신과 인간과 만물의 가치를 알면 되겠지요."

"몸과 마음이 하나 되고 부부가 가정을 완성하고 만물을 주관하면 만물의 영장이 되겠지요. 만물의 영장들의 인평선이 되니 그

것이 신의 한 수가 만들어진 원리이겠지요."

"결국 우리들은 너무 쉬운 문제를 어렵게 나열해 놓고 맞추고 풀지 못하는 독선을 가진 모순된 자가 맞군요."

"일을 하려면 돈도 필요하니 돈신이 준비하겠습니다."

민 선생은 믿음의 신념인지 돈신이라고 말했다.

"참행복마을, 그것 반드시 이루어야 될 세상이지요."

"아 참, 박 선생님은 다섯 가지를 꼽으라면 무엇 무엇이라고 생각하십니까?"

비나는 다시 정중하게 물었다.

"첫째는 효자 되고, 둘째는 충신 되고, 셋째는 성인 되며, 넷째는 성자가정을 완성하고, 다섯째는 만물을 주관하는 사랑완성자가 될 수 있다면 만사형통하여 자유, 평화, 사랑, 행복은 자동적으로 될 것입니다."

"사랑이란 무엇이라고 생각하십니까?"

"태 할아버님의 전부이고 완성된 인간의 전부이고 만물의 전부이며 살아 있는 생명체의 전부가 사랑이지요."

"사랑이 전부라니요. 참 어렵게 느껴집니다."

"살아 있는 모든 존재물의 생명 자체가 사랑이지요."

"네? 보이지도 않고 힘도 없어 보이는 사랑이라는 걸 가지고 무엇을 한답니까? 사랑이란 두 글자가 어렵습니다."

주만우는 공손하게 더 설명이 필요하다고 부탁했다.

"사랑이라는 것은 무형실체의 근원이며 존재하는 모든 것이 힘의 근본인 사랑체이므로 생명을 가진 모든 존재물은 사랑이라는 에너지의 소성 때문에 존재하고 있습니다. 내 속에 들어 있는 사랑체인 영인체가 빠져나가면 사람은 죽습니다. 생명의 근원적인 요소가 사랑심입니다."

"예수님 말씀대로 세상을 사랑하시는 것입니다."

"만들어진 법대로 살면 문제가 없다는 말씀이시지요?"

"일체유심조입니다. 마음 하나로 자비를 베풀고 오직 양심이라는 한마음으로 살면 만사형통할 것입니다."

박 선생님과 목사님과 법장스님의 말씀도 통하는구나.

"세상 모든 자연의 법이 바로 천신님께서 만들어 놓은 창조법대로 존재하는 것이지요. 만들어진 법 그대로…"

목소리 큰 민 선생도 신념대로 강조하셨다.

"그 만들어진 법칙의 근원이 신의 사랑법이라면서 천부님이나 천지신명님이나 하나님이라고 부르지 않고 태 할아버님이라고 하시는 이유는 무엇입니까?"

"인간과 신은 부모와 자녀 관계이겠지요. 그래서 아버님이라고 불러도 좋은데 그 연륜이 수천 년이나 흘러 내려왔으니 태초의 할아버지, 그분이 태 할아버님입니다."

"예, 그렇군요. 태 할아버지. 정감 있고 좋습니다."

비나는 무언가 잡힐 듯했다. 답을 알게 된 것 같았다.

"물은 물이고 산은 산이듯이 만물은 만물인데 오직 사람만이 사람이 아닌 것 같습니다."

"아니, 그렇게 심오하신 말씀을…"

세상을 좀 안다고 생각했는데 사람 위에 사람이 있었다. 신비한 말씀이로다. 인간만이 문제라는 것이다. 인간이 문제라면 인간의 무엇이 문제인가.

"답을 알지도 못하고 문제를 푸는 것은 어리석은 일이 되겠군요. 세상 이치를 통달한 만물의 영장인 인격자⋯. 한마디로 완성된 사람이 없으니⋯. 완성하려면 어떻게 해야 합니까?"

"인격인은 몸과 마음이 하나 되고 가정을 완성하고 만물을 주관하고 다스릴 수 있는 사람이 되면 사람다운 사람인 만물의 영장이 되어 완성된 사람이라고 할 수 있겠지요."

"완성된 사람만 낳았다면 문제가 되었겠습니까?"

"정치는 만물을 만들 수 없고 인간을 만들 수도 없고 신을 만들 수도 없지만 종교는 신의 세계를 말하는 것이니 신께서 만물을 만들었고 인간을 만들었으니 신의 뜻에 의한 신성통치를 하면 만사 해결되겠지요. 무엇이 더 필요합니까?"

"깨끗한 결론입니다. 신의 창조법으로⋯"

내가 이제야 알다니! 참으로 훌륭하신 분이로다. 나 손비나를 새롭게 부활하게 해 주시는 참선생이로구나. 안다는 것과 깨닫는다는 것이 이런 것⋯.

"그럼, 다음에 또 뵙겠습니다. 오늘 많은 것을 배우고 깨닫고 갑니다. 참행복마을을 위해서 살겠습니다."

말씀이 끝난 것 같아서 인사를 했다.

"살아 있는 존재물 모두는 사랑심으로 산다는 사실을 깨달아야 한다. 그걸 느껴야 만물의 영장이 된다."

"누추한 곳까지 찾아와 주셔서 감사합니다. 다음에 또 뵈면 좋을 것 같습니다."

"아 참, 우리 집 산채비빔밥이 아주 별미입니다. 꼭 드시고 가시지요."

포도청인 목구멍은 밥때를 잘도 안다.

일행은 식탁을 마주하고 앉으니 커다란 비빔 그릇에 맛깔스러운 찬들이 기다리고 있었다. 산채비빔밥의 단백한 맛에 뚝배기 된장국이 일품이었다. 밥 먹고 과일 먹고 차 마시니 기분은 자주 오고 싶을 정도로 한층 더 상승되었다. 영육의 만족을 느낀, 추억에 남을 천금 같은 시간이었다.

성난 일비도 이제 좀 누그러졌는지 밥만 먹고 있었다.

식사 후에 일행은 서로 인사를 나누고 헤어졌다. 공기가 너무 신선하고 좋았던 명중 선생님 집이 그리워진다. 아니, 그분이 보고 싶어진다. 명중 선생으로부터 전해 들었던 위대했던 말씀이 진리 중의 진리였다.

"모든 존재물은 사랑이라는 그릇 속에 담겨 있는 내용물인 것이지요. 그릇은 무엇이든지 담지요. 주인이 무엇을 담느냐에 따라서 달라질 수 있겠지만…. 아름다운 꽃을 담을 수도, 맛있는 것을 담을 수도, 더러운 것을 담을 수도, 독극물을 담을 수도 있겠지요. 무엇을 담으면 최고로 아름다운 그릇이 될 수 있을 것 같습니까?"

"몸뚱어리 속에 진리를 담아야 한다."

명중 선생. 그분은 대단한 지혜를 가지신 것 같았다. 송법장스님과 홍 목사님과 돈신이라는 민병철 선생을 동시에 뵙게 되니 기분이 엄청 좋았다.

"모순된 세상에서 온전한 법이 있다면… 사랑법이다."

그 말이 머릿속을 채웠다. 하늘은 맑고 선선한 바람이 상쾌한 따뜻한 날이었다. 아카시아향이 온 골짜기를 메우고 있었다. 바람 따라 날아드는 그 상큼한 향이 나의 코를 점령했다.

이 느낌. 이 향기 그대로 살고 싶었다.

'이게 사랑이라는 것이야.'

사랑의 냄새이며 사랑의 공기다. 비로소 깨달음이 왔다.

말로 표현이 어려운 희열을 느꼈다. 이게 은혜라는 것인가? 아름다움에 취했고 나도 사랑의 향기에 취했다.

저 소나무도, 떨어지는 폭포도, 졸졸 흐르는 산골 물도, 음지에서 움을 틔우기 위해 햇살을 기다리는 이름 모를 산초도, 한동안 겨우 잠에서 갓 깨어난 듯 파릇파릇 올라온 새싹도, 짹짹거리며 날아가는 저 새도, 말없이 흘러가는 저 구름도, 파란 하늘에서 따스하게 내리쪼이는 저 밝은 태양도 모두가 만족을 느끼는 듯이 나에게 환한 미소를 짓는 것 같았다. 나도 손을 들어 흔들며 활짝 웃어 주었다. 가슴의 기쁨이 입 밖으로 줄줄이 달려 흘러나와 미소로 나타났다.

"무소부재한 무형의 실체인 사랑심을 누구나 가진다."

사랑하면 행복해진다더니…. 새로운 생명줄인 동아줄을 잡았다. 비로소 만물의 영장이 되어 가는 것인가. 영원히 꺼지지 않을 사랑이라는 이 촉감… 이 감성 정말 좋구나, 좋아. 이것이 사랑이로구나. 사랑. 이 충만감이, 이 행복감이, 이 아름다움이 사랑이다. 사랑이야!

"형님, 저자가 돌팔이 아니요? 뭐 별로 아는 것 같지도 않는데. 여기까지 자문하러 왔단 말인가요?"

그때 갑자기 귀를 압박하는 돼지 멱 따는 소리가 들렸다. 기분이 아주 좋았었는데…. 말귀를 못 알아듣고 빈정거리는 일비의 칼칼거리는 칼날 같은 목소리를 들으니 환상이 확 깨지는 것 같았다.

"생소의 말씀이 생명의 힘이다. 귀한 것은 말씀이고 쓸데없는 것은 말이었다."

아, 그렇구나. 내가 아는 것은…. 그냥 아는 지식일 뿐.

"모든 존재물은 사랑의 그릇 속에 담겨 있는 내용물."

알고 깨닫는 것이 중한 일인데 일비만이 계속 창밖을 내다보며 조잘거리는 말에 불편한 심산을 드러내고 있었다.

악성이 차창 밖으로 멀리 날아가 버렸으면 좋으련만…

구가 주

인간을 고등 동물이라 한다.

동물들은 싸운다. 사람도 싸운다. 인간도 동물이라서 싸우는 것일까. 동물들은 먹을 것 가지고 사생결단하는데, 인간도 만물 때문에 싸우는데 싸우지 않는 나는 참된 인간.

우주에서 가장 아름다운 꽃보다 신성한 사람인 나.

하늘의 심정과 신성의 만물과 천주를 대표한 나.

수천 년 역사를 거쳐서 생겨난 기적적인 실체가 나.

아메바 단계를 넘어 포유류와 침팬지를 넘은 나.

몇백 년, 몇천만 년, 많은 시간을 넘어 태어난 나.

그 무엇도 인간은 될 수 없다.

인간은 인간을 낳는데 나란 사람은 아주 먼 길을 돌고 돌아온 '나'이므로 천주를 대표하는 '나'였다.

'우주의 총론은 태 할아버님과 인간은 부자 관계.'

동자 샘이 말했듯이 처음부터 인간의 부모는 인간이었고 그 인간을 만들어 주신 분은 태 할아버님이셨다. 이것이 우주의 총론이며 천륜이며 진리이다. 그러므로 천하를 주고도 바꿀 수 없는 가치를 가진 존재가 인간이니 참다운 사람이 되어야 만물의 영장다운 인간이 된다. 자식은 낳을 때부터 천륜의 뜻대로 낳고 양육하고 기르고 가르치는 것도 천륜의 뜻인 신성한 인간이 되도록 가르치는 게 제대로 된 교육이요, 훈육이며, 양육법이 될 것이라고 했다.

"첫사랑과 결혼하고 살아야 마음과 몸도 행복해지는 것이지. 너희들이 가지고 있는 보물단지인 생식기를 잘 지켜야 한다."

"네. 엄마, 아빠. 우리를 믿으세요. 참사랑의 부부가 되어 가정을 완성하여 행복한 사람이 될 것입니다."

"아 참, 피는 절대로 못 속여. 부모의 악습과 나쁜 성품은 자식에게 그대로 유전 상속되지요."

남의 돈을 떼먹으면 자기 돈도 떼이고…. 콩 심은 데 콩 나는 법이니까. 선의 공적을 쌓으면 좋은 후손들이 나오고 나쁜 악습을 만들어 놓으면 악습이 피를 타고 유전되어 악한 후손들이 되어 삶이 고달프다. 자식들은 애들의 아빠를 안 닮아야 돼.

"성인(成人)이 되면 천운, 천복, 축복을 받아서 인격적인 도리를 다하여 가정 완성하는 참사랑을 하고 사는 거야."

"당근이지요. 엄마 아빠를 실망시키지 않을게요."

"어떤 훌륭하신 어머님은 자녀를 열서너 명을 낳았는데 '나이가 많아서 아기를 더 낳지 못하니 사는 재미가 없더라.'라는 그 말씀은 살아 있는 참어머님의 참사랑인 것이야."

"세상에서 제일 좋은 것은 자식이니 엄마, 아빠처럼 우리도 하늘의 전통을 지키며 살겠습니다. 염려 마세요."

"자녀는 3명 이상 낳아야 하는 것이야."

"왜 3명입니까? 한 명이나 두 명이 안성맞춤일 텐데."

"3수를 중심 삼고 조부모, 부모, 나. 하늘, 인간, 만물. 원도 3점 이상이 되어야 원이 되며 머리, 몸통, 팔다리 등. 우주를 대표하는 것은 3수이므로 세 명 이상 낳아서 가문을 살리고, 국가에 애국하고, 세계 평화 통일에 공헌해야지."

"네. 하늘이 바라는 대로 살겠습니다."

"효자, 충신, 성인. 성자가정을 완성해야지."

새사람이 된 두배. 성인도, 충신도, 효자도 못 되고 세상 만물만 탐하고 여자나 밝히는 잡동사니 나쁜 짓 하러 태어나지는 않았는데…. 왜 사는 줄도 모르고 살아가는 무골충적인 육적 인생만 탐하며 살았던 내가.

당신 속을 확 뒤집어 놓았던 내가….

사나이 체면과 자존심을 다 구겼던 내가….

마누라도 행복하고 기쁘게 못 해 주는 내가….

자식들에게 사랑도 존경도 못 받는 부모인 내가….

나를 잘 모르고 만물에만 목매고 무지하게 살았던 내가….

너무 한심한 나를 자책하며, '나는 뭐 하려고 태어났을까?'

"무책임하게 살던 그때도 당신이 답해 주었지."

"그럼요. 하나는 종족 번식하고 또 하나는 영인체를 완성하기 위해 태어났지. 뭐 하려고 태어났겠어요."

"뒤늦게라도 존중받는 남자요, 가장이요, 남편이요, 아버지가 되기로 결심하고 사니 당신이 나의 구세주요, 구사주요, 구가주님입니다. 부인, 진실로 사랑하오. 정말로 고맙소."

"시간아! 청춘을 돌려다오. 네게도 그런 능력은 없나?"

뻐꾹 뻐꾹 뻐꾹, 버꾸 버꾸 버꾸, 바보 바보 바보.

"육신은 한 번뿐. 째깍, 째깍, 째깍 소리는 인간의 육신은 늙어간다는 경종이니 정신 차리고 살라고요."

"당신이 변할 정도이니 세상 모든 남녀가 성인(成人)이 되어 진심으로 삿된 악습을 청산하면, 진정한 성인(聖人)이 되어 이상세계는 곧 이루어지게 될 것입니다."

"당신, 나, 모두. 우리는 평화의 사도야. 사도는 사는 도리를 아는 사람이지. 거꾸로 하면 도사. 우리는 도사야."

둘은 껄껄거리며 활짝 웃었다.

"구애성, 당신. 이 위대한 논리를 어떻게 듣게 되었소?"

"내가 한참 당신을 원망하고 미워할 때 이제는 당신과 영원한 이별을 할까 고민하던 그때, 마지막으로 만나 뵈었던 분이지요. 그분이 나를 살려 주었으니 나의 구세주이지요."

"선생님 덕분에 참된 사람이 되었습니다."

"참을 가르쳐 주신 진짜 부모를 찐부모라고 하지요. 천비를 알려주신 그분께 진실로 감사를 드리며 사십시오."

"네, 선생님께서 주인님으로 모시던 그분. 인격적인 삶을 가르쳐주신 찐부모님. 정말로 감사드립니다."

"우리 민족은 예부터 하늘을 머리에 이고 다녔지요."

"아, 갓을 쓰고 다녔으니 신을 머리에 이고 사는 민족이니 경천은 자동적이었는데 문을 잠그지 않아도 도둑이 없는 세상이 우리가 바라는 세상이었는데… 만물의 영장이라는 인간이 도둑질을, 강도짓을, 살인을, 거짓말을 밥 먹듯이 하니 볼 장 다 본 인간 세상이지…."

"독생자, 독생녀를 통해 모두 찐부부 되고, 찐부모 되고, 찐형제 되고, 찐자녀가 되면 인생 문제, 사랑 문제는 완전히 해결되는 것이지요."

"선생님께서 제게 성인이 되었느냐고 물었을 때는 황당했었는데 이제야 말씀의 뜻을 제대로 깨달았습니다."

"가정을 완성한 우리는 만물의 영장이요, 인격자이며 천품을 지닌 천민 천손답게 살아야합니다."

"내 안에 참사랑이 있고, 행복도 내 안에 있었다."

"부부가 가정완성자가 되면 성자 수준이 됩니다."

세상에서 제일 빠른 새는 '눈 깜짝할 새'라더니 우리들의 인생도 눈 깜짝할 새에 빨리 늙어 간다. 우리들이 없어진 다음, 이 세상의 신선한 공기는 누가 마실까?

"네가 동물이면 동물같이 살고 인간이면 인간답게 살고 신이면 신같이 산다. 네가 신이 되어 가는 모양이지."

"네, 신같이 살고 싶습니다."

"육신 벗으면 영원히 사는 신성의 세계."

"태 할배와 동자 샘."

신통 시대는 만민이 행복한 시대.

"참된 부부가 천주의 꽃이다."

인생 타령

날마다 술이야. 만만한 게 술이다.

"우리들 인생은 제정신으로는 살기가 힘들어. 얄궂은 운명인가. 한 잔 술에 인생을 타서 마시자. 마셔 버리자."

"술이 사람을 참 신통하게 해 준다니까. 할 말, 안 할 말 다 쏟아내는 즐거움을 주니 살지. 안 그럼 콧구멍이 막혀서 벌써 죽었을걸. 염병."

"콧구멍이 둘인 게 천만다행이야. 왜 둘인지는 잘 모르겠으나 하나면 숨 막혀서 답답해 죽겠지."

"철 밥그릇만 챙기는 그들이 나에게 월급을 주겠어, 차를 주겠어, 집을 주겠어? 그림의 떡이지. 오히려 힘들어하는 사람들끼리는 마음이라도 동정해 줄 수 있는 것이지."

"대졸이나 박사들이 너보다는 공부를 얼마나 많이 했는데 초졸인 네 말을 그들이 들어줄 것 같아? 어림 반 푼어치도 관심이 없어. 우리끼리 술타령이나 하자. 그래야 숨이라도 쉬지. 마시자, 한

태 할배와 궁장

잔의 술. 죄 없는 술이나 마셔 버리자."

"초졸의 말은 말도 아니냐? 대졸이나 박사들이 험한 일을 할 수 있겠어? 어림 반 푼어치도 없어. 그러니 세상은 크고 작은 일을 하면서 공평하게 사는 것이라고. 손가락 크기가 모두 똑같다면 얼마나 불편하겠어. 무식은 학력으로 말하는 게 아니야. 배운 자들이 그것도 몰라. 초졸인 나도 아는데 그걸 모른다면 헛글자만 배웠고 헛돈만 버렸구려."

"너는 타고난 박사구먼. 너희 집에 박씨 성이 네 명이나 있으니. 박사 맞네."

"보라고, 세상에 고위 공직자들 평균 재산이 수십억이나 되니 배부른 그들이 우리들의 마음을 알기나 하겠어? 턱도 없지. 국민이 낸 세금으로 자기들 밥그릇만 차지하고 권력 잡으면 국민들 위에서 갑질을 하잖아. 나는 그들의 월급을 보태 주는 바보 같은 백성이니 상전을 모시고 사는 꼴이지 뭐냐? 지도자는 역시 갑이고 우리들은 을이야."

"넌 고등학교 중퇴인 나보다 훌륭한 생각을 하네. 존경받지 못하는 지도자들이 양심이 살아 있는 선한 백성들을 통치한다고… 웃기는 일이 하도 많아서 하하하, 개가 웃는다."

"웬 혜택을 그렇게 많이 주는 거야. 전부 삭감하고 어떤 직을 가진 사람이나 일반 노동자나 같은 대우를 해야지. 무슨 특권이야. 말은 국민을 위한다고 하면서 국민의 세금으로 많은 월급을 받으면서 국민들 위에 군림하는 자들. 특권. 그랬으면 귀감이 되고 일을 잘하고 존중받을 수 있게 하면 주는 월급이 아깝지 않을 텐데.

나 아니면 안 된다는 고집불통의 지도자들이 설치는 세상에 대졸 출신인 자네 생각은 어때?"

"식자(識者)들이 순진한 우리들을 욕하게 만들었으니 그들이 놈(者)이고 우리가 자(者)이다."

"맞아. 학력이야 백지 한 장 차이인데 자네들의 학벌이 나보다는 조금 부족하지만 생각하는 것을 보면 나보다 훨씬 속 깊은 말을 하는구먼. 선량한 백성들을 우롱하는 짓을 하지 말기를 간곡히 바라야지. 밥을 못 해서 죽을 쓰지."

"많이 배운 자들이 양심은 팔아먹었는가? 변명을 대는 사이비 같은 말은 하지 말고 깨끗하게 맞는 것은 맞고 아닌 것은 아니라고 말해야지. 지저분한 지식으로 변론적 변명을 나불대는 것에 이제 신물이 나요. 법 이전에 인성과 양심이 있어야제. 글 몇 자 더 안다고 농사짓는 우리들을 개똥 취급하는 거냐? 이런 썩을 인간들. 썩은 것은 개도 안 먹던데 자기들이 상한 줄 모르고 남 탓만 하는 중생들."

"일은 공정하게, 혜택은 공평하게, 누림은 같이 해야지. 구린내 나는 짓을 정당화시키려는 이런 파렴치한의 지도자들을 우리는 계속 보고 있어야 하나. 이런 환장할…."

"국민들을 다스린다고 생각하는 거야. 능력도 안 되는 소인들이 대인을, 비양심인이 양심인들을 다스린다고…. 엉터리 이론으로 지키지도 못하는 약속을 하며 오히려 양심적이며 선량한 백성들에게 민폐를 끼친다는 생각은 않고 자기들이 잘난 줄 안다니까. 정말 짜증 난다고."

"우린 가진 자들의 봉이야."

"공부를 많이 했으니 지식도 많고 돈도 많이 들었겠지. 투자를 많이 했으니 본전 생각하는 건가. 안 그래?"

"본전 생각나서 그런가. 노름판인가? 본전 찾게."

"누가 이따구로 모순된 법을 만들어서 갑질이야. 우리 착한 백성들 머리를 밟고 서 있는 악하고 모순된 자들이여 반성하라. 말만 백성을 위한다고 하는데 거짓말 그만하지. 지도자부터 언행이 같은 사람이 되어야지. 밥 먹듯이 말을 바꾸는 자들이 지도자? 실소로 월급 받으려 하느냐."

"지배하는 자가 강한 자라고 하잖아. 순전한 사람들은 지배를 당하는 것이고. 그러니 자기들 맘대로지."

"우리들은 그들의 생활을 보장해 주며 갑질 무대에서 놀도록 돈 내고 관람하는 구경꾼이지. 나 원 참."

"한양이 좋다며 융자 내고 집 사서 살던 고생달 형님은 대출금 갚기 위해 밤낮으로 돈벌이하다가 과로와 합병증으로 쓰러져서 하늘나라로 갔지. 살기가 힘든 부인은 집을 팔았으나 남는 것이 없다는구면. 시골 내려와서 겨우 연명하고 있어. 집 때문에 목매달고 사는 세상이지."

"걱정이야. 저렇게 콘크리트 유령집을 많이 지어서…."

"그게 무슨 말이냐?"

"지금 인구 절벽 시대인데 삼사십 년 있으면 인구 삼분의 일이 줄어들게 되면 콘크리트 아파트는 유령집이 된다네."

"그렇게 아찔한 날이 올지도 모르는데, 영끌까지 했는데, 대출금

이자 올리면…. 하이고, 서민들 가슴 찢네."

"우린 영원한 변두리 삶인데 걱정 안 해도 될까?"

"우지근 아저씨는 사업하다가 사기에 걸려서 통째로 날리고 서러워서 울어야 하는 서울이 싫어서 자연에서 산다는구먼. 우리도 황금을 돌같이 보니 서울 가서 살 수 없어."

"돈 없는 빈털터리가 서울을 동경해? 꿈 깨라고."

"뭐, 경제? 인간 차별하는 것이 경제냐? 촌에 있는 땅 다 팔아도 한양에 쪽방도 못 얻어. 인간 차별하는구먼."

"팔 땅도 없으니 쪽방 타령이나 하지. 있으면 왜 해?"

"돈 때문에 사는 것이지. 그러니 대도시의 비싼 집에서 사는 사람들은 시골 땅이 좋아서 별장 짓는 것이 그들의 로망인가. 비싼 땅과 집은 공기가 안 좋으니 마음은 시골의 공기와 경관을 그리워하지. 가진 자들의 경제관이나 법대로 한다면 시골 땅은 왜 그리워할까. 우리는 비싼 도시 땅을 밟는 게 로망이나 빈털터리가 귀족 땅을 어찌 밟으리오."

"성인께서는 날아다니는 새도 집이 있거늘 인자는 머리 둘 곳이 없다고 탄식을 하셨지."

"그때도 땅은 비싸고 집 살 돈도 없고 기득권자들이 집을 소유하며 잘 먹고 잘 살면서 인자는 알아보지도 못하고 관심도 없는 안타까움과 서러움을 표현하신 것이지."

"어느 성인께서는 비가 새는 1.5평짜리 흙과 박스로 집을 지어놓고 21세기 최고의 문화 주택이라고 하셨지."

"성인님들도 주거 때문에 고생이 많으셨네. 주택 문제는 태어나면 집 한 채씩 줄 수 있는 정책을 써야지."

"공기도 좋고 사람이 살 만한 세상을 만들어 놓으면 어디라도 좋은 곳일 텐데. 경제 논리로 빈익빈 부익부로 인간의 층층계급, 재물의 층층계단을 만들었으니 염병."

"상갓집에 가 보면 빈부 차이와 권력의 차이가 확연히 드러나지. 화환이 수십 개, 수백 개씩 복도를 가득 메우고 있는 것은 '나는 이 정도야.' 잘 보라는 허영심이지."

"맞아. 입구 양옆 두 개하고 제단 양옆에 앉은뱅이 꽃바구니 두 개면 될 것을 누가 이런 풍토를 만들어 놨어?"

"우리들은 행복하게 살기는 글렀어. 언제 두 다리 쭉 뻗고 사는 세상에서 인간답게 살아 볼까? 영영 꿈이나 꿀까?"

"말은 국민을 위한다고 하면서도 국민 위에서 군림하고 더 많은 월급을 받고 있잖아. 흙수저로 태어난 우리들은 언제까지 이러고 살아? 쿠데타나 혁명으로 뒤집어지지 않는 이상에 우리들은 영영 종의 신세, 바닥 신세야."

"순전한 우리들은 쿠데타나 혁명도 못 하고, 설령 세상을 뒤집는다 해도 권력 대열에 끼지도 못하고 가난은 대물림되고 부자 역시 대물림될 것이니 어쩌나. 이 고통을 내 토끼 같은 자식들도 맛보며 살아야 하다니. 젠장."

"돈에 환장해야 돼. 위로 올라갈수록 눈먼 돈이 많다는구먼. 최고의 연봉에다 퇴직하면 월급만큼 받는 뭐냐, 그것에다가 엄청난 판공비인지 특활비인지를 받는다는구먼. 이런…. 자네는 그런 공돈 같은 것을 한 번도 못 받아 봤지? 이런. 그러니 우리들은 영원한 을밖에는 안 돼."

"을은 무슨, 병도 안 될걸? 그렇게 생각하니 머리도 남아나질 않아. 양심적이며 인격을 갖춘 지도자, 우리들을 행복하게 해 줄 수 있는 사람은 없어. 제대로 된 지도자와 선생은 없는 거야. 없다면 인생에서 희망은 아예 접어야겠어."

"더 빠질 머리도 없는데, 젠장. 우리들은 돈 안 되는 땅이나 파먹으면서 살다가 죽어서 땅속으로 들어가서 거름이 되어 옥토라도 만들어 주는 역할이라도 해야 할거나."

"하늘에 신이 계시면 이대로 두고 볼 수 없을 것 같은데. 나 같아도 싹 다 갈아엎고 싶은데…."

"양심을 말아먹는 소수의 몰지각한 식자들 때문에 다수가 덤터기로 욕을 먹는 것이지. 가족도 주관 못 하는 자들이 백성에게 명령이나 협조를 당부해? 수신제가도 못 하면서 치국을 한다고…. 이런 썩을. 통분스러움을 누구에게 물을까. 참새나 물새에게 물어보는 게 낫겠지."

"양심을 버린 일부 식자들 때문에 뚫어. 쓸데없는 논리로 순진한 백성을 현혹시키는 세 치 혀. 그런 사람이 최고 지성인이라니 고양이가 야옹, 야옹 하는구나. 야옹은 '야, 내가 무지한 인간들의 옹이니라.'"

"우리들은 노동의 대가로 일당을 받는 거고 날라리 같은 지도자는 오히려 몇 배의 돈을 받도록 어느 누가 그런 법을 만들어 놨냐. 이참에 같이 일하고 같은 소득이 되도록 법을 바꾸어야 하는데…."

"희망은 없어. 기가 막히는 세상이라도 어쩔 수 없어. 누가 학벌도 돈도 없는 우리들 생각을 하겠어. 꿈도 꾸지 마라."

"기가 막히면 죽어. 법을 아는 자는 그 혜택을 보는 엄청난 돈을 받는 거고. 우리들처럼 법을 모르면 일당바리밖에는 안 돼. 왜 뗐어. 뗐고 억울하면 출세해야지."

"야, 출세는 이미 어머니 몸 밖으로 나오면서 출세했는데 또 해야 돼? 이런 빌어먹을…. 테스 형, 세상이 왜 이래. 사랑은 또 왜이래. 아, 테스 형. 너 자신을 알라고 한마디 툭 던져 놓으니 난 모르겠소. 테스 형."

"허허, 네 노래에 한이 많구먼. 차라리 노래나 부르는 게 훨씬 인간적이야. 아, 초졸아. 누가 너를 알아주겠냐. 친구인 나라도 네 맘을 알아주니 너무 자탄은 말아라."

"너 자신을 알라는데 도둑질, 강도짓, 자신이 사기꾼 같은지, 정도보다 사도를 선호하는지, 만물우선론자인지. 가슴에 손을 얹어 보고 자신을 알아야 하는데 모르는 것 같아서 뗐어."

"인간이 자신을 모르고 살면 식충이 된다더니…."

"서글픈 웃음에 한숨만 나는구나…. 욕하는 우리들 입만 더러워지는 것 아니야? 차라리 바보처럼 살자. 난 바보."

"울 수도 없으니 실성하지 않을 만큼 웃고 말자. 겨자 맛인가 땡감 맛인가. 뗐다, 뗐어. 입이 한 짐이야."

"바꿔, 바꿔. 다 바꿔. 세상 판을 다 바꿔."

"세상 참 얄궂다. 어쩌다 우리가 이런 불공평한 인생을 살아야 해. 만물의 영장이라고 하면서 언제 영장이 될 수 있을까? 아니면 영영 흙 속에 묻힐 영장인가."

"죽으면 영장 되는 것 아니야?"

"염병할, 맞네. 죽으면 영장이 되네…. 태어날 때도 금수저고 흙수저라고 하더니 사고로 죽을 때도 누구는 금으로 보상받고 누구는 흙으로 덮여야 하는 세상이던가. 죽어서도 돈으로 시체를 치워야 하니 이런 빌어먹을 놈의 썩어 빠진 세상. 공평성이 없어. 언제 우리들은 좋은 세상이라고 하며 살 수 있을까."

"그게 무슨 말이야?"

"보라고. 죽는 것은 똑같은데 사고사일 경우 보상에서는 엄청 다르니…."

"무슨 말인지 알겠네. 불공평한 제도와 불공평한 사람들이 만들어 놓은 법이나 제도 때문이니 선량하고 착한 힘 없는 우리들이 무엇을 어찌하겠나. 대롱대롱한 벼룩이지."

"맞아, 지난번에 옆 동네 애가 물에 빠져서 익사를 했는데 가난하여 보험을 안 들어 가지고 보상 한 푼 안 나왔다네. 누군 죽으면 보상받고 누군 죽으면 흙값도 안 나오니. 이런 불공평한 세상을 살아야 하나. 죽어야 하나…."

"맞아, 사는 것도 죽는 것도 똑같은 혜택을 받아야지."

"체념하고 모르는 채 바보같이 살아야 편할 것 같아."

"세상의 주도권은 권력이야. 권력을 잡아야 갑이지. 돈을 많이 받는 갑이 되기 위한 치열한 쟁탈전이지. 총질 없는 전쟁을 하는 것이야. 그러니 착한 사람은 자연히 밀려나서 살 수밖에는 없는 낙오자 아닌 낙오자가 된 거여."

"양심가와 대인들은 소인들의 다스림에 주관 당하고 살아야 하다니. 혁명이라도 해야 하나. 데모라도 해야 하나. 뭘 어떻게 해야 분이 풀릴까?"

"지도자들에게 비정규직 월급만큼 주면 안 싸우거나 안 하겠지. 정치를 잘하면 데모를 할 필요도 없고. 백성이 수긍할 수 있는 정치를 안 하는 거냐, 못 하는 거냐?"

"못 하는 것이지. 표 때문에 못 하게 되어 있다고. 주면 너는 하겠냐? 네 능력으로 할 수 있겠어? 네가 그들보다 나은 게 뭐가 있어. 술 취했냐? 굿이나 보고 떡이나 먹지."

"떡을 줘야 먹지. 내가 그들보다 나은 게 있지. 세상에서 제일 중요한 가치를 가진 아주 비싼 보물이 하나 있어."

"그게 뭔데?"

"너도 가지고 있잖아."

"나도 떨거지인데 내놓을 게 있어야지."

"너도 가지고 있다니까? 양심."

"평가를 할 수만 있다면 자네 양심은 내가 인정하지. 자넨 거짓말도 사기도 도둑질도 못 하잖아. 돈이 널려 있어도 가지고 가지 않는 자, 양심이 살아 있는 자, 자넨 만물의 영장이며 최고 인격자야."

"소인은 대인을 못 알아보는 법이지. 인격자나 양심을 알아보는 기준이 뭐야? 소인과 대인의 구별은 뭐로 하는 거야? 학벌, 재물, 권력, 인물, 능력."

"양심은 신이나 알아주지. 자네는 신의 수준인 것 같아. 그러니 소인들이 양심의 대가인 자네를 못 알아보는 것이니 너무 상심 마라. 몸 상하고 마음 상한다."

"우하하하. 학벌은 초졸인데 양심은 대졸이나 박사보다 위라. 이 세상에서는 대접을 못 받아도 저세상 가면 네가 저들의 갑 중에 최고 갑이 될 것 같아."

"한심한 세상이지. 조삼모사 세 치 혀를 가진 인간들의 막말은 썩어서 개도 안 물어갈 이론들을 읊어 대니."

"선악도 구분도 못 하는 무지막지한 지도자들이 설치고 다니는 세상에. 개판이 되어 가는군. 그러니 온통 개들이 왈왈거리고 동네에 아무 데나 똥 싸고 오줌 싸고 떠들고 지들 세상인 양 난리들이야."

왈왈왈, 컹컹컹, 멍멍멍, 청청청.

"저 개새끼들이 착한 우릴 보고 짖는 거야."

"수치심을 몰라야 돼. 거짓말이라도 그럴듯하게 잘해야 유능하다는 거야. 착하면 누가 알아줘, 어리석은 중생들아."

"잘도 짖는구나. 그러니 법을 아는 우리들은 해 먹는 거고. 법을 모르는 어리고 착한 너희들은 땅 파먹고 불평이나 하고 사는 거지. 방법이 있어. 너희가 노는 판이 아니야. 제발 꿈 깨라고."

"무지막지한 법을 만들어서 국민들의 심산을 어지럽히는 자들. 이제는 바꿔야지. 민주주의 선거 방법을 버려야 해."

"안 그래도 신공산주의인지 막가는 시즘인지 무슨 시즘인지 그들은 자유 파괴, 가정 파괴, 사랑 파괴를 하는데 민주주의마저 없애면 무슨 통치 수단이 있다는 것이냐."

태 할배와 궁장

"그래도 그렇지. 에라이… 하늘이 무섭지도 않아?"

"그러니 정치는 구제불능이야. 만물의 영장도 못 된 인간이 죽으면 지옥에 간다고들 종교 세계에서 그러던데 차라리 신이나 믿어 볼까. 신은 공평하겠지."

"양성평등을 부정하고 만물의 따까리로 거짓 사랑을 하겠다는 그들의 거짓 주장대로 되면 가정도 파괴되어 개판이 되고 종교도 없어진다는데 웬 신을 믿겠다고 그러냐."

"신이 주신 공짜인 공기로 숨 쉬면서… 3분짜리 인생들이 뭐가 어쩌고저쩌고 난리들이야. 신을 경외해야지."

"언제부터 신타령이냐? 자네 말이 맞기는 맞아. 숨 못 쉬어 죽는 자들이 하루에도 수두룩하여 송장 치우기 바쁜 세상에. 통곡할 때뿐이야."

"만물의 영장이라면 아무런 대가 없이 마음대로 숨 쉬듯이 공평한 세상이 되어야 하는데 이건 잘못된 세상이야. 누가 이렇게 만들어 놨어? 신이 있다면 이런 세상을 원하지 않았을 것 같은데…."

"신이 있다면 이런 불공평한 세상이 되도록 놔두었겠어? 신이 죽었거나 아니면 신이 없으니 이런 세상이 된 것인지 누가 알아. 내가 신이라도 확 쓸어 버리고 싶어."

"예전에 휴거 사건 있었지? 그런 일은 일어나지 않는데도 믿으니. 어쩌면 종교 세계에 사이비가 많은 것 같아."

"신이 계신다면 설마 이런 세상을 원했겠어? 기득권층, 즉 잘났다는 모순된 인간들이 만들어 놓은 제도와 철 밥그릇의 관행 때문이며 법 좋아하는 그들의 법 때문이지."

"법이 법으로 판단한다는 것은 모순이지. 해석자에 따라서 달라지는 거야. 법(法)은 물이 흘러가는 것인데 세상 법은 거꾸로 흐를 때가 많아. 창조된 자연을 거르는 거지."

"지가 무슨 연어도 아닐 텐데 거슬러 올라가."

"아마도 신종코로나는 호흡기를 통하니 쉽지 않겠어. 좋은 세상을 위해 우리 모두 신께 기도나 드려 보자."

"삼 분짜리 인생들아, 경제 논리와 힘의 논리로 가니 세상을 지배하려고 핵을 만들어서 결국 실수로 엄청난 피폭을 당하게 되겠지. 역병도, 코로나도 너희들이 치러야 할 고통이니라. 이제는 모든 것을 버릴 때가 되었느니라."

"무조건 신님께 잘못했습니다, 빌어야지. 너희 맘대로는 안 돼. 천변이든 인간의 실수로 인한 인재든 사람이 사람답게 사는 세상이 되어야 하는데, 이제는 하늘을 보라고."

"자연적인 것이 어찌하여 때가 되면 꽃이 피고 열매 맺고 시들고 죽는 것이야. 네 자식이 누구를 닮더냐? 애비, 애미를 닮는 것이지. 닮는다는 것은 만들어진 법칙대로 순환하며 유지되는 것이지. 그러니 제일 먼저 천신님께 감사하고 예를 갖추어서 믿고 그리고 살아야 인간이지."

"이제야 세근머리가 나느냐. 정치부터 바꿔야 해. 양당제나 다당제나 똑같지. 진실을 말하는 선량한 사람, 순천할 수 있는 사람, 백성과 같이 나누어 먹을 사람, 같이 공감하고 자유롭게 행복을 공유할 사람, 자식을 사랑하는 부모 같은 정치를 할 수 있는 제도나 사람이 필요한 때야."

"민주주의는 백성이 주인이라며 선거를 해야 된답니다."

"불미한 중생들아, 웃기지 말라. 코미디 하냐? 아버지, 어머니를 선거로 뽑느냐. 부모가 마음에 안 든다고 갈아치우면 패륜아 되는 거잖아. 나라의 지도자도 부모처럼 할 수 있는 사람을 선출해야지. 백성이 문제냐, 지도자가 문제냐, 제도가 문제냐. 이제는 버릴 때가 되었느니라."

"둘 다 문제인 것 같아서 정말 버릴 때가 된 것 같습니다."

"정치에 신물 나니 종교라도 믿어 볼까? 종교도 아주 많은데, 진짜로 믿을 수 있는 진리는 언제 나올까."

"진리가 있으면 너희들이 진리인 줄 알아볼 수 있겠어?"

"그러네. 알아볼 수 없으니 이단이라고 하는 것 같아. 판단 기준은 무엇일까. 종교를 가지는 것도 신을 믿는 것도 정치보다도 더 어려운 일인 것 같아."

"이단 시비는 끝이 없지. 무엇이 진짜일까. 하나님을 말한다고, 예수님을 말한다고, 부처님을 말한다고, 공자님을 말한다고 진짜가 될 수는 없겠지. 사이비는 비슷해서 맞는 것 같은데 전혀 다른 것이지. 참 어렵다. 테스 형, 인생살이가 왜 이리 팍팍해."

"처음에는 이단 시비하다가 세가 많아지면 묵인해 주는 것이 여태까지 관례처럼 되어 버렸지. 호박에 선 그으면 수박 되는 거여."

"진리를 알아보는 눈도, 귀도, 입도 모자라기 때문에 못 알아듣고 못 보고 말하지 못하는 불쌍한 인생이야."

"맞아. 자네 말이 맞는 것 같아. 그럼 이 시대에 하늘의 천비를 알려 준 진리가 있다는 말이야, 없다는 말이야?"

"내가 이단이라고 말해서 이단이 되고 내가 진짜라고 말해서 진짜가 되는 것은 아니지. 그 누구도 선과 악을 분별 못 하는 중생들이 뭐, 이단 시비를 해?"

"가짜가 판을 치는 세상에서는 우리가 모를지도 모르지. 불쌍한 중생들 중에도 진짜가 있을 수 있겠지."

"지난해 초에 세계 정상들 수백 명 등 몇만 명이 모여서 일주일간 행사를 했다는데 참으로 신비한 일이지."

"맞아. 그때 코로나가 한창일 때인데 어찌하여 그 많은 사람이 모였는데 한 사람도 안 걸렸을까."

"참가정, 참사랑, 참사람, 참부모, 참부부, 참자녀, 참형제라고 말하는 사람들은 아마도 진실이 아닐까. 그들이 진리이며 신이 함께하는 것일까? 사이비인 가짜를 가지고 참이라는 말을 그렇게 사용하지는 않을 것 같은데 참으로 희한하고 신비스러운 일이야. 관심을 가져 볼까 봐."

"인생 문제, 세상 문제, 알 수도 없고 믿을 수 있는 방법도 없으니 우리들에게 하늘의 천비를 알려 줄 정 도령은 없소."

"태참참축가, 태참참축가, 태참참축가."

염원하며.

"정 도령 여기 있소. 인생 고민 깨끗이 해결하는 진리를 알려 줄까. 너희들 소원 풀어 해방시켜 복되게 해 줄게."

한참 세상을 탓하고 푸념을 하던 이일만, 고만동, 김우치는 술이 확 깬다. 그들은 눈이 휘둥그레지고 소리 나는 쪽을 바라보면서 말문이 막혔다. 입만 벌리고 있는 그들을 향해.

"사람답게 살 수 있는 세상, 만물의 영장이 되게 해 줄게…."

"어떻게? 우리들 인생 고민을 해결해 준다는 것입니까?"

"맞아. 저 형님이 맨날 참가정, 참부모, 참사랑을 말한다던데 사이비 아니면 정도이겠지. 판가리 할 수 있도록 우리들을 설득시켜 보세요. 설득되면 대박 날지도 모르죠."

"우리가 맨날 술이나 먹고 인생 타령하고 남을 비난하고 세상을 비판해도 오줄은 있어요. 남보다 모든 부분에서 부족해도 양심은 팔아먹지 않는다고요. 우리들 마음에 들면 세상은 천지가 개벽할 것 같은데요, 형님."

"양심인이 주인 되는 세상이 이상 세계 아니겠니. 너희 세상이 올 것이야. 만물의 영장이 되게 해 줄게. 술로 세상을 탓해 봐야 주정꾼밖에는 안 돼. 술로 해결될 문제는 아니지. 한때 기분 풀이는 될는지 몰라도… 술 한 방울 안 먹어도 기분이 최고로 좋아지는 방법이 있지. 한번 해 볼래?"

"어떠언… 방법이요?"

"이렇게 하면 어떨까?"

명중은 참행복마을 청사진을 쭉 펼쳐 보였다. 듣고 다들 화들짝 놀라서 한동안 멍하니 서로 바라보기만 하였다. 믿기지 않는, 상상할 수 없는 일들을 우리가 해낼 수 있을까. 오히려 걱정이 앞선다.

"어렵고 꿈만 같은 일인데…. 욕심 많은 인간들의 단면을 보아 왔는데 그게 될까요. 아무래도 어려울 텐데…."

"아니, 이걸 성공시킬 수 있다고요? 말도 안 돼. 가진 자들의 반대와 반발은 불을 보듯이 뻔할 텐데…."

"어차피 세상은 천지풍파가 불어야 되겠지. 이대로는 부패한 인간들의 혐오성을 바로잡을 수는 없을 것이야. 태 할아버님께서 한번 혹 불어야 될 것 같아. 그러면 엄청난 피해가 올 것인데 제발 인간들이여, 양심인이 되어야지. 진사모들이여, 하나 돼라. 이제는 양심 혁명을 해야 될 때야."

"때가 오면 우리가 한마음 한뜻이 되면 성공할 수 있고…. 해 보지도 않고 안 된다고 포기한다면 우리들은 세상을 불공평하다고 불평할 자격이 없는 자들이야. 무지몽매한 을의 인간 자리를 벗어날 수는 없겠지."

"한번 해 보는 거야. 죽이 되든 밥이 되든 뭐가 되겠지."

"꿈을 꾸어야지. 시작이 반이니 기적이 일어날걸."

걱정 반 기대 반이다. 될까…?

"우리도 사생결단으로 각오하고 해 봅시다. 형님, 명령만 내려 주십시오. 적장의 목이라도 따오겠습니다."

"적이 누군지 알기나 해. 적장의 목은 필요 없으니 네 목이나 잘 지키고 변심이나 하지 않겠다고 일편단심으로 하늘에 충성 맹세할 수 있겠나."

"네, 형님. 영웅 이순신 장군님처럼 우리는 죽고자 하면 살 것이니 죽을 각오를 하고 좋은 세상을 만들어 봅시다."

"우리들 모두가 이순신이 되면 좋은 세상이 될 것이야. 우리들은 한결같은 마음으로 피를 나눈 혈맹의 심정을 가지고 변치 않는 심정으로 결의하자고. 맹세, 맹세, 맹세."

"그 마음 변치 않는다면 소망이 대망이 되어 양심인들이 주인이 되는 신통의 세상이 될 것이니라."

시계는 째깍, 째깍, 째깍. 된다, 된다, 된다.

참행복마을

"천지개벽이 시작되나. 웬 비가 이렇게 많이 쏟아질까?"

우르르 쾅쾅, 파작착.

하늘에 하얀 섬광이 번쩍이더니 벼락 치는 소리가 귓전을 강하게 때렸다. 바로 머리 위에서 엄청난 굉음으로 번쩍, 번쩍. 우르르 쾅쾅쾅, 우르르르 파작작착.

"하늘에 구멍이 났네."

"노아의 홍수 때 사십 주야로 비가 내려서 세상이 물바다가 되어서 산꼭대기에 지은 방주가 둥둥 떠다녔다더니….."

"노아 할아버지가 그렇게 외쳤다던데. '내 배인 방주에 타시오. 제발 타시오. 만들 때는 동참 안 해도 타는 것은 허락할 테니 제발 타시오.' 목이 쉬도록 외치고 다녀도 사람들은 눈도 깜짝하지 않았다더니….."

"오히려 비난만 받았다지요. '미친 영감탱이가 산꼭대기에다가 배를 만들어서 무엇에 쓰려고 그런다니. 미쳐도 분수 있게 미쳐야지. 뭐 하는 짓이야.'"

"그렇게 똥고집 피우다 방주에 타지 않은 사람들은 다 죽었다나 어쨌다나. 한모불사라더니…"

벌써 몇 시간째인지 가늠할 수도 없었다. 우리들의 염려는 아랑곳하지 않는 듯 쏟아져 내린 빗물은 금세 황토물이 되어 탁류를 이루면서 빠른 속도를 내며 휩쓸고 흘러 내려간다. 물은 생명을 창조하는 제일의 근원인데 재창조의 물벼락이니 오염된 것을 깨끗이 청소하라는 천비일까.

"있을 수 없어. 우린 망했구나. 하늘도 무심하시지."

"내 구십 평생에 이런 일은 처음이야. 하늘이 분노했나. 내가 너무 오래 살았어. 진작 갔어야 했는데…"

"무슨 소리를 하는 거여. 영감이 갔으면 지금 무덤이 다 떠내려가서 흔적도 없는데 당신 유골이 여기저기서 고생하겠네. 살아 있는 게 다행인 줄 알아."

자탄하는 노모의 주름진 곳마다 계곡처럼 슬픔이 가득.

"하늘이 천지개벽을 할 것 같군. 차라리 확 쓸어 버리는 게 났겠지. 나쁜 인간들 때문에 착한 사람들도 피해를 볼 수밖에 없지마는 어쩔 수 없겠어."

수마가 할퀴며 휩쓸고 지나간 자리는 흉물 그대로였다. 처참하게 변해 버린 마을. 총 한 발, 포탄 하나, 미사일 하나 떨어지지 않았는데 전쟁을 치른 것보다 더 쑥대밭이 되었다. 동네 소식을 들은 후에 아버지께서는 며칠간 묵으면서 동네 사람들을 위로하면서 시작하려니 부담스러운 것은 사실이다. 개척자는 고통스러운 일이다.

"할아버지, 할머니, 아버지, 어머니. 이 동네를 새로운 참행복마을로 만드시는 것이 어떠세요?"

"그래. 그렇게 하는 것이 차라리 났겠지."

"참행복마을을 만드는 것이 제일 상책이 아닐까요."

"그렇지. 바로 이게 기회야. 전화위복이라 했지."

"천지를 개벽해 볼까?"

"태참참축가, 태참참축가, 태참참축가."

천지개벽의 때는 왔다.

동네 청년들인 일만, 만동, 우치 등 세 사람이 주동이 되어 새로운 지도자를 뽑자는 의견을 모아서 마을 지도자로 추천했다. 박명중은 마을 이장으로 추대를 받았고 그는 국장으로 지냈던 서진호 씨를 개발국장으로 선정하였다.

"우리 동네의 희망은 박명중 선생밖에는 없어."

같은 하늘 아래 같은 공기로 숨 쉬고 살면서 서로 이해를 못 하는 원수보다 더 무자비한 인간들. 세상에서 제일 무서운 것이 인간들의 세 치 혀였다. 태 할아버님께서는 '혀는 불이며 불은 말씀'이라고 했는데 모순되고 무지한 인간들이 마구 쏟아내는 그 말이 화마였다. 칼에 난 상처보다 세 치 혀가 더 심장에 비수가 되어 후벼판다.

"신은 말씀으로 사람을 살리시고 모순된 인간들은 말로 사람의 가슴에 비수를 꽂아 참담하고 쓰라리게 만드는구나. 모순된 자는 말로 양심을 거슬리게 하고 참된 사람은 말씀으로 복되게 은혜를 내린다."

"심고 가꾸는 자는 힘들지만 그 열매를 먹는 자는 달콤한 인생을 맛보며 행복할 것이다."

"참사랑은 천륜이며 위하고 사랑하며 신성으로 사는 하늘의 뜻이니 절대로 순천자가 되어서 아름답고 행복한 세상을 만들어 가야 합니다."

참행복마을 기본 수행원칙
- 해야 할 것은 반드시 책임감 있게 마무리한다.
- 하지 말아야 할 것은 하지 않는다.
- 을민은 누구나 똑같은 혜택을 받고 공평하게 일한다.
- 동심으로 동업, 동소득, 동분, 동행, 동거하는 것이다.
- 개체는 전체를 위하며 개인은 마을을 위해서 생활한다.
- 사용 불가능한 것은 생산이나 유통에서 제외시킨다.
- 수요와 공급을 맞추며 서비스는 빠르고 정확하게 한다.
- 모든 만물은 나의 것이며 우리들 것이니 서로 배려하고 아끼며 마음대로 쓰되 낭비가 없도록 근검절약 정신으로 반드시 책임감 있게 사용한다.

부동산은 마을 공동
모든 것은 각자가 다 가질 수는 없어도 다 같이 누릴 수 있는 것이다. 참행복마을은 공심, 공생, 공영, 공의주의이며 위하여 사는 양심법으로 실천, 실행한다.

교육의 단계

두루학당(초)에서 기본 과목을 배우고 5, 6학년 방학 때는 준비 학당(중)의 전문 과목을 배우기 위해 방학에 예전 학습인 사전 학습을 한다. 미리 이론이나 실전을 실습해 보면서 자기가 잘할 수 있고 적성에 맞는 직업을 선택하기 위해 준비하는 학습이다. 준비 학당 때부터 전문 과목을 배우기 위해 학당이나 반을 선택하여 공부할 수 있다. 전문학당(고)은 한 단계 발전된 것을 배워서 사회에서 적용할 수 있게 하며 만공학당(대)은 만 가지 기술과 학문을 공부하고 더 연구하는 전당으로, 모든 과정에서 미비한 학습이나 부족한 기술 부분을 더 연구하며 공부와 학문이 완성되는 곳이다. 학력은 묻지도 따지지도 않는다. 내가 필요하고 서로가 필요하고 마을이 필요하므로 위하여 살아야 하기 때문이다.

직업 선택은 인품과 책임감으로 능력을 발휘하는 것이다. 누구든지 무슨 일이든지 할 수 있는 기회를 주기 때문에 각자의 일에는 전문성과 책임성과 의무성을 가지고 양심인으로 프로답게 최선을 다해야 하는 것이 필수 조건이다. 내 사업이며 우리 마을 일이니 최고를 지향하는 프로 정신으로 일한다.

애천궁 동산원 참행복마을 신성 언약문

몸과 마음을 깨끗하게 하며 3호 5관으로 산다. 3호는 신호(神好), 인호(人好), 만호(萬好)이다. 5官(耳, 目, 口, 鼻, 感)을 바르게 인식하며 좋은 말을 듣고 좋은 눈으로 보고 좋은 말을 하고 향기로운 자연

의 신선한 공기로 숨 쉬며 좋은 감각을 가지고 아름다운 심성을
갖는 생활의 기준의 핵심은 양심이며 양심 하나면 만사형통이다.

양심의 본성론

양심은 하늘부모님의 심정과 신성체이다.

양심은 스승보다 부모보다 주인보다 앞서 있다.

양심은 선의 근원이며 아름다움의 근본이며 본질이다.

양심은 생명의 근본이므로 인간의 삶의 주체요, 주인이다.

양심은 사랑의 제일 근원이며 순모이고 본심의 마음이다.

양심은 주체이며 주인이니 몸은 대상이다.

양심은 천륜의 척도이므로 천법의 기준이다.

양심은 무형실체의 주인이신 태 할아버님의 본체이다.

양심은 자동적인 인격의 기준이므로 만물의 영장이다.

양심은 완성인의 기준이며 영인체의 근원이다.

양심은 무형실체의 주관자요, 주인이며, 주체이다.

모든 사람에게 양심이 있으니 마음먹기 훈련을 통해 정상적인
기능을 할 수 있도록 훈련하고 수양하여 본심의 심정대로 살 수
있는 사람이 되도록 노력해야 한다.

애가완증은 참행복마을 주민의 증표이다

보이지 않는 양심을 잼대로 재기가 어렵기 때문에 시험은 양컴
을 통과해야 합격된다. 양컴의 기준은 말과 행동에서 선을 중심하

는 양심법에 의해서 그 기준을 체크해 주는 즉석 자동 응답이 나온다.

첫째, 내가 하는 말은 양심적이며 진리와 같은 말이다.

둘째, 만물을 탐하는 것은 내 마음의 탐욕 때문이다.

셋째, 나는 위하여 살아야 한다.

넷째, 양보는 최고의 미덕이다.

다섯째, 나는 하늘부모님을 경외하며 절대복종한다.

여섯째, 나는 남을 사랑하며 우리는 같은 형제이다.

일곱째, 나는 외적 조건으로 사람을 평가하지 않는다.

여덟째, 나는 능력을 갖춘 착한 사람을 더 존중한다.

아홉째, 나는 거짓말을 하면 양심의 가책을 느낀다.

열째, 나는 피조물을 창조해 주심에 늘 감사한다.

열한째, 나는 불행한 일들을 볼 때마다 가슴이 아프다.

열두째, 나는 남의 허물을 탓하지 않는다.

열셋째, 나는 천주를 대표하는 생명감에 감사한다.

열넷째, 나는 재물보다는 공기를 선택한다.

열다섯째, 나는 남을 믿는다.

열여섯째, 나는 양심적인 사람들을 좋아한다.

열일곱째, 나는 양보를 잘한다.

열여덟째, 나는 혼자보다는 같이 있어야 기쁘고 좋다.

열아홉째, 나는 신과 인간과 만물의 진리체이다.

스무째, 나는 무형실체가 최고 가치이며 천주이다.

나타난 양심 기준을 참고하여 나 자신을 선으로 혁명해 나아간다. 생활에서 이렇게 정해 주니 각성되고 긴장되며 확실한 효과를 볼 수 있도록 마음의 준동 상태를 알려 준다.

내 속에 있는 사심이 준동하는 상태 기준
- 악성이 깨어서 일어나려 하고 있다. → 10%
- 악성이 출발 준비에 발동을 걸었다. → 20%
- 악성이 흔들거리며 상승하고 있다. → 30%
- 악성이 배꼽을 진입 통과하려 하고 있다. → 40%
- 악성이 배꼽 위로 상승 진입하고 있다. → 50%
- 악성이 명치를 통과하려 하고 있다. → 60%
- 악성이 가슴까지 올라오니 조심하라. 과속 진입. → 70%
- 악성이 입까지 올라오니 욕하는 아주 위험 상태. → 80%
- 악성이 코까지 올라오니 태풍이 분다. 폭발 직전. → 90%
- 악성이 눈까지 올라오니 뵈는 게 없다. 폭발했다. → 100%
살인 가능. 폭발음과 동시에 터져 구제불능.
* 구제불능: 이제는 참행복마을에 접수할 자격을 상실했으니 네 마음대로 살거라. 인간으로 살 자격을 상실한 인간이며 영원한 형벌을 받을 인간이 되어 완전히 포기 상태가 되므로 지옥에 가게 되었구나. 불쌍한 중생이로다.

무엇을 하더라도 '잘못하고 있어요.' 한두 번 당해 보면 알게 된다. 언행에 자연히 조심을 하여 언행이 일치되는 사람이 되어야 하니 양심이 통과제의의 모든 기준이었다.

악성으로 사는 생활에서 매일 점검되는 자기생활습관과 말의기준을 양컴에서 기준점대로 경고를 해 주는 것이다.

선악의 현재 상태를 알려 주는 수치

- 선이 10 이하이면 악은 90이니 사망 상태로 회복 불능.
- 선이 20 이하이면 악은 80이니 절망 상태이다.
- 선이 30 이하이면 악은 70이니 희망이 없다.
- 선이 40 이하이면 악은 60이니 더 많은 노력이 필요하다.
- 선이 50 이하이면 악도 50이니 왔다 갔다 하는 수준이니 결심의 노력이 필요하다. 명심하면 좋을 것.
- 선이 60 이하이면 악은 40이니 좀 더 노력하면 좋다.
- 선이 70 이상이면 악은 30이니 잘하고 있다.
- 선이 80 이상이면 악은 20이니 합격선 일보 직전.
- 선이 90 이상이면 악은 10이니 합격 가능한 수준.
- 선이 95 이상이면 악은 5이니 신성을 갖춘 인격적인 사람으로 완성될 것.
- 선이 100이면 악은 0이니 딩동댕. 축하드립니다. 양심 과정을 통과하여 인격자이며 만물의 영장이 되었음.

축하송이 나온다. 이런 수련의 훈련 과정을 거치므로 양심을 속이는 짓을 해서는 절대로 안 된다는 것을 깨닫는다.

동산원 참행복마을

　건물 중앙에 원형으로 하늘 높이 솟은 전망대가 애천궁기 게양대에서 참행복마을기와 참사랑가마을기가 나란히 바람에 펄럭이고 있다. 애천궁기는 가운데는 원형으로 황토색이고 둥근 해를 상징하는 붉은색으로 되어 있다.

　참행복마을기는 둥근 원 안에 할아버지, 할머니와 아버지, 어머니, 자녀가 둥그렇게 손을 잡고 행복하게 웃고 있는 모습이다. 어느 곳에서 보아도 보일 정도로 아름다운 참행복마을 중심부이다. 사방으로 뻗은 원형 도로의 중심부에서 참행복마을이 전체를 둘러보듯이 상징적인 건물이 버티고 서 있다.

　사방은 유리로 되어 있어 마을을 내려다보는 전망이 좋은 그곳은 회의나 담소를 나눌 수 있는 휴식 공간이다. 건물 위에서 내려다보니 구조물은 동서남북 사거리로 만들어져 있고 중앙은 황토색, 동쪽은 청색, 남쪽은 붉은색, 서쪽은 백색, 북쪽은 검은색으로 단장되어 있다.

　사방에서 팔방으로… 오방색으로 단장한 참행복마을.

　정문으로 들어서면 마당에도 오방색으로 아주 아름답게 장식된 대리석이 깔려 있어서 한층 멋스러움을 더해 주며 사이사이에는 푸른 잔디를 깔아서 아주 산뜻한 느낌을 준다. 정문은 정남향을 바라보며 모든 사람을 환영이라도 할 듯이 확 트여 있다. 담도 없고 자물쇠도 없이 최고의 자유를 누리며 사는 성인이 된 인격완성자들인 사람들의 동네다웠다.

마을 구성단위

- 조직: 애천궁 동산원 마을은 궁, 도, 원, 을, 형, 리, 정, 가, 사.
- 인구: 참행복마을은 십사만에서 십오만으로 하고 제2 참행복 마을부터는 이십만까지로 한다. 인구 약 이십만을 기준으로 열 개 마을이 되면 동산원이 하나씩 늘어 가는 것이다.

선거는 내선지로 한다

내가 선택하는 지도자를 선택하는 직접 기명식이며 선거 비용이 들지 않는다. 신성통치를 할 을장이나 궁장 선출법은 1인 1투표제이며 무작위 직접 기명식으로 한다. 임기는 4년으로 하되 연임할 수 있고 추대를 할 수도 있다.

마을 주민이면 누구나 20세만 되면 투표할 수 있다. 투표하는 방법은 평소에 제일 덕망 있고 존경스럽고 정직하고 유능한 사람을 스스로 판단하여 3년의 기간 동안 자기 집에 있는 투표용지에 존경하는 분의 이름을 적어서 행정 기관 투표함에 넣어 두면 임기 기간이 만료되면 개봉하여 제일 득표를 많이 한 사람이 자동으로 궁장에 선출되는 제도이다. 자기 이름으로 사인이나 도장을 찍어서 투표함에 넣어 둔다.

선거운동은 할 수 없다.

선심으로 돈도 쓸 수 없으며 누가 궁장에 적합한 인물이라는 홍보나 칭찬이나 여론 조성도 할 수 없다. 누가 누구를 찍었다고 말하는 것은 위법이므로 엄격한 처벌을 받기 때문에 걱정할 것도 없다. 사전 선거 행위로 지지자를 말하거나 누구를 찍었다고 발설할

시에는 벌금 백억 원과 십 년의 징역살이를 각오해야 한다.

양심이 평가 기준

양컴에서는 양심을 체크할 수 있는 기능과 일의 능률 등을 체크할 수 있는 기능까지 장착되어 있으며 각자의 휴대 전화에도 이미 앱이 깔려 있으므로 수시로 스스로 점검하면서 시정한다. 모든 부분에서 클라우드 서버나 소셜미디어가 데이터 센터를 통해 인공지능인 양컴에서 통제·관리해 준다. 참행복마을의 모든 사람은 자동적으로 입력되어 있기 때문이다.

최고만장

만물의 최고수익왕은 참만장이 된다. 만장 칭호를 다섯 번 받으면 오만장이 되고 오만장이 두 번이면 참만장이 된다. 참만장이 만물계의 제일 인자인 최고라는 뜻이다.

최고보물

참행복마을에서는 보석을 누구나 끼고 다닐 수도 있지만 잘 끼고 다니지도 않는다. 보석보다 더 아름다운 마음씨를 가진 사람들이 최고의 보석이기 때문이다. 최고 보물의 가치 기준은 양심과 생식기이다.

신성한 사람들

수선화의 강인함으로 겨울을 이기고 새봄을 연다.

'매화의 기개'

선비의 격조와 굳은 절개를 품고 향기를 팔지 않는 매화. 찬바람을 견디며 백설을 이불 삼아 살아온 도도함은 계절의 선두주자답다. 겨울을 밀치고 새 생장점의 어린싹을 몸 밖으로 밀어 올려 몽글몽글 솟아오른 꽃망울들의 순수함이 있다.

꽃 중에서 제일 먼저 피는 꽃이라서 화괴라고 했던가.

고결하고 기품 있고 결백한 미덕을 갖춘 꽃 중의 꽃이다.

세한삼우도에 속하며 사군자에서도 으뜸으로 치는 매화.

그 고결함 때문에 매화는 찬바람을 맞고 시련을 견디며 선두주자로 세상에 먼저 나오는 기개를 가졌다. 뒤따라 자랑이라도 하듯이 커다란 꽃잎을 가진 목련이 큰 함박웃음으로 새봄을 열었다. 뒤질세라 노란 개나리와 벚꽃이 하얀 미소를 머금고 눈이 부시도록 활짝 웃는다. 시름을 달래는 진달래가 흐드러져서 화사한 천지의 밝은 빛깔로 채색을 했으니 이 빛깔은 새봄의 전유물이었다.

춘풍을 타고 이상세계인 동산원 참사랑가마을에도 꽃보다 더 아름다운 사람꽃들이 여기에 만발하였다.

눈이 부시도록 아름답고 화창하고 좋은 날.

인류가 소망하고 오매불망 동경하며 그리워했던 이상세계를 기념하는 그날이 왔다. 생화가 만발한 이 좋은 세상에서 이 좋은 사람들과 이 풍족한 만물을 보고 즐기며 먹고사는 이 좋은 동네. 이곳은 이상세계의 최고점인 참사랑가마을이다. 산천초목이 형형색색으로 물들어 가는 한 폭의 그림이었다. 표현하고자 하는 세상. 그리고 싶은 세상과 행복이 이 마을 안에 가득 들어찼다.

고문 통과

마을 입구에는 통과제의를 판가름이나 하는 듯이 단단한 근육질의 시커먼 철대문이 버티고 서 있었다. 얼마나 단단하고 무섭게 보이는지 볼 때마다 심장이 오그라든다.

"통과제의, 기준은 나여. 불쌍한 중생들이여, 나를 넘어가라고. 이 문을 통과해야 저 아름다운 세상에 들어갈 수 있으니 제발 나를 넘어가 줘. 제발 부탁이야."

우리들을 뚫어 보며 말하고 있는 것 같았다.

"인간이 되어 가지고 만물의 영장이라면 당장 들어갈 수 있는 것을 언제 인간이 된다더냐. 미련하고 불쌍한 중생들아. 탐욕을 버려라. 양심하나면 간단히 해결되잖아. 이렇게 버티고 서 있는 내가 더 괴로워. 너희 인간들은 마음만 먹으면 될 일을 왜 그렇게 어렵고 힘들게 산다냐…"

아무도 통과 못 할 것 같아 보이는 이 육중하고 엄격해 보이는 시커먼 철대문을 사람들은 '고문'이라고 불렀다.

"왜 고문이라고 불러?"

"고생(苦生)을 많이 할수록 고생(高生)의 삶이 보장되는 것이기 때문에 인내는 쓰고 그 열매는 아주 달콤하지."

아무나 못 들어가는 곳이지만 누구나 들어갈 수 있는 자격이 주어진 열린 문이나 다름없는데도 못 들어가는 것이냐. 안 들어가는 것이냐.

철커덕 삐걱, 철커덕 삐걱. 끽끽끽.

일부러 못 들어가는 주민들에게 정신 차리라고 들으란 듯이 철커덩거리며 큰 소리를 내며 열린다.

애가완증

"증을 보여 주세요."

'애가완'증을 갖다 대면 '통과'….

가짜를 방지하기 위해 합격한 사람들은 지문의 검색대인 자동문을 통과한 사람만이 안으로 들어갈 수 있었다. 애가완증을 가지고 이중으로 통과된 다음은 손을 안 대도 스르륵 저절로 열리는 자동(自動)문을 통과하면 모든 것이 자동이다. 각자의 무한책임 하에 스스로 행하며 살아가는 곳이다.

"통과. 비로소 만물의 영장이 되었습니다."

절대순결을 지키며 참사랑으로 가정을 완성할 천문이와 선화. 그들은 3대 축복을 받고 천운, 천복을 받은 으뜸가는 본된 가정들이었다. 어릴 때 뽀뽀와 인증 사진으로 맹세했던 두 사람의 사랑의 가약은 순결을 지키며 성공했다. 둘은 축복을 받았다. 천상배필로서 오매불망 일심으로 사랑을 키워 온 천문이와 선화. 사내답고 정직한 천문이와 착하고 아름다운 선화를 보면서 또래들은 시기와 질투심으로 훼방하는 말들을 마구 쏟아낸다.

"첫사랑은 실패하는 거야. 요즘에 연애를 많이 안 하면 골동품이고 시대에 뒤떨어지는 거야."

"고기도 먹어 본 사람이 잘 먹듯이 연애도 경험자가 낫지."

"동거도 안 해 보고 결혼을 하다니 믿을 수 없는 일이군."

자기들의 사랑은 절대사랑이 아니기 때문에 질투를 하는 것뿐이었다. 가짜 사랑인 프리섹스로 참사랑을 이길 것이라고 착각하고 사는 중생들. 권모술수와 허황된 거짓 이론의 사랑 논리에 넘어갈 천문이도, 선화도 아니다. 인생은 진리로 결정되는 것이다. 많은 사람들이 행하면 그게 옳은 것이라고 생각하는 것은 잘못된 사고 개념이라는 것을 잘 모르고 논리화하며 가짜 뉴스로 여론화시키려고 난리법석.

"우물 안의 개구리는 우물 밖의 세상에 뭐가 있을지 상상이라도 해 보면 좋을 거다. 인간은 자기가 아는 대로 산다."

"소인들의 귀는 얇아서 거짓이나 뜬소문에 약하고 진리를 듣는 귀는 엄청 두꺼워서 진리를 듣기가 어렵다."

"대인들의 귀는 두꺼워서 세상의 가십거리나 거짓은 잘 안 듣고 진리를 듣기에는 귀가 얇아서 말씀 듣기를 좋아한다."

사랑 타령

어느 시대건 사람들의 일 중에 가장 큰 난리법석이 바로 사랑 타령이다. 밥 먹듯이 읊어 대는 단어인데도 아주 어렵고 난해한 단어가 사랑이다. 사랑이 뭔지.

"인생의 오묘함은 참사랑뿐."

사랑은 신의 심정과 신성의 본체이시며 생명체의 근원이시다. 인간세계는 태 할아버님의 뜻이며 천륜의 심정은 참사랑으로 영원한 성자가정을 완성하여야 한다. 마음도 몸도 하나듯이 사랑도 한 사람의 사랑이라야 진정한 사랑이라 할 수 있다. 사랑은 영원불변하는 최고의 가치를 가졌으므로 선으로 천주를 대표하는 사랑이어야 하기 때문이다. 그런 사랑심으로 살기로 하늘과 땅과 찐부모님 앞에서 맹세를 했기 때문이다. 영원히 변치 말아야 하는 것이 참사랑이다.

"인간은 일심동체이며 우주에서 가장 아름다운 꽃."

오직 일부일처로 주고받는 내 사랑이 최고의 참사랑이다. 이상의 날개를 활짝 편 천문이와 같이 손잡고 천운천복 축복식 대열에 당당히 동참하여서 축복을 받은 선화. 학창 시절부터 선화 옆에서 껌딱지처럼 붙어 다니던 용선이도 건장한 사내인 이명주와 같이 서서 연신 싱글벙글 담소를 나누며 축복의 현장에 서 있었다.

그 외 많은 분이 축복에 동참해서 천운, 천복을 받았다. 애천궁 동산원 참행복마을과 참사랑가마을에는 축복받고 양심을 되찾은 인격자들이며 만물의 영장이며 가정완성자가 되어야 들어올 수 있었다.

동산원 참사랑가마을

　가정을 완성하여야 들어오는 곳. 동산원 참사랑가마을. 최고의 사랑 대가들이며 사랑완성자들이며 참사랑의 부부들이다. 이들은 이미 가정에서는 효자요, 국가에서는 충신이요, 세계에서는 성인이요, 천주에서는 성자가정의 완성자들이었다.

　참사랑가마을에 자격을 획득하고 들어온 분들의 복장은 최고로 아름다웠다. 세상에서 제일 아름다운 사람들이 아름다운 것을 소유하며 아름답게 살 수 있는 곳이 참사랑가마을이다. 새봄의 아름다운 꽃들이 참사랑가마을 사랑 완성자들의 의복에 그대로 내려앉았다. 밤새 누가 저렇게 아름다운 그림을 그렸을까. 총천연색의 무지개 꽃들이 여기에 만발하였다.

　"곤룡포 한 자락이 바람결에 따라 나풀나풀 나비처럼 춤을 추는 것처럼 순수하고 우아한 모습들이었다."

　"만민이 왕이요 왕비이며 인평선이 완성된 곳."

　궁중 복색으로 단장한 꽃보다 아름다운 사람들만 모인 곳. 붉은색, 청색, 황금색, 보라색, 흰바탕의 도포에 십장생이나 백합과 장미 등이 그려져 있었다. 최고의 사람들이 최고의 아름다움을 나타내는 곳이 참사랑가마을이었다. 역시 참사랑가마을 복색은 아름다움의 극치이며 품격이 달랐다. 신분의 차별도 없고, 높고 낮음도 없고, 비극도, 걱정도, 슬픔도 없는 오직 참사랑으로 완성한 양심인들만 사는 아름다운 인평선을 이룬 곳.

　"태 할아버님께서는 끊임없이 사랑하시고 용서하시는데 이제는 때가 되었기에 용서하시지는 않을 것 같습니다."

"세상에 그렇게 알렸는데…. 들어오지 못한 사람들은 언제까지 기다려 줄까. 총담같이 검어진다고 하였으니 바깥세상은 천지풍파가 휘몰아칠 것 같아 걱정이군. 한모불사들은 들으려고 하지 않으니 그래도 불쌍해서 어쩌나."

여기에 있는 건 어려운 고통의 조건을 통과해 자격을 획득한 위대한 사람들이다. 그분들은 진정한 자유를 누릴 수 있는 자격을 가진 사람들로서 참사랑의 대가이며 신성한 분들이었다. 오매불망 소원했던 애천궁 동산원 참사랑가마을은 태 할아버님께서 역사하여주셔서 완성하게 되었다. 꽃보다 더 아름다운 완성된 사람꽃으로….

"참사랑가마을 입주 자격을 획득한 성자가정님들. 신비한 마을에 들어오게 됨을 환영하며 축하드립니다."

꿈이 아닌 꿈 같은 일이 꿈같이 이루어졌다. 이런 신성을 느낄 수 있다는 것이 신비로운 일이었다. 성벽처럼 외곽담만 있을 뿐 내부에는 일체 담이 없다. 마을 안에는 무엇이든지 어디든지 무소부재한 자유천지 그대로였다.

"자유에도 책임이 따릅니다."

막힌 담이 없으니 자물쇠나 문 잠금이 없이 항상 어느 집이나 어느 건물이라도 열려 있다. 자유천지 무소부재로 개방된 곳이다. 네 것이 내 것이요. 내 것이 네 것 같은 곳이다.

"오로지 양심 하나면 됩니다."

비로소 만물의 영장이 되었고 인격자가 되었고 완성한 사람이 되어서 사랑의 대가들로서 성자가정을 완성한 분들이다. 그분들은 신의 한 수인 신인 경지에 도달했었다.

"오늘은 역사적인 소망의 한 날. 동산원 참사랑가마을의 개원을 축하 선포, 선언하는 날입니다."

생활에서 몸마음이 하나 되고 부부가 하나 되어 가정을 완성하고 만물을 다스리고 주관하는 3대 축복을 회복하여야 비로소 참사랑가마을에서 살 수 있는 자격자가 되었다.

"최고를 누릴 수 있는 자격을 갖춘 입주자 명단입니다."

박창태 가정, 박명중 가정, 박천문 가정, 신정언 가정, 송법장 가정, 민병철 가정, 이명주 가정, 주만우 가정, 손비나 가정, 강일비 가정, 나일만 가정, 오영환 가정, 전억만 가정, 남지석 가정, 육두배 가정, 한백련 가정 등 144가정이 우선 통과되고….

동산원인 참사랑가마을은 법이 필요 없는 완성된 사람만이 살 수 있는 곳이다. 스스로 무한책임성으로 사는 사람들이며 완전한 인격자요, 만물의 영장이었다.

법 타령하는 철대문 밖의 사람들

저 안은 법이 필요 없는 세상이라던데…. 참사랑가마을에 입주하지 못한 법의 범주에 사는 이들은 참행복마을의 육중한 시커먼 철대문인 고문 옆의 전광판에 게시한 입주자들의 명단을 보고 부러워하고 또 부러워했다.

"나는 언제 들어갈 수 있으려나."

"다음에는 꼭 들어가도록 노력 또 노력해야지."

후회를 하며 아쉬움만 달래는 이들이 많았다. 그때뿐.

아쉬움과 분노와 짜증과 후회와 번민이 섞여서 고통스러워하는 중생들 중에 젊은 층은 김철순과 그를 닮은 패, 나이 좀 든 패는 조정내 주위에 있는 패들이었다. 그들은 일부 선정되지 못한 사람들 중 아주 불만이 많은 사람들의 대변인이라도 된 듯하였다. 그 어느 누구보다도 참행복마을이 만들어진 과정도 잘 알고 있었고 뒤에서 사람들을 조종하며 반대했다는 사실을 모르는 사람은 몰라도 아는 사람은 다 안다. 그들의 이중적인 인격에 대해서 신물이 나는 사람이 많았다. 언제 양심을 바로 쓰는 순수한 사람이 될 것인지… 아마도 평생 깨닫지 못할지도 몰라. 어쩌면 죽어서 지옥에서 영원히 고통받으며 살아도 그 버릇은 못 고칠 것 같아 보였다.

"아이쿠, 염병할 세상. 무슨 조건이 그리 까다로워."

인두겁을 쓴 사람. 거죽만 사람 모습이지. 언제 사람이 될까. 그들에게는 그림의 떡인 곳이 바로 참행복마을이요, 참사랑가마을이었다.

"세상에서 제일 존경하는 사람은 전억만 사장이야."

조정내가 따까리를 자처하며 따라다니던 전 사장도 완전히 새사람이 되어 참행복마을을 통과하고 참사랑가마을까지 입성하였는데 자기도 못 들어가고 들어가고자 하는 사람들에게도 못 들어가게 방해하는 반대자라는 것을 알면서도… 속물의 습성을 언제 버릴런지…. 마음을 비우고 깨닫는 것은 조정내에게 그렇게 어려운 일이었다.

"속에 들어 있는 내용물은 버리고 깨끗이 씻어서 맑은 물을 부으면 얼마나 좋을꼬."

비우면 차는 것이다. 알면서도 고치기 힘든 사심의 습관성… 세 살 버릇 여든까지 간다고 하더니 사심도 욕심도 아까워서 못 버린다. 목숨보다 아까운 사심이 그들에게는 최고 보물. 될 것 같은데…. 내 마음대로 잘 안 되는 사심.

"내가 진짜 너야. 그러니 나를 버리지 마."

그들의 속에 있는 사심은 늘 그렇게 외치며 주인 노릇이다.

"세상에서 가장 두껍고 부패한 것이 인간의 마음이다."

마음은 신이요 우주체로 무형실체이며 신성체로서 우주의 중심이며 생명의 본질인 사랑심이다. 알면서도 바로잡지 못하는 마음. 내 속 사람, 사람 되는 일이 이렇게 어려운가. 닦아도 닦아도 잘 안 되는 마음 다스리기가 이들 인간들에게는 아주 큰 숙제이며 난제였다. 마음은 원이로되 육신이 약한 탓일까.

"만물론자들이 누리는 육신향락의 끝은 무덤뿐."

이중, 삼중으로 모든 문은 단단히 걸어 잠그고 먹고 마시며 육신의 즐거움만 쫓으며 살고 있었다. 하지만 영계에서는 영원히 낮고 추하고 번잡하게 살아야 할 지옥이 있다는 것을 꿈엔들 생각이나 해 봤을까? 그런 삶을 지옥 같은 생활이라고 부른다. 물질천국에서 양심을 팔고 살다가는 천상 지옥에 갈 터인데 언제 알고 언제 깨닫게 될는지…. 아마도 영원히 못 깨달을지 모른다. 고통 속에서 후회하며 천추의 한이 되어 원망하겠지.

"축복이 뭐란 말이야. 그냥 결혼하고 살면 되지. 순결이 뭐야. 즐기고 살면 되지. 저 자식들은 별짓을 다 한다니까."

축복이란 말을 들은 철순이는 괜스레 화가 치밀어 불평불만으로 시기한다. 동성연애든 프리섹스든 즐기면 돼.

"저놈은 나의 인생길에 장애물. 내 인생에 태클을 걸며 절대순결을 주장하는 천문이가 더욱 미워 죽겠어."

나도 모르게 천문이에 대한 이런 억하심정은 뭐란 말이냐. 이런 것이 질투요 열등감이렷다. 이런 내가 미웠다. 내가 무엇이 부족하단 말인가. 알면서도 잘 안 되는 이 사심의 악습을 제어해도 잘 안 되니 어떻게 삭제를 한단 말인가?

그럴수록 정치에 더 정열을 쏟아부었다. 아버지의 노하우를 배워서 젊은 나이에 시의원에도 당선되었지만 역시 천문이를 이길 수도 따라갈 수도 없는 2인자 신세가 되었다. 인성으로는 도저히 따라갈 수 없는 이게 뭐지… 나도 이만하면 누구 못지않은데…. 이게 나의 한계인가…. 철들어 순한 사람 되라고 철순이라고 지어주었는데, 나는 언제 철들어서 순한 사람인 철순이가 될까. 아마 평생.

뻐국 뻐꾹 뻐꾹, 버꾸 버꾸 버꾸, 바보 바보 바보.

참사랑가마을 개원

"동산원 참사랑가마을 개원식답습니다."

"天地人萬(천지인만)이 하나 되는 곳. 세상에서 최고 최상의 행복한 이곳이 참사랑가마을입니다."

마음은 창공에서 기쁨의 나래를 펴고 공중을 선회한다. 이제 알에서 갓 깨어난 새가 첫 비행을 할 때처럼 그 성취감이 이럴 것 같았다.

"아름다운 강산에서 아름다운 사람들끼리 사는 곳. 같은 하늘 아래에서 같은 공기로 숨 쉬면서 자유와 평화와 사랑과 행복을 느끼며 하나 되는 세상입니다."

"참사랑으로 가정을 완성하신 가정완성자는 애가완(愛家完)증으로 동산원 참사랑가마을에 들어갈 수 있었다. 법이 필요 없는 사람들. 무한대의 각자의 책임성으로 살아야 하는 곳이다."

"애천궁 동산원 참사랑가마을 개원 선포식."

아름다운 세상을 주인님이신 태 할아버님께 봉축해 드리는 날, 잔물결을 이루며 걸려 있는 저 현수막도 기뻐서 춤을 추는 듯하였다. 꿈도 꾸지 못할 일이 여기에 꿈같이 열렸다.

진설상 위에 만물들이 아름답게 자리하여 고유의 색으로 풍미를 한층 더해 주었다. 빨주노초파남보 등 온갖 색으로 치장한 과일들이 진설되었다. 풍성하고 아름다운 만물의 자태였다. 어쩌면 태 할아버님께서는 종류별로, 색깔별로…. 참사랑가마을 봉헌상 위에 나타난 만물의 신비함 그대로였다.

건축물은 참행복마을 건물 형태와 비슷하다.

입구 바닥에서부터 짙은 무지개색인 빨주노초파남보라색의 순으로 되어 있고 그 보라색이 점점 옅어지면서 하얀색이 넓게 장식되어 현관까지 연결되어 있는 바닥재가 환상적이었다. 하늘에서 내려다보니 건물 지붕 색상도 바닥색처럼 단장되어 있어서 놀라지 않을 사람, 감탄하지 않을 사람은 없을 것 같았다.

참사랑가마을 개원이 이제 시작되려나….

"얼씨구 절씨구 좋을씨구."

식전 행사로 풍물놀이패가 한바탕 풍악을 울리며 흥을 돋워 주었다. 노래와 춤추는 단원들이 나와서 자기들의 갈고 닦은 실력들을 자랑했다. 무대에 모든 행사가 끝나자 사회자는 말했다.

"이제부터 참사랑가마을 개원식을 시작하겠습니다. 다 같이 환영의 노래를 힘차게 부르겠습니다. 다음은 성초 점화가 있겠습니다."

박창태 선생과 이명숙 여사, 내외분은 촛대 위에 당당하게 서 있는 일곱 개의 성초에 불을 붙였다.

"봉헌 축하합니다. 사랑하는 태 할아버님 봉헌 축하합니다. 사랑하는 찐부모님 봉헌 축하합니다."

아름다운 가락이 온산천을 진동하니 만물도 춤을 추었다.

"다음은 보고기도."

"다음은 고천문 낭송."

"다음은 꽃다발 증정."

"다음은 참사랑가마을 봉헌 말씀이 있겠습니다. 참사랑가마을 최고 공로자이시며 개척자이시며 원로이신 박창태 진사 선생님께서 봉헌 말씀을 해 주시겠습니다."

"태참참축가, 태참참축가, 태참참축가."

단에 오른 진사 선생님은 차분한 목소리로 말문을 열었다.

"먼저 이런 아름다운 세상이 열리도록 허락해 주신 하늘부모님이신 태 할아버님께 깊은 감사를 올리옵니다. 이 모든 세상의 미물까지 참 주인을 찾아 드리기 위해 얼마나 많은 눈물들을 흘리며 안타까운 심정으로 바라보아야만 했는지 모릅니다. 태 할아버님의 심정을 저희들이 조금이라도 해원해 드리기 위하여 동분서

주하였습니다. 부족하지만 모든 의인들의 마음을 모으고 뜻을 모아 이런 날을 봉헌해 드릴 수 있어서 무척 기쁘옵니다.

이런 일들을 할 수 있게 도와주시고 가르쳐 주신 삼대 주체사상의 주인이신 참부모이시며 참주인이며 참스승님의 가르침에 감사를 드리옵나이다. 여기 들어오신 참사랑가마을 주민 되시는 여러분이야말로 진정한 인격을 갖추신 분들입니다.

꽃보다 더욱 아름답게 빛나는 꽃 중의 꽃이 여기에 형형색색으로 만발하였습니다. 두 번째로 밀린 생화들이 시샘하듯이 더욱 향기를 강하게 뿜어내어 우리들의 후각을 자극시키고 있습니다.

이제야 비로소 인격적인 만물의 영장 자리를 회복했습니다. 그것도 인류 역사상 가장 어려운 일이었던 것이 부부가 하나 되어 가정완성자가 되는 것인데, 그 어려운 가정을 완성하시어 만우주를 대표하는 아름다운 가정완성자로 거듭났습니다. 눈이 부시도록 거룩하며 아름다운 사랑의 대가들이 사는 여기는 참사랑가마을입니다.

인생은 미완성이 아니라 완성입니다.

인격을 완성한 진정한 만물의 영장들만 모여 사는 이곳. 수천 년 동안 우리들의 희망은 창조 이상을 완성한 남성인 생명 나무가 되고 창조 이상을 완성한 여성인 선악을 알게 하는 나무가 되어서 가정을 완성하는 것이었습니다. 그로 인해 만물의 영장이 되었으니 이제는 '인생은 완성'이라고 해야 합니다. 마음과 영인체가 최고로 아름다운 완성된 사람들이 다 모인 참사랑가마을입니다. 우리 서로에게 감사의 인사를 드리면 좋겠습니다."

"감사합니다."

짝짝짝짝짝짝.

"이 마을을 완성하기까지 우리들이 흘렸던 눈물은 슬픔과 서러 움과 한의 눈물이었습니다. 고생 끝에 행복이 시작되어서 이것은 이제 기쁨의 눈물, 거룩한 신성체의 눈물입니다. 참는 자에게 복 이 있다고, 우리들은 끊임없는 인내로 이 거룩한 참사랑가마을을 이루어 냈습니다. 하늘도, 땅도, 사람도 모두가 혼연일체가 되어서 만든 합작품입니다.

어느 한 개인의 노력으로 된 것이 아니라 우리 모두의 정성과 노 력과 마음이 하나 되었기 때문입니다. 우리는 위하여 살며 천륜의 뜻을 완성시킨 선각자들이며 진정한 영웅들입니다. 애천궁을 중 심한 사랑의 공동체는 여기 모이신 우리들입니다.

자식 사랑은 어느 누구도 예외는 없습니다.

자식은 부모를 닮게 되어 있습니다. 인간의 부모는 신이신 태 할 아버님이십니다. 제가 태 아버지라고 부르는 것은 내 손자가 어릴 때 어떤 사람이 목숨이 경각에 달려서 신께 간절히 아뢰었는데 그 신님께서 태 할배라고 불러도 좋다는 허락을 했답니다. 그래서 나 도 손주를 닮아 할배라고 하기에는 좀 그러니까 태 아버님이라고 부르게 되었습니다.

나의 태 아버님.

신인일체인 것은 신을 닮아서 그러지요. 인간에게 악성만 삭제 하여 본성으로 회귀하면 아름다운 신성한 사람이 될 것입니다. 자식이 생선을 달라 하는데 뱀을 줄 부모는 없는 것입니다. 아버지와 어머니의 피와 살과 뼈를 이어받아 만들어진 존재가 자식인 '나'입니다. 참사랑가마을은 최고로 거룩한 사람들만 들어올 수 있는 곳입니다.

인류는 한 부모 아래 하나의 형제입니다. 천명을 받들어 한 부모로 모시고 살아야 할 우리는 형제가 아닙니까? 태 아버님을 모시고 살아야 복된 자녀들입니다."

박수가 쏟아져 나왔다. 짝짝짝.

"참행복마을을 넘어 동산원 참사랑가마을에서 행복하시고 영원히, 영원히, 영원히 사랑하며 살아야 할 애인들끼리 같이 더불어 사는 영원한 기쁨의 마을. 우리들이 바라는 최고의 삶의 터전인 참사랑가마을입니다. 완성한 분들만 살 수 있는 지상 최고의 이상향입니다. 공기를 우리 모두가 공유하듯이 자유도 사랑도 행복도 모든 존재물은 공평하게 공유하는 인평선을 비로소 여기에서 이루어 완성하였습니다.

태 아버님께서 만드신 자연은 그 고유의 아름다움을 천지에 나타내고 있지요. 대명천지 밝고 광명한 세상입니다. 태 아버님께서 만드신 법도는 정말 위대하십니다. 그것이 인격적인 세상이며 사랑의 질서로 가득 차 있는 세상이며, 세상의 꽃보다 아름다운 완성된 사람들로 꽉 찬 인생 빛깔로 만개한 천지 빛깔의 세상입니다. 온 누리에 사랑의 빛이 만물과 아름답게 빛나며 천지를 돌고 돌아 최고의 걸작품인 인간의 양심을 점령하면서 사랑으로 승화하여 모두 함께 자유 천지, 해방 천지, 광명 천지, 사랑 천지인 세상이 되었습니다.

여러 의인님들의 노력으로 애천성 백성이 되어 참사랑가마을을 봉헌해 드리게 됨을 하늘에 계신 태 아버님과 찐주인님과 선한 조상님들께 감사를 드립니다. 참사랑가마을을 영원히 잘 가꾸고 지킬 수 있기를 소망하며 이 뜻깊은 자리에서 말씀드리게 된 것을 영광으로 생각하며 모든 분들께 감사드립니다."

　짝짝짝짝, 짝짝짝짝….

　"다음은 축가가 있겠습니다."

　"억만세사창을 박명중 선생께서 해 주시겠습니다."

　모든 분들이 큰소리로 억만세사창을 선창에 따라 했다.

　기쁨의 축하 박수가 쏟아져 나왔다. 짝짝짝.

　"이것으로써 애천궁 동산원 참사랑가마을 봉헌식을 마치겠습니다. 잠시 후에 애천궁의 초대 궁장님을 발표하겠으니 가지 마시고 잠시만 기다려 주십시오."

　봉원식에 축가가 울려 퍼지면서 끝났다.

　"무혈 쿠데타로 세계를 하나로 만들 수 있는 신통 시대에 최고 중심적인 상징체는 양심이다."

　"왜?"

　"양심은 태 할아버님과 직통하는 것이다."

　"나에게 두 마음이 있으니 갈등 때문인 것 같은데…."

　"양심은 나의 전부를 상징하는 것이니 태 할아버님과 통할 수 있는 접합체이다. 누구나 다 양심이 있다. 그런데 찌그러져 있으니 회복해야 만물 위에 있는 인격자로서 하늘에 계신 태 할배를 만날 수 있단다."

"알기는 알 것 같은데 잘 안 되네…"

"그러니 불쌍한 중생이지. 마음 문을 활짝 열어 봐."

"활짝 열었다가 내 마음을 누가 훔쳐 가면 어쩌려고."

"열면 열수록 맑고 깨끗해진다는 것이야. 비우면 차는 것이 수수법의 창조 원리이며 사랑법이지."

궁장된 동자 샘

"지금부터 동산원 참사랑가마을을 주관해야 할 애천궁의 최고 수장인 궁장님을 발표하겠습니다."

장내는 술렁거렸다.

"누구지? 누구일까?"

"궁금해 죽겠는데…. 아이구, 빨리 발표하지."

"에, 그러면 초대 애천궁의 궁장님에…."

"날씨가 너무 좋습니다. 하늘을 날 듯이 좋은 날씨에 좋은 분이 초대애천궁의 궁장님으로 추대되셨습니다."

초대 궁장에 누굴까. 궁장이 발표된다는 소문은 있었다.

"참사랑가마을에 초대 궁장님으로 박천문님이 만장일치로 추대 되었습니다."

"그 아이가 벌써 성장하여서 꿈에 그리던 애천궁의 초대 궁장으로 선택되다니 세월이 참 빠르군요."

"와, 와. 가문의 영광입니다. 축하드립니다."

진짜가 다스리는 세상이 비로소 이루어지게 되었다.

"찐찐찐이야. 진짜가 나타났다. 지금. 찐부모를 닮은 진짜다."

박수를 치고 춤을 추며 천지가 진동하도록 외쳤다.

"그럼, 될성부른 나무는 떡잎부터 알아본다더니. 천문이는 어릴 때부터 착하고 유능하고 남달랐지."

"다음은 축하 꽃다발 증정이 있겠습니다."

꽃다발 중에 장미와 백합과 안개꽃의 꽃다발을 들었다.

"초대 궁장으로 선정된 박천문 초대 궁장님의 소감을 듣도록 하겠습니다. 뜨거운 박수로 환영해 주십시오."

짝짝짝, 짝짝짝. 뜨겁게 환영해 주었다.

"태참참축가, 태참참축가, 태참참축가."

우레와 같은 박수를 받으며 나는 단에 올랐다. 단에 서서 한동안 말이 나오지 않았다. 할아버지와 할머니, 아버지와 어머님의 열정과 사랑심으로 이루어 놓은 이 거룩하고 아름다운 참사랑가마을에서 내가 초대 궁장이 되었다니 생각할수록 감동이 복받쳐 올랐다. 감동의 눈물이….

사람들은 다시 격려의 박수를 크게 보내 주었다.

나는 마음을 가다듬고 긴장을 억누르며…

"사람은 아는 만큼 사는 것 같습니다. 저는 일찍 태 할아버지를 알았기 때문에 궁장이 될 수 있었습니다. 만복은 태할 배께서 주셨습니다. 애천궁 동산원은 태 할아버님의 소원이었으며 뜻이었습니다. 참사랑가마을은 태 할아버님의 사랑심에 의해서 이루어졌고 이 모든 것이 태 할배를 위한 것입니다. 만물은 인간을 위해 할

궁장된 동자 샘

배께서 만들어 주셨고 인간 역시 태 할아버님께서 우리들을 보시고 기쁨을 누리기 위해서 만들어 주셨으니 우리가 하늘부모님이신 태 할아버님께서 기뻐할 수 있도록 선의 세계를 이루어 드린 것이 여기 애천궁 동산원 참사랑가마을입니다. 이 모든 영광을 태 할아버님께 올리옵나이다. 이런 세상을 만드는 데 역할을 해 주신 찐주인님께 진심으로 감사를 올립니다.

태 할아버님, 제가 약속은 지켜드렸습니다."

그때, 뇌성 같은 큰 소리가 천지를 진동시키며 울려 퍼지면서 무지개가 발을 세우고 꽃비가 내렸다.

"이제야 완성된 인격자요 만물의 영장이 나타났도다."

"감축드리옵나이다. 태 할아버님.

역사 이래 지금까지 우리들의 조상님들과 선각자님들께서 바랐던 세상을 만들었습니다. 태 할배께서 제게 간절한 소원이 인간을 참된 사람들이 되게 교육하고 지도해서 이 할배가 바라는 사람이 되어 애천성에 들어갈 수 있는 애천궁의 세상을 이루어 달라는 부탁이 있었습니다.

제 이름이 박천문이라서 하늘의 문을 열라는 소명대로 우리의 소원과 태 할배의 그 소망이 이렇게 이루어졌습니다. 우리들의 할아버지, 할머니도 아버지, 어머니도 엄청난 눈물과 희생과 고통을 겪으시면서 이루고자 하셨던 세상이 아니었던가요. 그 소망이 우리 앞에 꿈 아닌 꿈같이 열렸습니다.

우리 모두의 마음이 태 할아버님의 심정과 신성으로 거듭났기에 가능한 일이었습니다. 마음 하나로, 사랑 하나로 닦은 세상이 참행복마을이요 부부가 하나 되는 세상이 참사랑가마을입니다. 모든 분들에게 진심으로 감사를 드립니다. 어느 누구 한 사람만의 노력이 아니라 우리 모두의 피와 땀과 정성과 열정과 믿음의 결실입니다.

'믿음이 너를 구원한다.'

말씀처럼 저희 할아버지, 할머니의 소원대로 아버지, 어머니의 소원대로 저도 그렇게 살기로 다짐하고 맹세했었습니다. 진리를 알고 살아온 지 수십 년이 되었습니다. 내 큰아들이 벌써 여덟 살입니다. 삼십 대인 제가 애천궁 동산원 참사랑가마을의 궁장이 된 것은 할아버지, 할머니 덕분이요 부모님과 우리 형제들과 여러분의 성원 덕분입니다. 여기 들어오신 모든 분은 진리를 알고 진실하게 살아오신 의인이며 성인들이며 가정을 완성한 성자가정들이십니다.

그래서 당부드립니다.

우리 모두는 열심히 참사랑가마을을 이루며 모두가 즐겁고 행복하게 태 할아버님과 찐부모님을 모시고 살겠습니다. 우리 모두는 참사랑가마을에서 영원한 복락을 누릴 수 있을 자격을 갖추었습니다. 이제는 행복 시작입니다.

특히 동산원 참사랑가마을에 입주하시는 모든 분께 다시 한번 축하를 드립니다. 결코 쉬운 일은 아니었지만 땀방울을 많이 흘린 만큼, 고통을 많이 감내한 만큼 서러움을 많이 참아 온 만큼 우리는 그것을 만끽할 의무가 생긴 것입니다. 고난의 역경을 이겨 내니 신성한 사람들이 이렇게 많이 모이게 되었습니다. 우리 모든 분들은 똑같이 일하고 같이 배분받고 같이 공유하며 즐길 수 있으니 우리는 같은 사람이요 같은 행복을 나누어 가질 수 있는 사랑완성자며 가정완성자로서 하늘의 인정을 받은 꽃보다 더 아름다운 사람들입니다.

비로소 우리는 인격적인 사람으로 만물의 영장이 되었습니다. 하늘이 바라는 대로 완성된 것입니다. 인간은 참으로 거룩한 존재입니다. 이 세상에서 이처럼 아름다운 광경은 없을 것입니다. 진심으로 태 할아버님도 우리들을 인정하시고 축복해 주시고 계십니다. 감사합니다.

우리 모두 함께 아름다운 이 마을을 잘 가꾸고 지켜서 천 년이고 만 년이고 살아 봅시다. 여기서 행복한 삶, 아름다운 인생, 영광된 자유를 누리시다가 육신을 벗고 애천성에서 영원히 살 수 있는 여러분이 되셨으니 얼마나 좋은 일이겠습니까? 천지는 개벽했습니다.

태 할아버님께서도 아주 기뻐하실 만물의 영장이요 참 인성을 갖춘 인격자들이 되었습니다. 애천궁의 영원한 자유와 행복이 유지될 수 있도록 모든 분들의 정성과 지킴의 노력이 필요함을 다시 한번 상기해 주세요. 부디 이 행복감이 천 대, 만 대로 이어져서 영원하길 바라면서 감사드리고 감축드리면서 인사 말씀을 마치겠습니다."

짝짝짝.

"말도 잘하는구먼. 감동적이야."

하늘에 무지개가 아름답게 떴다. 맑은 날씨인데도 무지개가 발을 세우다니 사람들은 모두 신비한 광경을 보았다.

'어, 이게 뭐지?'

하늘에서 내리는 꽃비는 아주 신기하고 신비스러웠다. 그때 갑자기 하늘에서 태양보다 더 밝은 빛이 나타나더니.

"이제야! 너희가 이 천신이시며 하늘부모님이신 태 할아버님을 경외하는 줄 아노라."

엄청난 소리가 천지를 진동했다. 모두가 깜짝 놀라며 하늘을 바라보았다. 바로 머리 위에서 커다란 확성기로 말하는 것 같았다. 그리고 오색찬란한 무지개가 아름답게 여기저기에 섰다. 사람들은 탄성을 질렀다. 참사랑가마을에 태양과 더불어 온 천지가 무지개로 뒤덮였다. 이게 꿈인가 생시인가. 모든 사람이 자기 살을 꼬집어 보았다.

하늘 아래 태 할배를 닮은 아들딸이 생겨나고 가정 완성을 이루니 이 하늘부모님이신 태 할배의 사랑이 완성되었구나. 창조 목적이 완성되었어. 얼마나 애타게 가슴 졸이며 오매불망 기다려 왔던 세월이었던가?

"이제야! 너희가 태 할아버님을 경외하는 줄을 아노라."

하늘에서 들려오는 청량한 음성은 태 할배의 기쁨의 심정을 알 수 있을 것 같았다. 무지개와 더불어 찬란한 꽃비를 내려 주셨으니 온 천지가 기쁨으로 가득 찼다. 피조세계를 만드시면서 이루고자 하셨던 태 할아버님의 세상이 이런 세상이었구나. 드디어 완성했다. 됐어.

빛나는 태 할아버지 옆에 찐부모님을 필두로 성인님들과 선지자들과 의인들이 같이 축하해 주고 있었다. 사랑완성자, 가정완성자를 보고 싶으셨던 것이다.

"이제사 이 태 할아버지께서 바라시는 세상이 제대로 완성되었구나. 정치도, 종교도, 국가도, 세계도, 언어도, 사상도 초월했어. 이 태 할배의 뜻인 사랑법의 지침대로 살지어다. 그러면 모든 만인에게 만복을 내려 주겠노라."

"사랑하옵고 존경하옵는 우리 하늘부모님이시여. 감축드리옵나이다. 광영이옵나이다."

"우리 모두는 애천궁의 형제자매인 아름다운 사람, 참행복마을에 사는 사람들, 참사랑가마을에 들어올 수 있는 사람들. 우리들은 신성한 사람들입니다."

"감사합니다. 감축드립니다."

"인간의 본래천품이 이런 것인데 본원으로 회귀했지요."

"이제사 신님이신 태 할배께서 바라는 창조의 목적이며 신성통치야. 참으로 고맙구나. 사랑한데이. 비로소 수천 년 만에 찾은 내 아들딸, 내 자식들이로구나."

태 할아버님의 용안이 아름답고 밝게 빛났다. 참사랑가마을은 무지개와 꽃비로 축복을 받았다. 만물들도 짙은 향기를 내뿜으며 춤을 추었다. 아, 이렇게 좋을 수가….

"감사합니다. 감축드리옵니다…."

"모든 분의 협조 덕분으로 오늘 이렇게 아름다운 세상이 되었습니다. 쑥대밭이 되었던 그 험로를 넘어 참행복마을을 이루고 참사랑가마을이 동산원을 넘어 애천궁을 이루게 되었습니다. 이 모든 영광과 감동은 여러분 것이므로 모든 분들께 깊은 감사를 드립니다. 축하드립니다."

"불행은 끝났고 이제는 행복 시작입니다."

"행복만 찾으려고 하면 결코 행복해질 수 없지요. 불행을 물리치니 행복만 남았습니다. 우리 모두 행복할 것입니다. 참사랑가마을에서 영원토록 세세토록 창조 목적을 완성하여 만물의 영장이 된 완성된 사람들입니다."

"정말 수고 많으셨습니다."

짝짝짝짝… 서로의 축하 박수는 천지를 진동했다.

"이제는 세계 통일의 꿈을 꾸어야 합니다."

"정말로 통일된 세상이 올까요."

"모두가 참행복마을에 살 수 있는 사람처럼 되고 참사랑가마을에 살 수 있는 가정처럼 되면 세계 통일은 자동적으로 이루어질 것입니다. 이제는 때가 무르익었습니다."

"지구촌이 통일된 세상. 세계 통일. 말만 들어도 가슴 설레는 말입니다. 지구는 하나이니 인류가 하나 되는 그런 날이 올 것입니다. 아니, 이미 이루어지고 있습니다."

"기다리는 자. 참는 자는 복을 받을 수 있나니…"

선화의 꿈이 이루어졌다.

"인내는 가장 좋은 약이고 용기는 최고의 선물."

어릴 때 마음먹었던 그 오빠를 남편으로, 내 님으로, 영원한 짝으로, 영원한 동반자로, 영원히 함께할 배필인 임자가 되었으니 최고의 성공자요 수혜자였다. 세계 통일의 길은 남녀의 사랑으로부터 시작되는 것이니 진리 중의 최고 진리는 순결을 지키며 정조지 킴이로 살아가는 사람들의 세상이어야 하고, 그래야 이상세계인 애천성이 될 수 있는 것이었다.

"보라! 억만 가지 글의 단어와 문자를 안다고 인간이 될 수 있을까. 풀지 못할 것이니 내 속에 있는 마음인 양심으로 만물의 영장이 될 수 있다는 것을 깨닫기를 바라노라."

박창태 할아버지와 이명숙 할머니, 아버지 박명중과 어머니 김명화께 큰절을 올렸다. 신정언 장인과 한옥선 장모님 부부에게도 큰절을 올렸다. 하늘이 인정하는 대단한 가문으로 인정받은 '운빨' 좋은 집안이라는 소리를 들으니 더욱 기분이 좋았다. 사람들도 그렇게 생각하고 같이 기뻐해 주었다. 바라던 꿈이 이렇게 한번 먹은 마음으로 이루어졌으니 그런 날들이 영원히 지속될 수 있을 것이었다. 여기 동산원 참사랑가마을에서….

"행복과 참사랑은 나로부터 시작되고 우리 둘이 완성하는 것이 진리이다."

애천궁으로 통일되는 세계

역사를 바로 세우다

　오직 태 할아버님의 심정과 신성을 닮기 위한 훈련으로 엎어졌던 양심과 뒤집어졌던 사랑심을 찾아 천륜을 바로 세우니 태 할아버님의 창조 목적과 인간들의 소원이 비로소 하나 되었다. 그렇게 동산원 참행복마을과 참사랑가마을이 우리들의 눈앞에서 꿈 아닌 꿈같이 열렸다. 진짜배기 사람들만 사는 세상이 참사랑가마을이다. 이상세계인 애천궁의 신성한 사람들이 여기에 안착했으니 역사 바로 세우기는 확실히 이루어져 완성되었다.

　이제는 참행복마을이 외국까지 소문이 나서 어느 나라에서나 그 제도를 도입하기 위해 많은 사전답사팀이 와서 답사하고 설명을 듣고 제도에 대해 문의를 해 왔다.

　"태참참축가, 태참참축가, 태참참축가."

지구촌은 하나, 국경 철폐

"무기 철폐를 어길 시에는 전 세계로부터 핍박을 받으며 물물 교류나 왕래는 완전 불통한다."

수천 년 동안 미워하고 전쟁하고 반목하며 주도권을 잡기 위해 무기 만들기에 주력하던 세상에 모든 지도자가 모든 무기를 철폐하고 무기 만들 돈으로 국민 복지와 참행복마을 만들기에 주력한다. 전투기나 군함들은 레저용으로 각광을 받았으며 미사일과 핵은 해체하였으며 총과 장축칼은 폐기를 하여 철을 녹여 생활 도구로 만들었다. 전쟁은 지구촌에서 완전히 사라졌다. 전쟁은 지구촌에서 삭제하고 모든 무기는 철폐되었으며 장벽을 허무는 경쟁에 나섰다. 온 인류의 최고의 바람이 성취되고 있었다.

우리가 먼저 애천도를 만든다

애천성 동산원 만들기에 전심전력하였다. 대부분 나라는 이미 아름다운 건물과 도로와 환경은 참행복마을같이 이루어져 있었기 때문에 인간성만 회복하면 되는 일이었다. 제도나 방법만 바꾸면 될 수 있었다.

도별로 서로 다른 아름다운 문화는 서로의 공감대와 친목 도모에 큰 역할을 했다. 양심적으로 살 수 있는 사람만 된다면 어느 곳이라도 참행복마을이 될 수 있었다. 잘사는 곳에서는 쓸 데가 없는 돈이 수없이 많아서 참사랑가마을을 만드는 것은 문제도 아니었다.

언어 통일

"세계인 모두가 쉽게 배울 수 있고 표현할 수 있는 언어는 애천궁본성어입니다. 태 할아버님께서 가장 사랑해 주시는 언어이기 때문에 반드시 배워야 합니다. 전횡하거나 변경되거나 하면 이루기가 어렵습니다."

"하늘의 뜻이라면 그렇게 배우고 익히겠습니다."

세상이 애천성으로 하나 되는 지름길은 역시 언어. 말은 부모님의 전통이며 관습이었으니 애천궁의 기본법의 전통과 문화가 그대로 소개되어 있었다. 외국인들이 한결같이 문화는 서로 공유하니 별다른 문제가 없는데 언어는 좀 어렵겠다는 말을 여러 번 전해왔다. 배워야 하느니라.

"같은 말을 사용하니 사람 사는 세상 같아서 좋았다."

세계 통일의 지름길은 언어다.

평화 통일의 주춧돌은 하늘의 지엄한 소명인 언어. 그러니까 참행복마을이나 참사랑가마을의 조건이 언어를 통과해야 하는 조건이 있으니 애천도에 사는 외국 사람들로서는 굉장히 어려운 일이었을 것이다. 한글은 24가지 문자로 만 가지 이상 발음할 수 있는 대단한 말과 글이라는 것이다. 그런데 참으로 신기한 것은 어려운 언어를 배우는 것에 더 보람을 느끼며 우월감을 갖게 된다는 것이다.

"하늘의 언어를 배우다니 놀라운 일이며 감동입니다."

또한, 자부심이 굉장하다는 것이었다.

"실낙원했던 인류가 이제야 애천성을 회복하였도다."

태초에 하늘로부터 쫓겨났던 가르치와 웅남이의 후손들이 종족을 만들면서 탑을 쌓아 올리는 헛된 망상을 꿈꾸는 인간들에게 언어가 혼잡해지면 쓸데없는 짓을 하지 않을 거라고 생각해서 언어를 혼잡케 했다. 이제는 태 할아버님의 뜻대로 복귀의 시대, 회귀의 시대를 맞이해서 언어가 하나 되기를 바라셨다.

언어 공부를 위해서 도우미 개척단 속에는 엔젤송영단이 포함되어 있어서 애천성 언어인 본성어로 노래를 부르고 춤추며 말과 글을 배우는 것을 모든 사람들이 재미있어하고 좋아했다.

"천상에서 사용하는 언어 같습니다."

배우는 이들은 그렇게 말하며 감사하며 즐거워했다.

"맞습니다. 애천성 본성어는 태 할아버님의 심정과 사랑에서 나오는 신성의 말씀입니다."

"세상에서 이렇게 신비한 말과 글은 처음입니다. 뜻을 이해하기는 약간 어려우나 알고 나니 참으로 신비롭습니다. 배울수록 재미있습니다."

신기한 것은 그 언어 때문에 사람들은 더 신비하고 거룩한 것을 느끼고 더 힘든 노정을 통과하는 것에 보람을 느낀다. 어려운 것을 획득하고 점령해 보고 싶은 인간의 간절한 욕망과 탐구심이 곁들여져서 아주 재미있어했다.

"나의 소원은 본성어를 사용하는 본국에 가는 것이에요."

우리도 타국이나 외국이라고 부르지 않는다.

"애천2도, 애천3도. 도민이라고 부른다."

'국'이라 하지 않고 '도'라고 하는 것은 각 나라가 도(道)를 완성해야 하기 때문에 나라를 도라고 명명한 것이다.

'참개단', 그들은 언어 전문 강사와 엔젤송영단이 동산원을 이룰 수 있도록 돕는 도우미들이다. 많은 사람들이 미래에 일어날 이런 일들을 미리 예견하고 준비했다는 것에 놀라워했다. 세상은 그 최상층인 참사랑가마을이 완성되어 애천궁 애천도 동산원으로 변한다면 영원한 지구촌의 이상세계가 될 것이다. 그날을 학수고대하며 통일된 세상. 애천도를 넘어 애천성을 기다린다. 이것이 신의 한 수였다.

세계는 예상보다도 빠른 속도로 평화세계로 확산되어 벌써 지구촌에 참행복마을이 만들어지고 참사랑가마을이 만들어져서 애천3도, 애천4도, 애천5도가 이루어지며 지구촌이 서로 경쟁을 하고 있었다.

특애의 날

애천궁에서 일 년에 한 번씩 각 애천도의 기념일인 특별 애안일을 축원하는 날이다. 삼월 이십육일, 참사랑가마을을 개원하던 날을 애천궁의 애천문화건강놀이대회와 같이 기념하며 즐기는 사랑으로 성취한 특별애안일로 제정했다. 세계애천궁대회는 삼 년에 한 번씩 열리며 각도에서는 일 년에 한 번씩 열린다. 참가하는 데 의의가 있으며 최고의 기량을 뽐내며 즐기는 최상의 놀이 문화이므로 그날이 기다려진단다. 일등을 하기 위한 경쟁이 아니라 참가하는 데 의의가 있지만 등수는 가린다. 어느 도민이 가장 기량이 좋으며 페어플레이로 최선을 다해 즐기는지를 평가한다. 세상은 건전한 문화로 즐기며 사는 나라인 애천도를 만드는 일에 전념하였다.

"태양처럼 맑고 밝고 깨끗한 세상은 태 할아버님의 심정과 신성으로 하나 되었기 때문에 가능했사옵나이다. 감축드리고 또 감축드리옵나이다."

"아니야. 이 태 할배가 더 고마워. 나의 이상이요 소원이며 한을 네가 풀어 주었으니 너야말로 존경받고 축하받아야 할 사람이지. 수천 년 동안 닫혀 있던 하늘의 문을 열어 준 천문아! 고맙데이. 이 태 할배가 진심으로 사랑하며 고마워하고 있단다."

"네, 태 할아버님. 모든 것이 태 할배 덕분입니다."

"그래, 네가 완성자가 되었구면. 본보기야."

신선한 공기가 우리들 기분을 더욱 상승시켜 주었다.

양심보다 위대한 법은 없는 것. 양심법이 초법이며 본원법이었다. 장벽 없는 무소부재한 애천궁의 참사랑가마을은 신성통치를 완성한 영원히 빛나고 영원히 존재할 애천성을 이룬 이상세계였다.

애천궁의 생활

애천궁의 하루는 새벽에 일어나 태 할아버님께 예를 올리며 기도하고 경배하며 진리의 말씀을 훈독한다. 아침 식사를 하고 각자의 일터로 나간다. 어떤 직종, 어떤 일이든 수요와 공급, 생산성과 소비 등을 조절하기 때문에 항상 적정선을 유지하며 모든 마을 사람들이 자기가 맡은 일에 있어서 프로 정신으로 일하기 때문이다. 퇴근하고는 각자 자유로운 취미나 연구나 자유 시간을 갖는다.

'가족끼리 취미 활동을 한다.'

행복한 마음뿐일 것이다. 건강 유지를 위해서는 먹는 것과 운동은 필수. 자기 몸은 자기가 가꾼다. 때로는 양컴에서 건강 체크를 해 준다. 자기가 하고 싶은 일을 하기 때문이며 좋은 집에서 평화 평등과 자유로 최고를 누리며 산다.

"이제야 사람 사는 맛이 제대로 나는 세상이 되었구려."

'태 할배와 궁장'

신성통치를 완성할 영원한 신의 한 수였다.

이곳 참사랑가마을에서 천문이가 동자 샘에서 초대 궁장까지 된 것은 태 할배의 예정이요 섭리였다.

"동자 샘, 사랑합니다. 궁장 되신 3주년을 축하드립니다."

참사람이 되어 참사랑꽃으로 만개했다.

세계는 궁장의 통치 덕분에 한층 빠른 속도로 선의 세상인 애천궁으로 질주하고 있었다. 애천 세상으로 가는 지구촌의 각 도는 애천성을 완성할 애천궁 동산원 참사랑가마을에 입성하기 위한 무한 경쟁에 돌입할 직행길이었다.

동산원에는 참사랑하는 최고의 거룩한 사람들뿐.

영원한 본향으로

"태 할배의 참사랑이 완성된 곳이다."

4대가 한집에 모여 사는 참사랑이 가득한 꿈의 가정이었다. 참사랑을 완성하고 3대가 같이 사니 너무너무 좋다. 궁장인 나도 아들딸을 낳아서 지금은 4대가 살고 있다. 행복이 가득한 참사랑가마을 사람들과 시간 가는 줄 모르는 재미있는 날들이었다. 신선들의 삶은 도낏자루가 썩는 줄 모른다더니 우리들의 삶이 그랬다.

"육계의 시간은 우리들을 영원히 기다려 주지 않는다."

할아버지 인생 시간도 90킬로미터의 과속을 한 것인지. 정속을 했을 텐데 시간은 야속할 정도로 빨리 시계추를 흔드는 것 같았다.

어느새 젊은 청춘은 바람처럼 지나가고 나의 손도, 발도, 얼굴도 주름살로 가득 찼어. 어쩔 수 없이 늙어 가니 이제는 기운도 쇠한다. 마음은 청춘이지만 몸은 기능이 점점 끝을 향해 가고 있다. 육신의 눈으로 보이는 만물도 나의 사랑하는 가족들도 두고 가야할 때가 다가오는구나. 아쉽고도 아쉬워도 방법이 없다. 창조법을 따라가는 수밖에는… 그래도 육신 벗으면 청춘이라니….

째각 째각 째각, 순리 순리 순리, 법 법 법.

"천문아, 이리 와 보렴."

"할아버지, 무슨 일이 있습니까?"

"엊그제 하늘나라인 애천성의 영계를 가 보고 왔다.

꿈속 같은 세상을 경유하는데 생령체를 가진 영들만 들어갈 수 있는 최상층의 애천성이었는데 참으로 아름답고 황홀했다. 그곳은 모든 집이 금과 다이아몬드, 진주 등 보석으로 만들어진 참사랑으로 충만한 곳이었다. 아름다운 자연경관에 최고로 빛나는 집에 완성한 가족들이 모여서 사는 부러운 곳이었다. 나도 이제 이승의 삶의 마지막 때가 다가오고 있구먼. 하여간 아름다운 좋은 집에서 살겠구나. 태 할아버님, 찐부모님. 너무 좋습…"

"일어나요, 일어나. 뭔 잠꼬대를 그렇게 하시나요."

일어나서 보니 꿈이었다.

"천문아, 이제 내가 이 지상에서 살날이 얼마 남지 않았어. 아마도 며칠 안으로 갈 것 같으니 준비를 하거라."

"네, 할아버지. 아쉽지만 창조법이 그러니 할 수 없습니다. 하늘나라 좋은 곳인 애천성에서 영원히 살 수 있으니 얼마나 좋겠습니까. 고맙습니다. 감사합니다. 그동안 고생 많이 하셨습니다. 사랑하는 앞 할배."

"그래, 너도 궁장으로서 이 동네 사람들을 잘 살피고 온 세상을 통일 천하 할 수 있는 좋은 궁장으로 남아야 한다."

"네, 할아버지. 염려 마시고 하늘나라로 잘 가세요."

가족들과 마음의 준비를 했다. 삼 일 후.

"할아버지, 할아버지. 눈을 떠 보세요. 태참참축가, 태참참축가, 태참참축가."

애타게 불러 보았다. 숨소리도 없고 맥박도 없으시니 영인체가 떠났다. 참사랑가마을까지 만들어놓고 백수를 넘어 상수가 되셨는데…. 육신의 삶은 고통과 인내뿐이었다. 개척의 시대는 암울했었는데 끝은 이렇게 창대하고 거룩하고 아름다웠다.

"님이여, 가시나요. 님이 없는 세상은 온통 암흑천지요. 님의 손길뿐이니 할배 사랑이 참사랑이었오. 할배, 사랑합니다. 영생길 잘 가시옵소서."

수많은 사람이 조문을 하고 5일장으로 애천성화식을 치른 후에 할아버지의 육신은 참사랑가 마을 뒷산 양지바른 곳인 애천원지에 영원히 영면하시도록 안장했다.

'참사랑가마을 뒷산 애천원지'

사랑으로 돌아온 이곳. 태어나는 사람들에게는 묘지까지 이미 제공된 곳이다. 할아버지도 예외는 아니었다. 할아버지가 참사랑가마을이 만들어지고 제일 먼저 이곳에 영면하시게 되었다. 육신은 영면하시면서 흙으로 환원되시는 것이 태 할아버지께서 만들어 주신 법이었다.

애천성화식을 끝내고 얼마나 지났을까….

"할아버지, 여기 언제 오셨어요?"

"너희들 보고 싶어서 왔지."

"할아버지, 동생이라고 부를까요? 젊었을 때 이렇게 미남이었습

태 할배와 궁장

니까? 20대의 청춘으로 변하셨군요."

"좋을 대로 생각하세요, 손주님. 아니, 궁장님. 나 미남이야. 애천성에 가는 영들만이 제일 아름다운 청춘으로 변하지. 모두들 잘 있지? 할머니도, 네 자녀도…"

"보시다시피 잘 계십니다. 앞으로 자주 오실 것이지요?"

"그럼. 무소부재한 체를 가진 존재가 되었으니 어디라도 갈 수 있지. 완전한 자유야."

"좋으시겠습니다. 완전한 자유란 어디라도 갈 수 있으니."

"전부 다 태 할아버지이신 하늘부모님과 찐부모님의 은총이었지. 항상 감사하며 기쁘고 즐겁게 살아야지."

"이곳 육계에는 별다른 문제가 없으며 세계가 통일의 길로 이미 진입해서 벌써 몇 개의 애천도가 만들어지고 있습니다. 감축드립니다, 앞 할배."

"그럼 땅에 불을 던져 주었으니 이미 불이 붙어서 참사랑가마을까지 만들어졌으니 재림 부활할 이유도 없고…. 네가 아주 잘하고 있어 안심도 되니 암튼 잘되었구나. 참, 그리고 천상의 애천성에서도 네가 인기 최고더라. 무지한 인간들이 만들어 놓은 종교의 벽, 정치의 벽, 사상의 벽, 언어의 벽, 편견의 벽, 국가의 장벽이 높은데 어떻게 참사람으로 변하게 만들었냐며 감탄이야."

"네, 감사합니다. 태 할배와 앞 할배 덕분이지요."

"네가 최고야, 궁장님. 또 오마. 사랑한데이."

할아버지는 어디론지 가셨다. 업무가 바쁘신지, 유람이 바쁘신지…. 천문은 혼자 싱글벙글거리고 있었다.

"궁장님, 오늘은 마을 사람 중에 선두조가 외국에 있는 애천8도를 축원 격려하러 가는 날인데 세일도 시간에 맞춰야 하니 빨리 준비해야지요. 사랑하는 우리 궁장님."

선화는 미소를 머금고 아리따운 목소리로 재촉하였다. 한일 해저터널과 남미에서 아프리카까지 세일도 노선으로 가기로 했다. 세일도는 세계 일주 철로와 고속도로이다. 오늘은 비행기 대신 세일도로 가니 아주 끝내 주는 풍광을 감상할 수 있겠군. 아주 멋진 순도 여행이야.

"할아버지를 만나서 기쁘고 좋았는데…."

"세일도로 수백도를 유람하시는 날입니다."

"아, 그렇지. 빨리 준비해서 가 봐야지. 요즘에 할아버지가 자주 지상에 오신다는 이야기도 하며… 앞으로 같이 사실 것이라는 말도 하고. 암튼 신나는 일이야."

백도 강산을 넘어 지구촌으로 아들딸 찾아 세상 횡단길. 세상은 넓고 사람은 많다. 만물의 영장인 인격적인 사람을 만나러 가는 것이 제일 큰 재미다.

비행기에서 내려다보는 세상은 하나였는데. 세일도로 하나 된 지구촌으로 내달린다. 지구가 하나이니 애천궁으로 하나 되는 세계. 애천도. 앞으로 수백도의 애천도가 된다.

"세상은 애천궁으로 하나 된다."

어느 곳을 가도 우리말로 반겨 주는 세상이었다. 지구촌이 하나 되는 한 나라인 애천성이 될 것이었다. 통일된 세계. 이제는 세계 어느 도를 가도 비행기와 세일도로 여행할 수 있게 되었다. 신성한 사람들만 사는 애천궁은 정말로 아름답습니다. 그곳에 사는 사람들은 신선이요, 신성한 사람이 되어서 살아 있는 신이 되었다.

"이제야 태 할아버님의 심정과 신성의 뜻을 제대로 알았나이다. 감축드리옵나이다."

"그래, 그게 이 태 할아버지께서 바라는 창조 목적이었느니라. 너야말로 거룩하고 기특하고 오묘하도다."

"영원히 모시고 살겠습니다, 태 할아버님."

"모든 사람이 그러기를 바라노라. 태 할배가 모든 피조세계와 천주와 인간들의 주인이신 참된 부모이니라."

"오랜 세월 동안 참아 주시며 오래 기다려 주셨던 태 할아버님께 진심으로 감사드리옵나이다. 땅에서 육신이 있을 때 한 사람도 빠짐없이 애천궁에 들어올 수 있는 기회를 주시는 줄 아옵나이다. 땅에서 풀어 드리니 하늘에서도 풀리게 되었사옵나이다."

"기특하구나. 수천 년 동안 인간세계와 막혔던 담을 천문이 네가 비로소 헐어서 하늘문을 열어 주었구나. 태 할배의 뜻을 네가 이루어서 완성시켜 주다니 감개무량하도다. 그게 진정한 참사랑이니라."

"감축드리옵나이다, 태 할배. 원리에 말씀의 씨를 먼저 선포하셨던 찐부모님이 계셨고 이제는 이것을 확산해서 대중 구제하는 일에 제가 조금 엮었을 뿐이옵니다."

"겸손할 줄도 알고 도리도 알고…. 어허허허, 하하하하…. 오랫동안 참고 참아 왔던 날. 이런 기쁜 날이 오기를 기다렸도다. 고맙구나. 문자주의자들과 격식만 차릴 줄 아는 외식하는 자들에 비해 태 할배라고 불러 주는 네 순진한 심성. 네 마음이 가상하였도다. 이 태 할아버님의 한을 네가 풀어 주다니 감동이며 최고의 기쁨이로다. 너는 우주의 최고로 거룩하고 아름다운 꽃이니라."

"이 모든 영광은 태 할배의 성원 덕분이옵니다."

"너야말로 인격자이며 만물의 영장이요 완성된 사람이로다. 이곳 성인들도 해결해 주지 못한 일을. 너의 그 용단에 감동하며 크게 축하해 주고 싶구나. 아주 좋아."

"네. 누군가는 완성해야 될 일이었나이다."

기뻐하시는 태 할아버님이셨다.

태 할아버님의 뜻대로 사는 참다운 사람이 되기를 원하신다. 우리도 육신 벗고 선령이 되어서 우주를 무대 삼아서 무소부재하게 영원히 함께 즐겁게 살 준비를 잘하자.

애천도를 가는 것은 지방 순회다. 가는 곳마다 오색 인종이 아름답게 핀 꽃이 되어 우리말과 글로 반겨 주었다.

째깍 째깍 째깍, 바로 바로 바로.

"궁장님, 사랑합니다. 애천10도에 오신 것을 대환영합니다. 먼 길 오시느라 고생하셨습니다."

현수막에 뚜렷이 적힌 우리글. 애천도에서 보는 가장 가슴 설레이며 기분 좋은 우리글과 말. 벌써, 이렇게 많이….

"궁장님, 사랑합니다. 애천11도에 오심을 환영합니다."

우리글이 이렇게 아름다웠던가. 벌써 애천12도에서도 보았다. 그들은 옷에 적힌 '사랑합니다'라는 글귀를 보여 주며 자랑스럽게 생각한단다. 애천궁의 말인 우리글과 말로 반겨 주니 아주 기분이 좋았다. 이 위대하신 본성어인 표음문자를 만들어 주신 대왕님께 감사 올리옵니다. 참으로 위대하고 우수한 언어를 만들어 주심에 거듭 감사드리옵나이다. 모든 애천도 백성들은 애천궁 깃발의 배지를 달고 있다. 참으로 감동적이었다.

"말 배우기가 가장 어렵지요?"

"아닙니다. 아주 재미있고 흥미롭습니다."

"고마워요. 감사해요. 우리 서로 사랑합시다."

애천궁 사람처럼 또렷하게 말하는 원장 일행이 정말로 반가웠다. 모든 동산원 사람들은 매일 참개단 일행의 시간표대로 애천궁 말을 배우니 일 년이면 아주 능숙하게 잘한단다. 모든 참행복마을 주민들이 기쁘게 반겨 주며 재미있게 살고 있었다. 우리말로 인사하며 우리글인 한글로 적힌 현수막이 정겨워서 눈물이 났다. 가는 곳마다 본성어 공부에 전념하는 도민들을 보니 참으로 기뻤다.

아, 이렇게 좋을 수가….

"궁장님, 애천13도 방문을 환영합니다."

우리 것이 세계 것이었다. 현수막이 더 친밀감을 주었다.

"애천궁 애천24도 순방을 감축드리옵니다."

"궁장님의 순방을 환영합니다."

현수막을 보자 눈물이 왈칵 쏟아졌다. 왜 이리 기쁠까.

"태 할아버님, 진심으로 감사드리며 감축드리옵나이다. 하늘에 계신 태 할아버님, 찐부모님, 조상님들과 우리 할아버지 감사드립니다."

애천궁의 궁장인 나도 기쁨의 눈물이 자꾸만 흘러내렸다.

비로소 인간이 만물의 영장이 되었으며 인격완성자가 되고 가정완성자가 되어 태 할아버님의 뜻대로 사는 데 성공했다. 나도 하늘부모님이신 태 할아버님의 대신자, 대역자, 대사자, 대언자가 되어서 애천성을 만드는 일에 책임 분담을 다 하였다. 지구촌이 하나 되고 애천궁으로 통일되어 가는 이 세상, 기쁨으로 충만한 세상이었다. 꽃보다 아름다운 사람꽃이 천지에 만개하여 지천에 깔렸다.

"사람은 3생애를 살아야 하는 것이 숙명이다."

어지럽고 혼란했던 세상이 궁장의 신성통치로 하나가 되어 갔다. 어느 곳을 가도 경쟁은 애천궁 본성어인 한글과 말을 빨리 배우고 싶은 열정뿐이었다. 문화는 각 애천도의 전통문화를 뽐내며 자랑한다. 태 할아버님의 심정과 신성으로 사는 거룩한 삶이 창조의 목적이었으므로 신과 인간은 부모와 자식관계로 완전히 회복되었다.

"나는 태 할아버지를 쏙 빼닮은 붕어빵."

나는 살아 있는 신이었다.

나는 만물의 주인이자 만물의 영장이었다.

나는 무소부재할 수 있는 무형실체의 주인이었다.

나는 영원히 사는 신이 되어서 삼세계를 살게 되었다.

나는 태 할아버지의 대신자인 자녀이며 우리는 형제였다.

서로 사랑하고 위하는 것이 우리들의 숙명이었다.

내 맘속에 태 할배가 없으면 살아도 산 것 같지 않아서 햇빛 없는 세상이며 무정란과 같고 당신 없는 사랑처럼 아무런 가치도 없었다.

육신의 삶은 선을 중심하고 몸마음이 하나 된 사람이 삼대상목적과 사위기대를 이룬 가정완성자들이 된다. 그렇게 만물을 주관하는 만물의 영장이 되면 인생 문제는 완성되었으니 완전히 해결된 것이나 다름없다. 세상에서 제일 아름다운 꽃은 꽃보다 더 아름다운 사람 꽃이었다. 비로소 생명 나무와 선악을 알게 하는 나무로 완성된 인간만이 참된 사람이 되고 만물의 영장이 되는 것이다.

천주의 천비는 누구나 가지고 있는 생식기를 최고의 보물로 잘 지키며 잘 보호하여 가정을 완성하면 만사형통할 수 있을 것이다.

'태 할배와 궁장'

참, 신통타.

육신의 한 세상은 짧다.

순간의 선택으로 영원한 행복을 보장받는다. 태 할아버지는 우리들의 영원한 복의 실체이시다. 나는 태 할배를 믿고 사랑함으로써 선택을 받아 궁장이 되었으니 인간은 태 할배로부터 영원한 복락을 받을 수 있고 영생의 삶을 살 수 있으므로 누구든지 천운천복을 상속받을 수 있으니 선 편인 하늘 편이 되면 만사형통할 것이다.

"지금 몇 시야?"

"본향인 애천성은 시공을 초월하는 곳이니 시간이 필요 없어. 육신이 있을 때만 필요한 게 시간이야."

나도 시간의 범주를 넘어서 시공을 초월할 수 있는 사람이라니. 놀랍고 신비한 세상이 있었네.

완전한 자유이며 무소부재한 천주는 애천성이었다.